각자의
방식대로
밤을
쓰다듬는 손

9인 소설집
각자의 방식대로 밤을 쓰다듬는 손
© 박찬순 심아진 양진채 정태언 조현 진보경 채현선 표명희 허택

1판 1쇄 발행	2025년 1월 30일

지은이	박찬순 심아진 양진채 정태언 조현 진보경 채현선 표명희 허택
펴낸이	정홍수
편집	김현숙 이명주
펴낸곳	(주)도서출판 강
출판등록	2000년 8월 9일(제2000-185호)

주소	서울시 마포구 동교로17안길 21(우 04002)
전화	02-325-9566
팩시밀리	02-325-8486
전자우편	gangpub@hanmail.net

값 15,000원
ISBN 978-89-8218-359-1   03810

* 이 도서는 2024년 문화체육관광부의 '중소출판사 도약부문 제작 지원' 사업의 지원을 받아
  제작되었습니다.

각자의
방식대로
밤을
쓰다듬는 손

9인 소설집

박찬순
심아진
양진채
정태언
조 현
진보경
채현선
표명희
허 택

  밤의 어둠을 더 이상 헤아릴 수 없을 때, 당신이 이 책을 펼치길 원한다.

  아홉의 작가가 모여 만든 아홉 개의 서랍마다, 골목길들이 무섭게 일어서고 이곳에서의 밤은 끝나지 않고 계속 이어진다. 모험을 위한 부름을 알리는 전령이나 고지자는 어둡고, 징그럽고, 무섭고, 세상의 버림받은 존재인 것이 보통이겠지만, 당신 앞에 솟아오른 세계는 충만하게 아름답길 바란다. "삶에 대한 황망한 기대와 하나 다르지 않게 끈질기게, 질척거리며 엉겨 붙는 사념에 시달"리고 난 후라면 "몸이 아니라 영혼을 다친 강아지처럼"(심아진, 「운니지차」, 52·68쪽) 울어도 상관없다.

자신 안의 중심을 잃었을 때 비로소 여행이 시작되듯이, 이 골목에서라면 시공간을 넘나들며 쉬이 빠져나오지 못하는 기묘한 경계점에 서게 될 것이다. 아홉 개의 서랍에는 모두가 기피하는 더러움을 껴안고 그 존재로부터 더러움을 토해내게 하는 분명한 힘이 있다. 그것은 "모든 걸 집어삼키니까요. 그 앞에서 절규해봐야 아무 소용없어요. 전부 사라지고 (……) 아무도 안 알아주는 외로운 절규"(정태언, 「각자의 방식대로」, 141~142쪽)이기도 하다. 아가미를 펄떡이는 북방의 차가운 바람 속에 서서 누군가 실제로 살 수 없었던 인생만이 아니라 그들이 살아야 했던, 그러나 살지 못했던 인생까지 살게 하는 것이 이야기가 가진 힘이 아닐까.

어떤 분야의 작품이든 작가와 독자가 함께 완성해나갈 때 가장 매혹적인 세계가 열린다고 믿는다. 슬픔을 가운데 두고 이쪽이나 저쪽에서 문을 열어보면, 그의 내부는 생각보다 좁고 깊어 상대를 응시하는 일은 언제고 어렵겠지만, 서랍 속 소설들은 "얼떨떨하다 못해 머릿속이 멍해져왔다. 일생일대의 기회에 잠에 빠져 허우적댄 얼빠진 주인공"(표명희, 「세상의 모든 K」, 268쪽)이 되는 일을 서슴지 않는다. 한때 아프다 밀어놓았던 지난날을 느닷없이 소환해 당신의 손바닥에 쥐여줄 수도 있다. 그렇게 쥔 것들을 펼쳐 바람에 풀어내고 나면 한동안은 "잠시 굉음도 사라지고, 삭풍도 잔잔해진다. 어깨가 홀가분해진 (……) 삭풍 속으로 조용히 스며든다. 발걸음이 산뜻"(허택, 「N번째 살인미수 사건」, 283쪽)해진다. "가까이에서 보면 소름이 끼칠 정도로 섬뜩했지만 조금 떨어져서 바라보면 무슨 회화 작품처럼 보"(박찬순, 「불면의 밤을 떠도는 팅커벨」, 17쪽)이기도 하듯 어쩌면 삶은 우리가 생각하는 것보다 훨씬 단순한 세계인지도 모른다.

때로 생(生)은 저마다의 권태나 절망의 바닥을 치고 나서 폭발하기도 한다. 선과 악이 하나의 얼굴인 것처럼, 우리가 사랑하는 타자를 이해하고 분석할 수 있다는 오만과 결별하는 순간, 신기하게도 영원히 닫혀 있을 것만 같던 타자의 내면의 빗장이 열린다. "세상의 모든 이야기는 사랑의 상처에서 자라나. 누군가의 마음이 누군가의 마음을 사랑해 생겨난 이야기"(채현선, 「밤을 쓰다듬는 손」, 223~224쪽)이자, 그것은 곧 자기 자신의 내면을 호출하는 일이기도 하니까.

책을 읽는 동안, 시간은 자비로워서 그의 곁을 스치기만 해도 어떤 날 선 일들이든 모서리를 잃고 부드러워질 것이다. "눈은 동공 없이 텅 비어 있었다. 모딜리아니의 그림처럼. (……) 작품의 의도나 이유를 묻지 않는다. 까만 눈동자를 그려 넣으라고 강요하지 않"(진보경, 「우리가 디스코를 출 때」, 181~182쪽)고 그저 당신 손에서 우리는 부드럽게 펼쳐질 뿐이다. 오래 그리워한 것들, 끝내 붙잡지 못한 것들, 못내 목메어 오는 것들이 흰빛으로 일렁이는 언어의 바람벽에서 흩날린다.

당신이 자신을 향한 위로를 놓지 않았다면, 서로 스미고 스며 흰빛 가득한 세상이 되는 기적 같은 순간을 맞이하게 된다. "한 송이 눈은 내리자마자 녹아버리는데, 눈이 엄청나게 내릴 땐 이렇게 순식간에 세상을 덮어버"(양진채, 「흰빛 가득한」, 104쪽)리는 것처럼, 분별과 무분별의 아득한 경계를 잠과 꿈, 그리고 날마다 죽음을 꿈꾸는 일로 작품 속에서 구현하기도 한다. 서랍 속에서라면, 색색으로 점멸하는 신호등과 민들레 홀씨가 날아오르는 횡단보도와 정연한 숫자들의 달력을 비껴나 분명 내가 발 디딘 세상이지만, 이전의 세상이 아닌 듯한 기이한 뒤편으로 내던져질 수도 있다.

당신이 펼친 이 책은 아홉 개이자, 동시에 하나의 긴 노래이다.

"무심코 털어놓은 진심의 문장들, 머뭇머뭇 눈빛으로 보내는 침묵의 말들, 비 내리는 새벽 다녀간 흔적으로 남기는 꽃잎의 언어들, 고통과 상흔을 달래는 손짓들. 밤의 로비에서 누군가의 해후를 빌어주는 기도들. 잠시 말들의 정류소에 거주하고 있다가 이윽고 시간과 공간을 초월하여 마음을 전하는 나와 당신들의 가여운 언어들"(조현, 「말들의 정류소」, 174쪽)의 골목길이다. 때로는 오직 살아남는 것이 그 어떤 영웅적인 행위보다 존엄하기에, 기도한다, 세상의 모든 아픈 언어의 영혼이 원하는 곳에 무사히 도착하기를.

대표 집필 채현선

불면의 밤을 떠도는 링커벨

박찬순

물의 소리

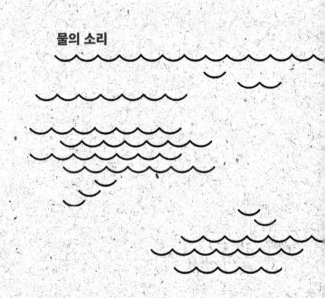

2006년 『조선일보』 신춘문예에 단편소설 「가리봉 양꼬치」가 당선되며 작품 활동을 시작했다. 소설집으로 『발해풍의 정원』 『무당벌레는 꼭대기에서 난다』 『암스테르담행 완행열차』 『검은 모나리자』가 있다. 한국소설가협회 작가상을 수상했다. 2011년 아이오와 국제창작프로그램, 2015년 테헤란 레지던스 작가로 선정되었다.

짙푸른 하늘 아래 황금빛 은행나무. 계절은 이토록 눈부신데 나는 시린 가슴으로 폐가가 된 카페 앞에 앉아 있다. 오엽담쟁이로 뒤덮인 칙칙한 직사각형의 벽돌 건물에서는 쓸쓸함이 비어져 나오는 듯하다. 처마 밑에는 '카페, 물의 소리'라는 작은 나무 간판이 걸려 있고 그 아래 출입문에는 '임대 문의'라는 광고문이 붙어 있다. 벌써 몇 달째 카페는 주인을 찾지 못한 듯하다. 코로나19 방역 수칙으로 거리 두기가 4단계로 오르자, 초록나무도 더는 견딜 수가 없었나 보았다. 문을 닫기 전 그녀는 내게 뭔가를 좀 맡아달라고 부탁했다. '오랜 기간 카페와 함께 숨 쉰 물건이라 꼭 단골손님께 맡기고 싶어요.' 빨간색에다 길고 날렵한 그것 앞에서 나는 못 이기는 척

승낙했다. 나를 향해오던 그녀의 간절한 눈빛을 도저히 뿌리칠 수 없었다. 아마도 경기용 보트로 보이는 그것이 왜 카페의 한 공간을 떡하니 차지하고 있는지는 알지 못했다. 하지만 바라보는 눈빛이나 어루만지는 손길로 보아 그녀 자신에게는 그것이 무척이나 소중한 물건임에 틀림없어 보였다. 사실 나는 첫눈에 그것에 끌려 들어갔다. 직관적으로 그 물건에서 어떤 알 수 없는 미스터리를 감지하고, 그 비밀을 밝혀내고 싶은 충동을 느꼈다. 그것은 곧 내 머릿속의 활발한 추리 작업으로 이어져 마을의 삭막함을 잊게 해줄 것으로 보였다.

처음 집을 보러 왔을 때 나는 창밖에 출렁이는 강물에 끌려 덜컥 이사하기로 작정했었다. 그러나 막상 이사 온 뒤에는 강물 바라기도 잠시, 금세 가슴앓이를 하게 되었다. 강변 마을에는 폐허가 된 고대의 애잔한 유적은커녕 칙칙한 회색빛 시멘트 기둥들만 불량스럽게 내리꽂혀 있었기 때문이다. 물론 옛 학자들을 추모하는 서원 터나 유명 문신들의 묘소를 가리키는 팻말이 자주 눈에 띄기는 했다. 하지만 그 어느 것도 나의 관심을 끌지는 못했다. 애써 발품을 팔아가며 찾아낸 흥밋거리라고는 D리의 말무더기 마을 산신각에서 해마다 음력 시월 초닷샛날 지내는 산신제가 고작이었다. 옛날에 말을 키우다가 죽으면 그곳에 묻었다 해서 말무더기 마을이었다. 마을 한가운데에 서 있는 나지막한 산신각은 높은 아파트 담장에 밀려 거의 쓰러질 듯한 모습을 하고 있었다. 산신제도 한 번

참석해서 음복으로 대추와 밤 한 톨씩을 얻어먹고 나서는 금세 시들해졌다.

이곳에 들어온 뒤로 가장 괴로운 일은 밤에 자려고 누워도 좀체 잠이 오지 않는 거였다. 이리저리 뒤척이다 보면 등허리가 무엇에 찔리는 듯, 따끔따끔 통증까지 느껴졌다. 곰곰이 따져보아도 그 이유가 잡히지 않았다. 다만 일찍이 내 머릿속에 각인된 D리는 사십 년 전 티브이 드라마 '전원일기'를 찍기도 했던 초록마을이었다. 하지만 지금은 그 흔적조차 찾을 수 없었다. 나는 강변의 조촐한 카페에 내 숨통을 매달고 겨우 숨을 할딱이고 있는 지경이었다. 문득 궁금해진다. 그 빨간 물건을 매일같이 광을 내듯 정성스레 닦던 초록나무는 어떻게 되었을까.

지난여름 그녀와 주고받은 대화가 떠오른다. 오랫동안 참아오다가 용기를 내 간신히 말을 건넸을 때였다.

"언제 쉬는 날 차라도 한잔……"

"혹시 팅커벨을 아세요?" 그녀의 역질문.

홀 안에 손님이라고는 달랑 나밖에 없을 때였다. 어렵사리 꺼낸 나의 제안에 느닷없이 '팅커벨을 아세요?'라니. 나는 머쓱함을 떠나 조금은 모욕감을 느꼈다. 상대가 무안하지 않게 퇴짜를 놓는 그녀만의 방식이었을까. 대체 팅커벨이 뭐기에? 하지만 그 순간 잠시 섭섭했을 뿐 나는 그 일을 크게 마음에 담아두지 않았다. 어차피 그녀도 잘 알고 있을 터였다.

자신이 궁지에 몰렸을 때 몸 사리지 않고 나서서 구해준 이가 누구였는지. '초록나무'란 내가 그녀에게 붙여준 별명이었다. 제복처럼 항상 걸치고 있는 베이지색 앞치마에 크고 동그란 초록 나무 한 그루가 서 있었기 때문이다. 그리고 나무 맨 꼭대기에는 조그마한 집 한 채가 오도카니 앉아 있었다. 나는 그 그림이 천진스러운 어린아이의 것이려니 생각했다.

내가 초록나무에게 첫번째 무공을 세운 날은 카페를 드나든 지 일 년쯤 되던 어느 여름날이었다. 당시 나는 무급 휴직으로 재택근무 중이었다. 모든 업종이 코로나19로 직격탄을 맞았지만, 여행사는 폐업이나 다름없었다. 게다가 캠퍼스 커플이었던 여자 친구와는 몇 달 전 헤어졌다. 대학 신입생 시절, 도서관에 자리를 잡아주는 소소한 우정으로 시작돼 결혼까지 약속한 사이였다. 그런데 이제 와서 성격 차이를 이유로 헤어지자는 문자를 보내온 거였다. 지난 구 년간의 세월은 무언가에 홀려 그저 헤매기만 했던 미혹의 시간이었다는 말일까. 처음부터 한결같이 소소한 정을 나누는 친구로만 지냈다면 적어도 우정까지 잃게 되는 일은 없지 않았을까, 하는 생각마저 들었다. 아무튼 그렇게 해서 남아도는 내 저녁 시간은 자연스레 '카페, 물의 소리'가 차지하게 되었다.

그날도 나는 저녁 무렵 궁촌리에서 월문천을 따라 강변으로 나온 다음 오른쪽으로 돌아 산책로로 들어섰다. 산책로라고 해봤자 시멘트를 바르고 흰색 페인트로 자전거 길과 보행

로를 구별해놓았을 뿐, 나무 한 그루 제대로 심어놓지 않은 거칠고 황량한 길이었다. 첫눈에 들어오는 거라고는 '수변에서 낚시나 취사를 할 경우 몇천만 원의 벌금에 처한다'라는 무시무시한 경고문뿐이었다. 그나마 산책자들의 발길을 잠시 멈추게 하는 것은 'D리 옛 나루터'라고 적힌 작은 표지판이었다. 그것을 보면 눈앞에 정겨운 옛 풍경이 어른거리는 듯했다. 경상도, 강원도, 충청도 등지에서 한양으로 과거 보러 가던 갓 쓴 선비들과, 온갖 물건을 배에 싣는 상인들, 그리고 D리 우시장의 소들을 몰고 와 배에 싣는 소 장수들, 거기에 미사리 유원지로 놀러 가는 행락객들까지. 나루터를 뒤로하고 산책로로 접어들자 멀리 북한산 인수봉 위로 석양이 펼쳐져 있었다. 그 화려한 노을이 무색하게 산책로 곳곳에는 '동양하루살이 방제 소독'이라는 다소 썰렁한 플래카드가 걸려 있고, 일정한 간격을 두고 어떤 곤충이 잔뜩 달라붙은 끈끈이 보드판이 서 있었다. 그것은 코로나19 못지않게 이 지역의 심각한 골칫거리가 무엇인지를 알리고 있었다. 곤충은 모기 몸집의 몇십 배나 되는 노르스름한 나방이었는데 가까이에서 보면 소름이 끼칠 정도로 섬뜩했지만 조금 떨어져서 바라보면 무슨 회화 작품처럼 보였다. 어느 화가의 물방울 그림처럼.

팔당호 쪽에서 흘러 내려온 강물은 대단위 아파트가 서 있는 높은 암반 지대를 지나면서 강폭이 크게 넓어졌다. 그러다 물길은 강 건너 미사리를 앞에 두고 왼쪽 구리 방면을 향해

기역자 모양으로 꺾어졌다. 자연스레 유속이 느려지면서 삼패공원 지점에 이르러 강은 마치 큰 호수나 못과 같은 형태를 띠게 되었다. 그 덕에 이 일대는 예부터 '큰 못(德沼)'이라는 뜻의 이름이 붙여졌다. 회사가 멀어 출퇴근에 고생하면서도 나는 벌써 몇 년째 이곳을 떠나지 못하고 있었다. 카페도 카페지만 산책길에서 다양한 빛깔의 일몰을 바라볼 수 있기 때문이었다. 이따금씩 보이는 찬란한 석양은 내 가슴에 작은 소망 하나를 안겨주기도 했다. 비록 지금은 겨우 제 밥벌이에나 골몰하는 한 마리의 소시민일 뿐이지만, 언젠가 나도 재 넘어가는 나이가 될 즈음에는 마지막으로 한번 저렇게 하늘과 강물을 온통 붉게 물들일 수 있다면 좋겠다, 라고 하는. '카페, 물의 소리'는 그렇게 강물이 호수처럼 고요히 밀려와 찰랑대는 강가 언덕에 홀로 서 있었다.

그런 낭만적인 생각은 언덕으로 난 오솔길 언저리에서 그만 산산조각이 났다. 동양하루살이 방제 차량에서 내뿜는 소독약을 졸지에 흠뻑 뒤집어쓴 것이다. 석양에 정신 팔렸다가 뒤에서 다가오는 방제 차에 기습당한 거였다. 마스크를 쓰고 있어도 코로 입으로 매캐한 소독약이 마구 쏟아져 들어왔다. 나는 재빨리 언덕으로 달려 올라갔다. 방제 차는 꼭 저녁놀이 질 때쯤 삼패공원에서 팔당대교 사이를 오가며 매일같이 그 악스럽게 소독약을 뿜어댔다.

언덕에 올라 오른쪽으로 돌면 바로 내가 자주 찾는 '카페,

물의 소리'가 나왔다. 그 앞으로 왕복 2차선 도로가 나 있고 길 건너에는 줄줄이 회색빛 아파트가 병풍처럼 둘러쳐져 있었다. 언젠가 후대인들은 아마도 이렇게 조롱할지도 모른다. 저 시원하게 툭 터진 강변에 오로지 직사각형의 성냥갑 구조물만을 빼곡히 내리꽂았던 선대인들은 대체 얼마나 초현대적인 건축 미학을 지니고 있었느냐고.

휴대전화로 큐알코드를 찍고 직사각형 모양의 기다란 홀에 들어섰다. 초록나무는 홀 맨 안쪽 벽면에 가로놓인 빨간색의 그것을 수건으로 정성껏 닦고 있었다. 보트 옆 벽면에는 실내용 작은 물레방아가 추르르 출출 물소리를 내며 돌아가고 있었다. 옆에 식물을 놓아두지 않은 것으로 보아 그것은 오로지 그 물건을 위해 설치한 듯했다. 카누에게 물이 없다면 그것은 죽음이나 다름없을 테니까. 울산에서 중학교에 다닐 때 카누 선수인 친구를 따라 태화강에 자주 나간 적이 있었다. 친구가 물 위에서 노를 저어 나가는 모습을 보고는 나도 하고 싶어 몸이 움찔거렸다. 하지만 몇 번 시도해보고는 나 자신은 도저히 그럴 만한 체력이 되지 않는다는 것을 깨달았다. 그래도 노를 저을 때 들려오던 사그락사그락하는 물소리에 대한 그리움만은 여전히 기억에 남아 있었다.

주문하기 전, 먼저 홀 안을 둘러보았다. 젊은 남녀 한 쌍과 이십대 여자 한 명 그리고 삼십대 중반의 남자 한 명이 서로 멀찍이 떨어져 앉아 있었다. 계산대로 가서 아이스 카페라테와 당근 케이크를 주문했다. 케이크는 이미 다 나갔다고 했다. 커피가 준비되기를 기다리며 서 있자니 계산대 뒤 벽면에 붙은 포스터가 보였다. 가슴에 메달을 걸고 서 있는 선수의 풍모가 눈에 들어왔다. 햇볕에 그을린 구릿빛 피부에다 팔뚝에 불끈 솟아난 힘줄, 굳은살이 박인 거친 손과 호쾌함이 엿보이는 의젓한 미소, 그것은 카누가 빚어낸 몸의 예술이었다. 도무지 알 수가 없었다. 그 포스터가 왜 오늘에야 내 눈에 띈 것인지.

커피를 받아 내 자리로 왔다. 몇 모금 마시다가 고개를 들었더니 몇 개의 테이블 건너에 앉아 있는 남자와 시선이 마주쳤다. 그는 계산대를 삼각형의 꼭짓점에 두고, 나와 양쪽으로 대칭되게 앉아 있었다. 당근 케이크를 먹느라 마스크를 벗은 상태여서 나는 남자의 얼굴을 요모조모 뜯어볼 수 있었다. 앞에 놓인 접시에 두 조각의 당근 케이크가 있는 것으로 보아 분명 내 몫까지 차지한 것으로 보였다. 어색해진 나는 시선을 돌리고 커피 맛에 집중했다. 치솟는 전셋값 때문에 서울에서 밀려나 여기까지 떠밀려오게 된 내게 위로가 되는 것이 있다면 이 카페의 커피와 당근 케이크였다. 아이스 카페라테는 맛도 좋았지만 유리잔에 비치는 내용물의 색깔이 진갈색에서부터 연갈색과 흰색에 이르기까지 여러 겹의 층을 이루고 있어 눈까지 즐겁게 했다. 또한 얼음 위에 얹은 에스프레소에는 항상 거품이 뽀글뽀글 살아 있었다. 당근 케이크의 맛도 일품이었는데 그 비결이 몹시 궁금했다. 언젠가 초록나무에게 물었더니 제주의 화산재 밭에서 키운 당근을 쓰고 있다고만 할 뿐, 조리법은 '비밀'이라고 했다. 다만 이 한마디를 덧붙였다.

"꼭 이 케이크를 먹어야만 힘이 솟는다고 하던 사람이 있었어요. 여러 번 시도 끝에 개발한 거라서……"

오늘은 그 맛을 보지 못하는 것을 아쉬워하며 다시 잔을 들었을 때였다. 계산대 쪽에서 카페의 고요를 깨는 날 선 남자 목소리가 들려왔다.

"또 무슨 핑계를 댈 거요, 오늘은?"

뭔가 따지는 듯한 말투였다. 고개를 들어 보니 당근 케이크 두 조각을 앞에 두고 나와 대칭되는 지점에 앉아 있던 삼십대 남자였다. 뭔가 심상치 않은 낌새가 느껴졌지만 남의 일에 굳이 관심을 가질 필요가 없었다. 하지만 솔직히 신경은 온통 남자 쪽으로 뻗쳐 있었다. 그런 사내들의 속셈을 내가 모를 리 없었다. 나 역시 그런 부류의 사내들 중 한 명이었으므로. 카페 여자에게서 풍기는 묘한 분위기에 사로잡혀 문을 닫을 때까지 자리를 뜨지 못하는, 그런 대책 없는 사내들 말이다. 사실 영화관도 대형 쇼핑몰도, 이렇다 할 유흥업소 하나 없는 D리에서 친구와 만나 맘 편히 노닥거릴 데라고는 강가의 이 카페뿐이었다. 커피 맛을 음미하고 있을 때 또다시 남자 목소리가 들렸다. 이번에는 상대를 달래듯 호소하는 목소리였다.

"대답 좀 해봐요. 언제까지 내 말을 무시할 거요?"

나는 고개를 들어 계산대 쪽을 바라보았다. 곧바로 초록나무와 시선이 마주쳤다. 그녀는 진작부터 나를 응시하고 있었던 것 같았다. 그 눈빛은 내게 보내는 어떤 신호임이 분명해 보였다. 나는 잠시 고민했다. 몇 분간 뜸을 들이던 나는 마침내 용기를 내어 일어섰다. 그러고는 남자의 뒤통수를 향해 나지막하지만 단호한 목소리로 말했다.

"누구시죠? 남의 영업점에 와서 업무를 방해하시는 분은?"

남자는 휙 돌아서서 아니꼬운 듯한 눈빛으로 내게 대꾸했다.

"뭐요, 당신은? 무슨 상관이 있다고."

나는 더욱 낮고 결연한 목소리로 응수했다.

"같은 손님으로서 알려드리죠. 위력으로써 사람의 업무를 방해한 자는 오 년 이하의 징역 또는 천오백만 원 이하의 벌금에 처한다. 형법 제314조."

그때 홀 안쪽에 앉아 있던 이십대 남녀가 긴장된 분위기에 놀라 일어서려는 자세를 취했다. 나는 그들에게 고개 숙여 깍듯이 인사를 한 다음 두 손을 펴서 아래로 다독거리고 나서 다시 사내 쪽을 향했다. 그러고는 냉정을 유지한 채 눈에 힘을 주어 한동안 사내를 노려보았다. 그런 다음 영화의 슬로모션처럼 아주 천천히 주머니에서 휴대폰을 꺼내 들었다. 시선은 사내를 향한 채. 다음 수순을 알아차린 남자가 휙 몸을 돌려 출입문 쪽으로 황급히 걸어 나갔다. 사실은 나 자신도 놀랐다. 그 순간 어떻게 내 입에서 그 법규가 툭 튀어나왔는지. 신입사

22

원 연수 때 '여행사 직원한테 무슨 법률 상식이냐?'라며 꽤나 투덜댔는데 마침내 써먹을 날이 온 거였다.

나의 두번째 무용담은 이듬해 초봄, 어느 날 오후에 일어났다. 그날 홀에는 삼십대 남녀 두 쌍에다 노트북으로 작업 중인 이십대 여자가 두 명, 그리고 이십대 청년 한 명이 띄엄띄엄 흩어져 앉아 있었다. 나는 그들과 좀 떨어진 입구 쪽에 앉았다. 포근포근한 케이크를 혀 위에 올리고는 쫄깃쫄깃 잘근잘근 씹히는 실당근의 맛을 즐기고 있을 때였다. 계산대 쪽에서 쩡쩡한 젊은 남자 목소리가 들려왔다.

"왜 대답을 않는 거죠? 휴일에 잠시 시간 좀 내달라는데."

고개를 들어보았더니 아까 들어올 때 보았던 이십대 청년이었다. 태도며 차림새로 보아 대학을 졸업하고 갓 취업해 아직은 저 잘난 맛에 사는 풋내기 신입사원쯤으로 보였다. 하지만 그를 보는 순간 나는 바짝 긴장했다. 내가 초록나무에게서 발견한 것을 새파란 이십대 녀석이 벌써 알아차렸다는 말일까. 그렇다면 만만치 않은 경쟁자가 생긴 거였다. 삼십대 중반의 초록나무는 이렇다 할 미인은 아니었지만, 쉬 범접할 수 없을 듯한 묘한 카리스마를 풍기고 있었다. 나 역시 그런 분위기에 이끌려 수작을 걸었다가 보기 좋게 진압당한 거였다. 그때 나는 마치 곤충채집통 속 핀에 꽂힌 나비처럼 꽁꽁 얼어붙었던 것을 아직도 기억하고 있다.

초록나무가 힐끗 내 쪽을 바라보았다. 그 시선은 또 한 번

내게 SOS를 보내고 있었다. 나는 잠시 숨을 고른 다음 일어나 조용히 계산대 앞으로 걸어 나갔다. 그러고는 낮은 목소리로 조곤조곤 초록나무에게 말했다. 옆에 서 있는 이십대 남자에게는 눈길조차 주지 않은 채.

"여보, 당신 먼저 들어가요. 아까 처제가 그랬어. 내일 기말고사라 오늘은 집에 일찍 가야 한다고. 어서 들어가 애 숙제나 봐줘요. 앞치마 이리 주고."

나는 초록나무의 남편이라고 충분히 믿어질 만큼 진중한 태도로 말했다. 청년은 갑작스런 남편의 등장에 당황한 듯했다. 초록나무는 늘 그래왔다는 듯 자연스럽게 앞치마를 벗어 내게 건네고는 퇴근 준비를 하러 가는 척했다. 나는 빈 커피 잔을 쟁반 위에 올렸다. 싱크대로 가져가기 위해서였다. 멍하니 서 있는 청년의 존재는 깡그리 무시했다. 씻은 잔을 갖고 돌아와보니 기고만장하던 녀석은 어느새 사라지고 없었다. 줄행랑치는 녀석의 뒤꽁무니를 보지 못한 것이 못내 아쉬웠다.

그렇게 두 번이나 곤경에서 그녀를 구해낸 것이 나였다. 폭력이나 폭언도 없이 깔끔하고 위엄 있게. 그렇다고 뭐 생색낼 생각은 추호도 없었다. 다만 이쯤 되면 휴일에 차 한잔하자는 말쯤은 건네도 되지 않을까, 라는 막연한 믿음이 있었다. 그런데 느닷없이 '팅커벨을 아세요?'라니. 하지만 그녀가 말한 팅커벨은 동화 속의 요정은 아닌 듯했다. 그것은 이 동네 토박이들만 알고 있는 어떤 비밀스런 기호가 아닐까, 싶었다.

그 뒤로 내 불면의 밤에는 무엇인지 그 존재를 알 수 없는 팅커벨까지 합세해 밤잠을 더욱 설치게 만들었다. 나는 속으로 단단히 별렀다. 어떻게 해야 추락한 위신을 다시 꼿꼿이 세워 나 자신이 마을의 일원으로 받아들여질 수 있을까, 하고.

하지만 기회는 좀체 오지 않았다. 늦여름에 접어들면서 코로나19 방역 조치인 사회적 거리 두기가 4단계로 격상되었다. 카페와 식당의 모임이 낮에는 네 명, 오후 여섯시 이후로는 두 명으로 제한되었다. 그러자 저녁 시간대 손님이 기껏 두세 명으로 줄어들었다. 정작 주인인 초록나무는 태연해 보였지만 나는 손님 발소리가 뚝 끊길 때면 남몰래 한숨을 쉬곤 했다.

어느 날 오후, 당근 케이크를 맛있게 먹고 있을 때였다. 전화를 받는 여자의 목소리가 다급하게 들렸다.

"뭐라고요? 어느 병원이죠? 알았어요."

무슨 일이 생긴 것을 직감한 나는 포크를 내려놓고 여자를 바라보았다. 그녀의 시선이 내게로 와서 꽂혔다. 그것은 또한 번의 부름임을 나는 즉각 알아차렸다. 나도 모르게 일어서서 앞으로 나갔다.

"무슨 급한 일이라도……"

"잠시 이리로 좀 들어오실래요? 두 시간만 좀 봐주세요. 머신 쓰는 법 가르쳐드릴게요."

나는 그녀의 말에 따라 계산대 안쪽으로 들어갔다. 기계는 내가 H 커피전문점에서 아르바이트할 때 써보았던 이탈리아 제품 L 머신이었다. 나는 대뜸 여자에게 말했다.

"염려 마시고 다녀오세요. 전에 아르바이트하던 데서 많이 써본 기계니까요. 커피 위에 크리마트도 제대로 그릴 수 있어요."

조금 놀라는 듯하던 초록나무는 얼른 앞치마를 벗어주고 서둘러 나갈 채비를 했다. 나는 출입문 쪽으로 향하는 여자의 뒷모습에 대고 작은 목소리로 물었다.

"혹시 무슨 일이신지……"

"아들이 아파서 병원으로 실려 갔대요. 학원에서 갑자기……"

"네? 어서 가보세요. 여긴 걱정하지 마시고요."

몇 달 전 나는 초록나무에게 집적대는 이십대에게 내가 마치 그녀의 남편이자 아이 아빠인 것처럼 굴었다. 무심코 내뱉은 말이었는데 그녀에게는 정말 어린 아들이 있었다.

손님들이 다 나가고 나자, 나는 음악을 껐다. 물레방아에서 떨어지는 물소리가 좀 더 크게 들려왔다. 추르르 출출 추르르 출출. 카페는 오직 빨간 카누를 위한 시간이 된 듯했다. 마음이 더 느긋해지고 평화로워졌다. 진작 음악을 끄고 물소리를 들을 걸, 하고 후회했다. 이상하게도 물소리는 나를 계산대에서 일어나게 한 다음 카페 벽에 붙은 포스터와 액자들을 하나하나 살펴보게끔 이끌었다. 여태껏 그저 건성으로 스쳐 지났던 것들이었다. 2010년 광저우를 시작으로 연달아 인천, 그리고 인도네시아 팔렘방에서 열린 아시안게임 포스터였다. 한

명은 그 세 개의 포스터 모두에 들어 있었다. 처음엔 금메달을 목에 건 선수였고, 그다음 포스터 두 개에는 선수 옆에 서 있는 것으로 보아 코치나 감독으로 나간 듯했다. 인터넷에서 카누협회 홈페이지로 들어가보았다. 세 대회 모두에서 같은 이름이 발견되었다. 이세준.

나는 궁금했다. 혹시 그였을까. 당근 케이크를 먹어야만 힘이 난다고 했던 사람이? 그가 처음으로 국가대표로 나갔을 때의 나이는 24세였다. 그렇다면 올해 36세, 초록나무와 엇비슷한 나이였다. 혹시 두 사람은 어린 시절부터 친구가 아니었을까. 프로필에 이세준은 D중학교에서 카누에 입문한 것으로 나와 있었다. 남녀 공학이니 충분히 그럴 수 있었다.

이번에는 물레방아가 놓인 곳으로 가서 그 위에 걸린 액자를 들여다보았다. 그것은 여자의 앞치마에 찍힌 것과 똑같은 판화 그림이었다. 크고 동그란 초록나무 위에 작은 집 한 채가 올라앉은 그림. 어린아이 솜씨려니 했는데 그게 아니었다. 낙관을 살펴보았다. UCChin C 1986. 미술에 문외한이긴 해도 그가 장욱진 화백이라는 것쯤은 금세 알 수 있었다. 60년대에 D리에 들어와 십여 년을 살면서 새와 나무, 아이와 가족을 주로 그렸던 화가. 우리의 집이, 삶이, 나무로 상징되는 자연 위에 올라앉아 있다는 말일까. 그러다 D리에 신앙촌이 들어서고 개발 붐이 일기 시작하자 자연이 좀 덜 훼손된 곳으로 떠난 화가. 하지만 지금 내게 필요한 것은 삶의 본질을 심플하게 그려낸 대 화가에 대한 정보가 아니었다. 중요한 것은 그의 그림이 찍힌 앞치마를 유니폼으로 입고 살아가는 초록나무의 정체였다. 그리고 그녀와 카누 선수 이세준과의 관계였다.

한 걸음 더 나아가 빨간 카누 위쪽 벽에 걸린 액자를 들여다보았다. 어떤 시골 풍경이 담긴 사진. 차 한 대가 겨우 지나다닐 만큼 좁은 길 입구에는 양쪽으로 낡고 퇴락한 집 몇 채가 들어서 있고 나머지는 온통 숲으로 뒤덮인 산동네였다. 혹시 초록나무가 어릴 때 살던 동네가 아닐까, 싶었다. 벽에 걸린 그림과 사진으로 보건대 D리의 역사가 이 카페, 물의 소리에 응축되어 있는 듯했다. 카페는 말하자면, D리에서 역사의 맨 끄트머리를 지키고 있는 최후의 전선처럼 보였다. 그런데 이제는 왠지 그 선마저 무너질 듯 아슬아슬하게 보였다.

카누가 놓인 옆쪽 벽면을 지나는데 색다른 사진이 담긴 액자가 눈에 띄었다. 노르스름한 색의 기다란 날개를 지닌 곤충은 모기와는 비교도 되지 않을 만큼 큰 몸집을 갖고 있었는데, '팅커벨'이라는 이름이 붙어 있었다. 나는 무릎을 쳤다. 여자가 내게 물었던 '팅커벨'이 바로 이거였구나, 하고. 그것은 강변길 끈끈이 판에 들러붙은 나방인 동양하루살이와 똑같은 생김새를 갖고 있었다. 몸통보다는 노르스름한 날개가 수려해 얼핏 보면 인동초 꽃처럼 보이는 곤충. 그래서였을까. 박멸의 대상인 이 나방에게 D리 사람들은 동화 속 요정의 이름을 붙여주었나 보았다. 찾아보니 입이 퇴화해 사람을 해칠 수가 없고, 먹이사슬에서 중요한 위치를 차지한다고 되어 있었다. 하지만 아침에 가게 문을 열러 나갔을 때 유리창이 비좁을 정도로 다닥다닥 붙어 있는 녀석들의 사체를 보면 누구나 몸서리를 칠 만큼 흉물스럽다고 다들 입을 모았다. 그러니까 초록나무가 말한 '팅커벨'은 곧 D리의 정체성을 뜻하는 암호임이 확실해졌다. 내 불면의 밤을 더욱 스산스럽게 하던 한 가지 고민은 해결되었다. 나는 에드거 앨런 포의 '황금풍뎅이'라도 손에 넣은 듯 어깨가 으쓱해졌다.

그다음으로 언뜻 머리에 떠오른 것이 있었다. 왠지 소년은 서울에서 D리로 이사를 왔을 것만 같았다. 토박이 소녀는 소년에게 숲속의 곤충과 새들은 물론 강의 세계를 알려주는 살뜰한 안내자가 되었을 것이다. 세준은 자라 카누 선수가 되고 소녀는 자라 카페의 주인으로서 그의 후원자가 되었을지도…… 시간은 벌써 밤 아홉시가 다 되어가고 있었다. 그때 밤의 고요를 깨는 요란한 전화벨 소리. 수화기를 들자 어떤 여자 목소리가 들려왔다.

"솔이니? 아니 왜 폰을 안 받아? 아직도 문 안 닫았어?"

나는 뭐라고 답을 해야 할지 몰라 허둥대다 입을 열었다.

"아, 저어, 저는 여기 손님인데요. 주인님이 잠시 외출하셨어요. 아이가 좀 아파 병원에 가셨습니다."

여자는 놀란 목소리로 말했다.

"애가요?"

"네. 오시면 누구시라고……"

"호야 이모예요. 수고하세요. 애, 호야가 아파서 은솔이가
병원에……"

마침내 초록나무와 아들의 이름을 알게 되었다. '은솔'과
'호야'. 호야는 세준과 초록나무의 아들일까? 모를 일이었다.
아무튼 은솔과 세준은 어릴 때부터 숲속에서 같이 놀며 소소
한 우정을 가꿔온 사이였을 거라는 생각이 들었다. 그 소소한
우정으로 같은 꿈을 꾸었을 두 사람. 둘은 혹시 파탄을 맞은
것일까. 지난 몇 년 동안 한 번도 남편의 그림자를 보지 못했
다. 나는 나 자신이 세준이 되어 처음 이곳에 전학 왔을 때 본
D리의 모습을 상상해보았다.

전학을 와보니 아파트가 들어서지 않고 아직 숲이 그나마
남아 있는 동네는 궁촌리뿐이었다. 입구에 있는 은솔이네 집
을 지나 동산으로 오르는 오솔길에는 새들의 오케스트라가
울려 퍼졌다. 모든 새들 중에서도 은솔이 늘 옆구리에 끼고
살다시피 한 새는 직박구리였다.

"잘 봐, 애가 직박구리야. 우리나라 대표적인 텃새. 몸집이
참새보다는 크고 비둘기보다는 작지? 깃털은 보다시피 회백
색인데 부리 옆에 연지곤지를 찍은 것처럼 붉은색이 나 있잖
아. 그래서 구별하긴 쉬워. 애는 완전 먹보다. 별걸 다 먹어.

봄에는 진달래나 벗나무 꽃잎에다 나뭇잎도 갉아먹고, 여름이면 온갖 벌레는 물론이고 말매미나 지네까지도 잡아먹는대. 감나무에 남은 까치밥도 실은 애가 제일 좋아한단다. 애들은 무리를 지어 사는데 자기들끼리도 영역 다툼이 심해서 싸움꾼이래. 그래서 조폭이라는 별명도 있어. 그런데 모성애가 너무나 강해서 누가 가까이 다가오면 깃털을 바짝 세우고 공격을 한대. 나무에서 삐이이익, 삐이이익 하는 울음소리가 들리면 애들이 왔다는 신호니까 멀찍이 떨어지는 게 좋아."

은솔은 아버지를 졸라 마당에 얕은 연못을 파두었다. 그러고는 산에서 따온 열매를 마당에 흩뿌려놓고는 기다렸다. 직박구리가 날아오면 은솔은 내게 속삭였다.

"와, 쟤들 목욕하러 왔어. 저기 봐, 엉덩이로 촐랑촐랑 물 튕기는 거, 꼭 춤추는 것 같지 않니? 얼마나 목욕이 하고 싶었으면 저럴까. 우리도 이제 조폭이랑 친구가 된 거야."

그 정도로는 은솔의 개성이 아직 덜 드러난 듯했다. 토박이 소녀는 더 발칙하고 담대한 면모를 보였을 것 같았다. 아마도 세준은 숲속의 그 무엇도 두려워하지 않는, 당찬 은솔의 모습을 보았을 것이다.

어느 날은 바위틈을 슬금슬금 기고 있는 숲의 또 다른 식구를 발견했다. 겁에 질린 나는 얼른 나무 뒤로 가서 숨었다. 은솔은 녀석에게 슬며시 다가가며 말했다.

"잘 봐, 세준아. 내가 이 친구 데리고 노는 거. 동시에도 나오잖아. 영롱한 푸른 대님 손바닥에 올리면, 매끈매끈 탱글탱글 장난감 고무줄."

나는 나무 뒤에 숨어서 훔쳐보았다. 그것은 푸른색 바탕에 검은 점이 골고루 찍힌 새끼 뱀이었다. 은솔은 아무렇지 않게 그것을 집어 제 목에 걸었다. 그러고는 한참 동안 고무줄처럼 마음대로 갖고 놀다가 내 앞으로 들이밀며 목에 걸어보라고 했다. 나는 질겁하고 도망쳤다. 은솔은 새끼 뱀을 손에 쥐고 흔들면서 내 뒤를 쫓아왔다.

"이런 겁쟁이. 이건 독사가 아냐. 실뱀이야. 새끼 뱀."

은솔이네는 아버지가 당구장을 하겠다며 집과 농지를 다 팔아버려 남의 집에 세 들어 살고 있었다. 그렇게 시작한 당구장은 이 년도 채 못 되어 문을 닫았다. 그래서인지 살림살이는 좀 궁색해 보였다. 하지만 은솔이만은 항상 부자 같았다. 숲속의 모든 새와 나무, 온갖 짐승들을 친구로 뒀으므로.

서울에서 살다가 집값이 비교적 싼 경기도 D리로 전학을 온 세준. 그의 눈에 비친 당시의 초등학교와 D리의 풍경은 어땠을까. 나는 다시 세준이 되어 그 시절로 돌아갔다.

3학년 때 전학을 와서 보니 학교는 콩나물 교실이었고 도로에는 인도도 없었다. 우리는 오토바이들처럼 아슬아슬하게 곡예하듯 자동차 사이를 요리조리 뚫고 학교로 갔다. 길도 내지 않고 논밭에 마구잡이로 아파트가 들어서자 서울과 다른 도시들에서 많은 사람들이 쏟아져 들어온 탓이었다. 나는 엄마에게 불평을 해댔다.

"초록마을이라고 하더니 뭐야? 온 사방에 회색빛 아파트뿐이잖아. 숲이 무성해서 옛날에 연산군이 와서 사냥하던 곳이라고 그러더니."

실망이 큰 내게 은솔은 어른들에게서 들은 얘기를 들려주었다.

"너 신앙촌이라고 알지?"

"아니, 모르는데."

"엄마가 그러는데 단체생활을 하는 좀 특이한 교회였대. 우리 초록마을에 육천 명이나 되는 신자들이 들어와서, 공장 짓고 사업을 하다 망해서 나갔대. 그 뒤로 또 다른 업자들이 들어와 논밭에 아파트만 왕창 지어놓고 나갔고."

"덕분에 나 같은 도시 사람들도 많이 들어와 살게 됐잖아."

"하긴 그래. 집이 많아져서 좋은 건 딱 하나, 니가 우리 동네 식구가 됐다는 거야. 그치만 너, 서울 촌놈, 우리 동네 사람 되려면 아직 멀었다. 나한테 훈련 좀 빡세게 받아야 될걸."

은솔은 내게 살짝 눈을 흘기면서 배시시 웃어 보였다.

일단 내가 세준이라고 생각하자 상상은 더욱 자유롭게 나래를 폈다.

숲 다음으로 은솔이 나를 데려간 곳은 강가였다. 강은 크기
도 엄청난데다 항상 살아서 꿈틀거리는 하나의 거대한 짐승
이었다. 그것은 출렁출렁, 콸콸, 철철, 철썩철썩 소리를 내고
겨울엔 얼어붙어 꽁꽁, 얼음장 우는 소리를 냈다. 그런가 하
면 한낮엔 햇빛과 몸을 섞어 반짝이는 윤슬을 빚어내고, 저녁
이면 노을빛으로 물들어 붉은 비단 자락을 펼쳐 보였다. 하지
만 홍수가 나면 무서운 괴물이 되어 강변을 치고 올라와 마을
을 할퀴었다. 그래도 강은 수많은 식구를 먹여 살리는 품이
넓은 어머니였다. 수달과 잉어, 숭어는 물론이고 청둥오리,
민물가마우지에 재두루미와 고니 같은 철새들까지도. 나는
한강 체험학습 시간이 제일 재미있었다. 망원경으로 새와 물
고기를 관찰하는 일에 흠뻑 빠져들었다. 우리는 학교가 파하
면 강가로 달려가 놀았다.

중학교에 들어가자, 나는 운동장에 내걸린 플래카드에 홀
렸다. '물 위를 걷는 자가 되고 싶지 않으세요?' 물 위를 걷는
예수님 이야기는 나도 알고 있었다. 그런데 카누로 물 위를
걷게 된다니. 카누부 코치 얘기에 나는 솔깃해지기 시작했다.

"애들아, 카누는 말이다, 속도에 미친 세상에서 느리게 사
는 법을 배우는 스포츠란다. 느리게 떠가면서 강이나 호수의
리듬과 호흡을 맞추는 거야. 그래서 '물 위를 걷는 놀이'라고

하지. 그때 들리는 물소리가 곧 자연의 소리란다."

그랬던 세준이 물의 소리에 가장 큰 희열을 느낀 순간은 언제였을까. 혹시 광저우 아시안게임에 나갔을 때가 아니었을까. 나는 눈을 감고 세준이 카누를 타고 호수 위에 떠 있는 모습을 머릿속으로 그려보았다.

새벽의 호수는 고요하고 잔잔했다. 노를 저으며 물살을 가르고 있을 때 어떤 소리가 들려왔다. 나는 그 소리가 처음부터 어떻게 해서 생겨났는지 천천히 되짚어보았다. 먼저 호수를 감싸고 있는 대기 속에서 눈에 보이지 않는 어떤 움직임이 일었다. 그 움직임이 물에 스며들면서 미세한 파동을 일으켰다. 그때 노를 물에 꽂고 천천히 저어가자, 노를 통해 물의 떨림이 내 몸으로 전해졌다. 동시에 귀로는 어떤 소리가 들려왔다. 사그락사그락. 곧 물의 소리였다. 이 세상 무엇과도 바꿀 수 없는 순수한 자연의 소리. 나는 어머니 뱃속의 아기처럼 편안해졌다. 마침내 물 위를 걷는 사나이가 된 것이다.

이제까지 추리해보건대 어쩐지 세준과 은솔 부부의 삶은 예고된 비극의 수순을 밟고 있다는 느낌이 왔다. 파산의 냄새가 짙게 풍기고 있었다. 세준이 어렸을 때와는 달리 요즘 아이들은 학교가 파하면 강변 대신 학원으로 달려갔다. 학교 카누부에 지원자가 줄어들자, 세준은 아마도 밖에다 클럽을 만들어 카누 인구를 늘리려고 하지 않았을까. 그러다 결국 경영난으로 문을 닫게 되었을지도 모른다. 그 생각을 하자 가슴이 아려왔다. 물론 터무니없는 나만의 상상일 수도 있었다. 어쨌든 초록마을 D리에서 카누의 영광을 되살리려던 그들의 열정만은 내 가슴에 오롯이 새겨지고 있었다. 인생에서 기어코 이루고 싶은 어떤 목표를 가졌던 그들이 나는 부러웠다. 그 부러움은 곧 억제할 수 없는 욕구로 나타났다. 어릴 적부터 단짝이었던 짝꿍의 꿈을 위해 자신의 모든 것을 쏟아부었던 초록나무와 뜨거운 입맞춤을 하고 싶다는. 아니 입맞춤만이 아니었다. 그 순수한 열정의 덩어리와 몸을 섞고 싶었다. 그 열정을 전염 받기 위하여. 눈을 감고 그녀와 한 몸이 되는 환상에 빠져들었다. 몸이 뜨거워지고 숨이 가빠왔다. 그러다 나는 문득 냉정을 되찾고 숨을 고르기 시작했다.

이 모든 것은 코로나19 덕분이었다. 재택근무 덕에 매일 저녁 카페에 출근하게 되었으니까. 하지만 그보다 더 중요한 것이 있었다. 동네 카페를 드나들 때는 서비스를 받기만 할 게 아니라 손님으로서의 도리를 다해야 한다는 것이다. 그러면 카페는 언젠가 동네의 은밀한 비밀을 속삭여준다. 그때 출입문이 열리면서 초록나무가 잰걸음으로 걸어 들어왔다. 가쁜 숨을 고르며 그녀가 말했다.

"오래 기다리셨죠? 죄송해서 어쩌죠?"

나는 자리에서 일어나 그녀를 안심시켰다.

"괜찮아요. 나가신 뒤로 손님이 두 분밖에 안 계셨어요. 아이는……"

"당장 수술해야 한대요. 심장 수술요. 선천성 청색증이어서 진작 했어야 하는 건데…… 어서 들어가셔야죠."

그녀의 말은 많은 것을 말해주고 있었다. 카누 클럽을 운영하느라 늘 빚에 졸려 수술을 미룰 수밖에 없었던 저간의 사정을. 그녀에게 가볍게 목례를 한 다음 나는 출입문 쪽으로 뚜벅뚜벅 걸어 나갔다. 출입문 손잡이를 잡고 막 밀려는 찰나, 뒤에서 다급한 발소리가 들렸다. 나도 몰래 뒤를 돌아보았다. 초록나무가 그 자리에 뚝 멈춰 섰다. 아차, 했다. 나 혼자만의 환상을 들킨 것은 아닐까, 하고. 둘의 시선이 마주쳤다. 우리는 언제까지나 그렇게 서 있을 것 같았다. 그러다 다시 생각했다. '가장 아끼는 이에게는 휴식을.' 그것은 내게 건강하고 소소한 우정을 의미했다. 나는 돌아서서 출입문을 열고 곧장 집으로 향했다.

이튿날 저녁 카페로 갔을 때 그녀는 나를 카누 앞으로 데려가더니 조금은 더듬거리는 말투로 어렵게 운을 뗐다.

"저어, 고, 곧 문을 닫을 건데, 이 카, 카누를 좀……"

초록나무는 하던 말을 멈추고 고개를 돌렸다. 잠시 침묵하던 그녀가 담담한 목소리로 다시 말을 이었다.

"미, 미안해요. 우, 우리 집, 워, 원룸엔 둘 자리가 없어서."

말없이 천천히 고개를 끄덕이면서 마침내 나는 보았다. 초록나무의 얼굴에 모처럼 어린 희미한 미소를. 그렇게 해서 그것은 나의 빌라로 들어와 지금 나와 함께 숨 쉬고 있다. 홀연한 가지 의문이 솟는다. 은솔은 자신의 가정을 위기로 몰았던, 다시는 눈길조차 주기 싫었을 그 카누를 왜 계속 유지하려고 애를 쓰는 것일까? 그것은 대체 무슨 아이러니란 말인가?

의문을 품고 있던 나는 얼마 전 인터넷에서 D리에 관한 기사 한 꼭지를 찾아냈다.

'2020년 8월 6일 화천 파로호 상류 계곡에서는 불시에 쏟아진 폭우로 여러 명의 등산객과 낚시꾼들이 급류에 휩쓸려 실종되었다. 현장에서 훈련을 지휘하던 D중학교 카누부 L 코치는 여덟 명의 대원을 모두 구해낸 뒤 자신은 끝내 급류를 벗어나지 못했다.'

기사를 확인한 뒤 나는 그의 모교 카누부를 찾았다. 세준의 후임 코치가 한 말은 몇 마디로 요약되었다.

"세준의 팀이 아시안게임에서 세 번 연속 좋은 성적을 거두면서 모교는 카누의 명문이 되었다. 하지만 D리가 아파트 왕국이 되면서 카누부 지원자는 급격히 줄어들었다. 꿈을 포기할 수 없었던 세준은 학교 밖에다 카누 클럽을 열고 거기에 전 재산을 쏟아부었다. 카누의 챔피언이라는 D리의 영광을 되찾기 위해서였다. 그러다 빚에 시달리던 두 사람은 결국 파산을 하고 헤어질 수밖에 없었다."

마침내 퍼즐은 완성되었다. D리에서 빨간 카누의 꿈을 끝내 놓지 않았던 이세준, 그는 강물과 한 몸이 되었다. 아마도 그는 지금도 죽지 않고 살아서 이 거대한 짐승인 강과 함께 깊은숨을 몰아쉬고 있을 것이다.

코치와 헤어져 돌아오는 길, 눈앞에 뭔가가 어른거리고 있었다. 그것은 D리에서 겪은 내 불면의 밤과 관련이 있는 듯했다. 내 등허리가 마치 깨어진 유리 조각 같은, 누군가의 산산이 부서진 꿈의 파편 위에 놓인 모습이었다.

작가노트

　불면을 부르는 당신의 잠자리. 그것은 깨어진 유리 조각 같은, 누군가의 산산이 부서진 꿈의 파편 위에 놓여 있었음을.

운니지차
(雲泥之差)

심아진

우정

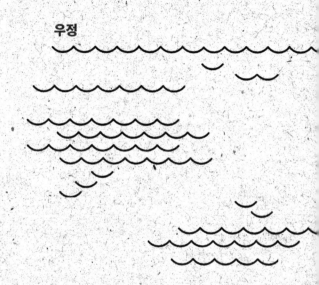

1999년 중편소설 「차 마시는 시간을 위하여」(『21세기문학』)로 등단하며 작품 활동을 시작했다. 소설집으로 『숨을 쉬다』 『그만, 뛰어내리다』 『여우』 『무관심 연습』 『신의 한 수』, 장편소설로 『어쩌면, 진심입니다』 『후예들』 『프레너미』가 있다. 김용익소설문학상, 백릉 채만식문학상을 수상했다.

여기, 거의 모두가 부러워할 만한 여자가 있다. 이때 '거의 모두'란 소소한 행복에 만족하지 못하나 그거라도 지향해야만 덜 시달리고 살 수 있는 걸 터득한 평범한 사람들을 가리킨다. 이는 곧 여자의 주변에 소소한 행복을 뛰어넘는 복스러운 일, 소위 우리가 행운이라 부를 만한 일들이 가득하다는 걸 뜻하기도 한다. 여자를 따라가보자.

　여자는 어린 시절 솔솔이라는 별명을 얻었고 그 후로도 친한 이십 년 지기 친구들로부터 여전히 그렇게 불리고 있었다. 여자의 원래 이름이 무엇인지는 중요하지 않다. 친구들이 약간의 경외감과 부러움을 담아 솔솔, 하고 부르는 장면이 그려진다면 그걸로 충분하다. 별명을 얻은 건 그녀가 초등학교 저

학년이던 어느 봄 교내 독창 대회에서 「구슬비」라는 동요를 부르면서, 더 정확히는 그녀의 노래를 들은 아이들 몇몇이, '예쁜 구슬 맺히면서 솔솔솔' 하는 이 절 가사 마지막 부분을 저도 모르게 흥얼거리고서부터였다. 친구들은 멀리 있는 솔솔을 가까이서 잡고 싶은 열망을, 대개 이 열망은 자신들이 알지도 못하는 사이에 이미 그 자리에 있었는데, 담아 부르곤 했다. 야, 솔솔! 솔솔, 어디 가? 솔솔…… '솔솔'은 단순히 풀잎이나 잎사귀에 맺히는 은구슬, 옥구슬 같은 것만을 연상시키지 않았다. 저 높은 곳으로 날아올라 천진하고 순결한 구름을 이루는, 지상을 그윽하게 내려다보는 고아한 물방울의 이미지에까지 닿았다.

어쨌거나 솔솔에게는 솔솔거리며 굴러들어오는 좋은 일, 정말 행운을 타고났구나, 하고 주변에서 경탄할 수밖에 없는 사건들이 끊이지 않았다. 가령, 솔솔은 달리기를 잘하지 못했으나 솔솔이 속한 팀은 늘 우승을 했다. 솔솔과 같은 편인 누군가가 예상치 못한 기량을 발휘하든가 상대편 유망주가 생게망게하게 넘어진다든가 해서였다. 솔솔이 숙제를 해오지 않은 날에는 웬일로 숙제 검사가 없었으나 숙제를 잘해온 날에는 아주 꼼꼼하게 검사가 이뤄지기도 했다. 화는 쌍으로 와도 복은 쌍으로 오지 않는다는 옛말이 있다지만 솔솔에겐 들어맞지 않았다. 좋은 일에 좋은 일이 겹쳤다. 중학교 배정만 해도 그랬다. 솔솔의 아파트 바로 옆 동에 사는 아이가 인근에서 제일 인기 없는 중학교에 진학한 것과는 대조적으로 솔솔은 평판 좋은 중학교로 배정을 받았다. 그 아이와 솔솔 사이에는 어느 아파트에나 흔한, 인간사에 대체로 무심한 화단이 있었을 뿐인데도 그랬다. 솔솔은 솔솔의 팔짱을 끼고서 요지부동 곁을 떠나지 않는 경쾌한 기운에 이끌려, 흔히 질풍노도의 시기라 일컫는 중학 삼 년마저 가볍게 넘겼다. 또래 아이들이 쉽게 피해 갈 수 없는, 자존감 허물어지는 사건들마저 용케 피하면서였다. 고등학교도 크게 다르지 않았다. 특히 그 시기에 가장 민감할 법한 학업 면에서 그랬는데, 솔솔 스스로도 놀라워하며 때로 쑥스러워하며 인정하는 바였지만, 성적이 원래 있어야 할 하위권이 아니라 중위권에 들곤 했던 것이다. 친구들이 나중에 알아낸 바에 의하면 그건 중간고사 혹은 기말고사 시험 문제를 족집게처럼 예상한 선생이 하필 솔솔이 다니는 학원에 있어서였다. 심지어 솔솔이 학원을 옮기면 그 학원에 또 다른 족집게 선생이 등장할 정도였으니…… 압권은 대학이었다. 솔솔은 어려서 독창 대회에도 나갈 만큼 노래를 꽤 했으나 그걸 이어갈 열정은 없어서 곧 그만두고 피아노를 배웠다. 변덕만큼은 꾸준히 잘 부리는 아이들 대부분이 그랬던 것처럼 솔솔도 치다가 말다가를 반복했으나 고삼 입시생이 되었을 때 돌연 피아노를 전공하기로 했다. 갤럭시폰을 쓰다가 아이폰으로 바꿀 때만큼의 고민도 하지 않은 후의 결정이었다. 건둥건둥, 쓰렁쓰렁 등의 낱말이 딱 어울리는 정

도로만 입시 준비를 한 후 솔솔이 그해 입시에 실패하고 이듬
해 이 년제 대학에 입학했을 때 친구들은 처음으로 솔솔의 운
도 거기서 끝인가 보다 했다. 질투와 시기가 없지 않았을 사
춘기 폭풍도 다 뚫고 우정을 지켜낸 세 명의 친구들, 연지와
예리, 희륜은 얼마간 진심으로 솔솔을 위로했다. 재수나 반
수 등을 거치기는 했어도 수도권 내 사 년제 대학 진학에 성
공했으므로 기실 위로를 하면서 위로를 얻었다고 할 수도 있
었다. 그러나 친구들의 어쭙잖은 태도를 어쩌면 가소롭게 바
라보고 있었을 하늘이 또 한 번 솔솔의 어깨를 듬쑥하게 감싸
안았다. 솔솔이 다니던 전문대학이 느닷없이 인근 사 년제 대
학에 병합되었던 것이다. 그리스·로마 신화라면 꿰뚫고 있
는 예리가 당시에 이런 말을 했다. "정의의 여신 유스티티아
만 눈을 가리고 있는 게 아니야. 행운의 여신 티케, 그러니까
포르투나도 종종 끈으로 눈을 가린 모습을 하고 있어." 연지
와 희륜은, 포르투나가 잠든 이의 그물을 끌어 올려 대신 고
기를 잡아주면서도 왜 하필 그 사람을 택했는지는 여신 자신
도 모를 것이라는 예리의 말에 동의했다. 행운의 여신이 솔솔
을 알든 모르든 솔솔 곁에 딱 붙어 있는 건 분명했다. 여신이
가진 뿔피리에서 하염없이 쏟아지는 금화처럼 솔솔의 행운도
끝이 없었으니까. 솔솔이 길을 걷다가 갑자기 폭우를 만난 곳
이 하필 고객 확보 차원에서 무료로 우산을 나눠주는 은행 앞
이라거나, 솔솔이 버스에 두고 내린 가방을 바로 알아보고 챙

긴 이가 우연히 다음 정거장에서 버스에 오른 솔솔의 엄마라
든가 하는 등의 소소한 운은 덤으로 따라다녔다.

　그러므로 솔솔은 1980년대에 태어나 이십세기와 이십일세
기, 두 세기를 살아내는 가운데 각 세기의 단점을 나름대로
소화하려다가, 즉 달래거나 극복하거나 외면하려다가, 내면
에 지워지지 않을 상흔만 남은 친구들과는 일상을 대하는 방
식이 달랐다. 사실 솔솔은 단점이든 장점이든 그 무엇이든 적
극적으로 대면하지 않는 듯 보이기도 했다. 어떤 일이든 그
저 솔솔을 관통해 유유히 흘렀다고 하면 맞을지도 모른다. 방
긋 웃는 꽃잎마다 송송송 하듯이 혹은 예쁜 구슬 맺히면서 솔
솔솔 하듯이. 솔솔이 아들을 대하는 태도도 그랬다. 보람이는
아기 때부터 잘 자고 잘 먹고 잘 노는 순둥이더니 사소한 말
썽 한번 일으키지 않고 아주 잘 컸다. 이름처럼 보람차게, 보
람을 안겨주면서. 솔솔은 신을 믿지 않았으나 깊은 사유를 거
치지 않고도 이런 말을 하곤 했다. "아이는 내가 키우는 게
아니야. 신이 알아서 돌보는 거지." 어쩌면 솔솔이 신을 믿지
않아도 신은 솔솔을 진심으로 믿는 것인지도 몰랐다. 일 년
에 두 번, 부활절과 성탄절 예배만 참석하면서도 나름 신앙인
이라고 자부하는 연지가 혀를 내두를 정도였다. "솔솔은 무
엇을 먹을까 무엇을 입을까 궁리하지 않아도 하나님이 알아
서 다 해주신다는 마가복음 말씀의 핵심을 간파한 듯해." 좋

아하는 책이 플라톤의 『향연』이라 가끔 끼고 자기도 하는 예리는 이렇게 말했다. "솔솔이야말로 에피쿠로스 학파가 최고의 경지로 여긴다는 평정심, 아타락시아에 이른 자 같아." 대학에서 심리학을 전공한 희륜은 자기가 아는 어떤 프로이트의 방어기제로도 솔솔을 설명할 수 없다고 했다. 솔솔은 무의식적으로 자신을 억압하는 유형도 아니었고 제 감정을 누군가와 동일시하거나 누군가에게 투사해 해결하려 드는 유형도 아니었다. 솔솔의 심사가 조금이라도 어스러진 듯 보이는 순간은 집 앞 화단을 오가는 길고양이의 중성화 수술 실패나 유명 산악인의 정치 입문, 즐겨 보던 텔레비전 프로그램의 종영 등 누군가는 관심도 기울이지 않을 법한 일들이 일어날 때뿐이었다. 그렇게 솔솔이 자신과 크게 상관없는 일에 속상해할 때면 친구들은 그나마 그게 인간적으로 보인다며 반기다가도 과연 그게 인간적인 건지 반문하지 않을 수 없었다. 솔솔은 일종의 수수께끼였다.

어찌 보면 세 친구는 바로 그런 알 수 없는 면에 이끌린 건지도 몰랐다. 자고로 그리스도의 신비니, 엘레우시스의 비의니, 라캉의 대타자니 하는 것들이 끝없이 인간의 호기심을 자극하기도 하는 법이니 말이다. 분명한 건, 친구들이 사고가 복잡하고 속이 무거운 자신들은 결코 도달할 수 없는 어떤 경지에 솔솔이 이르렀다고 느낀다는 점이었다. 영롱한 물방울이 경쾌하고 긍정적인 기운으로 가득 찬 나머지 높은 하늘로 떠올라 솔솔, 바람 소리를 내기도 하는 경지 같은 것 말이다.

많은 이가 그런 솔솔을 질시하거나 무시하려 애쓰며 떠나가는 동안, 비교적 선하거니와 현명하기도 한 세 친구는 끝까지 솔솔 곁에 머물렀다. 사실 연지, 예리, 희륜은 좋지 않은 일에 함께 울어주기는 쉬워도 좋은 일에 함께 기뻐하기는 어려운 요즘 세상에 보기 드문 자질을 가진 친구들이었다. 물론 연지와 예리와 희륜이 처음부터, 그리고 흔들림 하나 없이 내내 그랬던 건 아니다. 가끔은, 아니 자주 의심하곤 했다. 어쩌면 솔솔이, 신의 비위를 맞춰 원하는 걸 얻으려고 은밀히 철야 기도라도 바치는 건 아닐까? 실은 피그말리온처럼 간절한 염원을 갖고서 남몰래 운명과 혈투를 벌이고 있는 건 아닐까? 혹은 농구 경기에서 성공에 대한 확신으로 특출한 기량을 선보이는 핫핸드와 같은 최면 상태에 있는 건 아닐까? 그러나 어디에도 솔솔이 애를 쓰거나 욕심을 낸 정황은 없었다. 흘러내린 콧물을 후룩 들이마시던 어린 시절부터 벌써 유방암을 걱정하기도 해야 하는 서른 후반의 나이에 이르기까지 오랜 시간을 함께한 친구들은 인정하지 않을 수 없었다. 솔솔의 성정이나 솔솔에게 계속되는 행운은 의도하거나 계획된 게 아니며 솔솔 자신도 쉽게 알아채지 못하는, 타고난 고유한 특성일 뿐이었다.

그런 솔솔에게 처음으로 어둠살이 드리운 듯한 일이 생겼다. 솔솔의 막역지우 세 사람이 아는 한 분명 꽤 심각할 수도 있는 어떤 사건이 일어났거나 일어나려 하고 있었다. 어쨌거나 솔솔은 아직 그 사실을 알지 못하였으므로 그건 단지 연지와 예리, 희륜의 견해일 뿐이기는 했다.

큰일이네.

어쩌지?

흠……

선량한 품성이 세월의 윤곽을 따라 얼락배락, 흥망성쇠를 거듭하며 적절한 잔여물로 들어앉은 친구들은 고민에 빠졌다.

보람 아빠가 확실했어?

확실해. 내가 아무럼 솔솔의 남편을 몰라보겠어.

몰라보긴 어렵지……

그렇다. 이건 뺄 것도 더할 것도 없이 주변에 널리고 널린 외도 이야기다.

출판사에서 동화책 편집일을 하는 연지가 파주의 한 레스토랑에서 솔솔의 남편과 다른 여자가 함께 있는 수상한 장면을 목격했다. 연지는 그날 왜 책이 아직도 나오지 않느냐며 소송까지 불사하겠다는 작가를 달래느라 머리카락 끝까지 찢긴 기분이었다. 연지는 친한 직장 동료와 술 한잔하며 울분을 달래지 않을 수 없었다. 한 다리 건너면 다 아는 출판 단지의 인맥을 고려해 조용한 곳으로 고른다고 고른 곳이 그 식당이었다. 유럽풍 정원용 소품들과 오련한 조명들로 장식한 파스타집에는 연인들이 많았다. 연지는 구석 자리를 잡았고 한껏 목소리를 낮춘 채 다혈질인 작가와 제게 책임을 떠넘긴 직장 상사를 욕했다. 연지가 보람 아빠, 즉 솔솔의 남편을 본 건 먹을 거 다 먹고 취할 만큼 취한 후 식당을 나서면서였다. 연지는 제가 앉은 자리만큼이나 구석진 자리에 앉아 웬 여자와 와인을 마시는 남자를 한눈에 알아보았다. 연지는 제 스트레스를 단번에 떨쳐버렸고 집으로 돌아온 후 예리와 희륜에게 전화를 넣었다. 물론 솔솔과도 통화했으나 식당에서 본 걸 얘기하지는 않았다.

다음 날 솔솔 없이 만난 세 사람은 당장은 좋은 게 좋다는 식으로 대화를 풀었다.

같이 밥 한 끼 먹는다고 해서 외도로 볼 수는 없어.

그래. 사실이라 해도 어쩌다 한 번뿐이었을 거야.

솔솔에겐 알리지 말자. 정확한 건 아무것도 없잖아.

하필 목격자가 된 연지는 갑자기 제 시력이 예전 같지 않다는 신빙성 없는 말을 덧붙였다. 예리는 정의의 여신이든 행운의 여신이든 사람 일에 간섭할 권리가 없다며 술잔을 들이켰고, 일곱 살짜리 옹고집 딸이 있는 희륜은 솔솔의 아들 보람이를 위해서라도 묻어두는 게 낫다며 손톱 거스러미를 뜯었다. 그러나 세 사람의 마음은 꼬치구이 한 접시와 모츠나베 한 냄비를 다 먹기도 전에 변하고 말았다. 실은 안주가 아니라 소주 세 병이 비어버린 탓인데, 술을 거의 입에 대지 않는 희륜마저 두어 잔을 마셨기 때문이었다.

거긴 연인들이 주로 가는 식당이야. 다른 관계라고 보기 어려워.

솔솔은 그날 남편이 골프 치러 간 걸로 알고 있더라.

내 남편이 그러는 걸 보고도 너희가 모르는 척했다면 난 엄청 화났을 거야.

세 사람은 이야기를 이어가는 와중에 복잡한 심경의 변화를 겪었다. 솔솔에게도 드디어 불운이 닥친 것 같다는 생각은 여태 그럭저럭 선량한 사람, 좋은 친구로 지낸 이들을 안절부절못하게 했다. 한편으론 안타까우면서도 다른 한편으론 홍그러운 이 기분을 어찌 감당해야 할까. 푸른 하늘의 청량감을 한껏 강조하던 새하얀 구름이 돌연 먹구름으로 변한 듯한, 그 가벼운 구름 같은 생이 비로소 자기들이 선 흙바닥으로 무겁게 가라앉는 듯한 이 순간의 쾌감을 어찌 다스려야 할까. 그들은 자신들의 상대가 살과 뼈를 지닌 인간 솔솔이 아니라 실체를 잡을 수 없는 운명이라 믿고 싶었다. 차라리 그런 거라면 마음 한구석에 도사린 은밀한 기쁨에 면죄부를 줄 수도 있을 듯했다. 친구들은 어성버성한 분위기를 감당하지 못해 결국 소주 한 병을 더 비우고서야 간신히 자리를 정리했다.

이후 며칠간, 친구들은 삶에 대한 황망한 기대와 하나 다르지 않게 끈질기게, 질척거리며 엉겨 붙는 사념에 시달려야 했다. 각자의 일상이 전에 없이 욱적북적 야단스레 흘렀다.

솔솔의 일상은 예나 지금이나 야단스레 흐른 적이 없었다. 언제나 숭굴숭굴, 솔솔거리며 흘렀다. 솔솔의 별명이 그녀의 현재며 미래를 콕 집어낸 듯 절묘하다는 걸 친구들이 더 확실히 알게 된 건, 스티브 잡스가 아이폰을 주머니에서 꺼내며 새 시대의 개막을 알린 2007년이었다. 그해에 솔솔은 솔솔 인생의 새로운 청사진을 예비한, 똑똑하고 자상하고 부유한 남자를 만났다. 이십대 여성들이 겪을 만한 좌절과 슬픔을 이전에 골고루 맛보지도 않은 상태였다. 즉 연지처럼 지하철에서 성추행을 당한 적도 없고, 예리처럼 양다리 애인 때문에 마음 앓이를 한 적도 없었다. 직장 내 동료의 구애를 거절한 대가로 소위 '태움'에 비견되는 괴롭힘을 당한 희륜과 같은 경험도 없었다. 남자는 솔솔이 내미는 쾌활한 마음에 언제나 그만큼, 그 이상으로 갈음했다. 솔솔은 따뜻한 연애를 했고 순조롭게 결혼도 했다. 친구 중 가장 빨리 결혼했으나 그 점을 후회하거나 얼마라도 아쉽게 여기는 것 같지는 않았다. 친구들은 그러려니 했다. 자신들이 겪은 좌충우돌의 세계와 동떨어진 공간에, 빛이 휘어져 만들어낸 다른 차원의 우주에 사는 듯한 솔솔에게는 당연한 거라고 여겼다.

사실 솔솔의 생은 기본적으로 무난함을 깔고 있었다. 부모가 불화하지도 않았고, 가세가 급격히 기울지도 않았으며, 솔솔이 특별한 병을 앓지도 않았으니까. 가끔 예민한 인간들에게는 골칫거리가 되기도 하는 영혼의 고뇌 같은 것도 심각하게 달고 다니지 않았으니까. 그런데 아는 사람은 알 것이다. 무난한 게 얼마나 어려운지, 얼마나 큰 행운인지! 솔솔의 경우에 이런 무난한 양상은 곰팡이가 슬지도 찢기지도 않은, 기본적으로 깨끗한 벽지에 불과했다. 이 벽지 위에 수시로 예쁜 액자나 모던한 시계, 꽤 값나가는 장식품 등이 버전을 달리하며 걸렸다.

또 다른 보기 좋은 액자가 걸린 건, 솔솔이 보람이를 인근에서 가장 인기 있는, 그러니까 이백 대 일의 경쟁률을 추첨 하나로 뚫어야만 들어갈 수 있는 어린이집에 맡긴 후 전에 일했던 피아노 학원에 다시 나가고서였다. 무뚝뚝한 인상의 원장은 솔솔이 대학생 때 시간제로 일했던 때나 정식 선생이 되었을 때나 솔솔에게 각별한 애정을 보이지 않았다. 원장이 아마도 의도적으로 감추었을 묘연한 심중이 드러난 건, 느닷없이 그녀가 뇌졸중으로 쓰러졌을 때였다. 가까운 가족이 아무도 없는 노인은 의식을 잃기 직전, 아이들과 크게 다르지 않게 우왕좌왕하는 솔솔을 조용히 불렀다. 말은 없었다. 깡마르고 주름진 손가락이 솔솔 앞날의 행보를 결정할 서랍을 가리켰을 뿐이다. 서랍 속 유언장에는 원장의 소유인 학원 전체를 솔솔에게 넘기며 아이들을 잘 부탁한다는 간략한 내용과 변호사의 연락처가 적혀 있었다. 어째서 솔솔을 택했는지에 대한 설명은 한 줄도 적혀 있지 않았다.

우위를 가릴 수 없으므로 최고라고도 할 수 없는 또 다른 행운은 1943년에 발행된 일 센트짜리 미국 동전으로부터 생겼다. 언젠가 솔솔은 세상을 뜬 외할머니의 집을 정리하다가 그녀의 어머니가 쓰레기통에 버리려던 동전 지갑을 무심코 챙겨둔 적이 있었다. 낡은 천 지갑 속에는 어쩐 일인지 세계 각국의 동전들이 들어 있었다. 해외라고는 일본밖에 가지 않은 할머니가 그 모든 걸 모았을 리는 없었다. 솔솔의 엄마나 이모, 삼촌 등이 여행을 다녀와 던져둔 동전을 할머니가 알뜰히 모아 간직했을 가능성이 컸다. 물론 할머니가 다른 경로로 그것들을 손에 넣는, 상상력을 자극하는 영화 같은 장면을 배제할 수는 없다. 그러나 거기까지 나가 가계의 운명까지 엮으면 돌아올 길이 보이지 않을 수도 있으니 이쯤 하자. 아무튼 솔솔은 몇 년 후 우연히, 1943년에 발행된 구리 섞인 미국 동전의 가치가 거의 일억 원을 호가한다는 뉴스 기사를 보았다. 남들처럼 포털에 뜬 여러 기사를 빠르게 스크롤하며 내리다가 문득 포착한 글에 불과했다. 솔솔이 한 일이라곤 큰 기대 없이 천 지갑을 열어본 게 다였다. 솔솔은 불그스레한 빛을 띠는 그 동전을 국내 동전 수집가에게 넘기고서 자그마치 칠천만 원을 손에 넣었다. 뒤늦게 사실을 안 친구들은 너무 적게 받았다며 아까워했으나 솔솔은 그것만으로도 충분하다며 솔솔, 행복하게 웃었다.

그러므로 솔솔의 남편이 정체를 알 수 없는 여자와 저녁을 함께 보낸 사건은 솔솔 인생에 드물게 등장한 음충한 사건이 아닐 수 없었다. 어쩔 수 없이 인간적인, 그러니까 인간의 결점을 죄다 밀어내지는 못한 친구들은 솔솔의 진정한 벗이 되려고, 솔솔에게 닥친 일을 즐거이 관망하지 않으려고 기를 썼다. 연지는 스스로를 의심했다. 진실을 알린다는 명목하에 흔히 샤덴프로이데라고 일컫는, 남의 불행을 통해 만족감을 얻으려는 꺼림칙한 동기가 있는 건 아닐까? 거의 자학의 쾌감을 맛볼 정도로 자신을 괴롭힌 연지는 불순한 마음으로 솔솔을 위하는 척 일을 벌이기보다 아무것도 하지 않는 편이 나으리라 결론 내렸다. 연지보다 이 점 오 배쯤은 무른 성정인 희륜 역시 솔솔을 위한답시고 뭔가를 하려다 행여 무거운 테이블 들기의 모순에 처하게 될지도 모른다고 걱정했다. 상대의 짐을 덜어주려고 테이블 반대쪽을 더 높이 올려 오히려 상대에게 하중을 가하게 되고야 마는 그런 것 말이다. 이러지도 저러지도 못해서 희륜은 언제나처럼 한숨만 쉬다 입이 말랐다. 결국 연지나 희륜보다 조금 더 단호하고 결단력도 있는 예리가 솔솔에게 전화를 걸었다. 사실 예리는 수완 좋게 어쌔고비쌔거나 뜸 들이며 머뭇거리는 걸 잘하지 못했다.

뭐 해?

저녁 준비하지.

보람이는?

샤워해.

예리는 최대한 자연스럽게 솔솔 남편의 안부를 물었다.

요즘 골프에 푹 빠져 살아. 오늘은 휴가까지 내고 갔어.

어디로?

파주 근처 어디랬는데…… 거기 클럽 회원권을 샀대.

무역회사에서 일하는 예리는 진실을 겉껍질 삼아 무장하는 거짓에 대해 잘 알았다. 더럽고 사악한 거짓일수록 진실의 외피를 더 잘 둘렀다. 벼린 칼을 숨기고도 헤실헤실 웃는 직장 동료들, 상사들을 대할 때마다 가장 곤란했던 건 그들이 아예 없는 사건을 들고나오지는 않는다는 점이었다. 비열한 자들일수록, 기실 있기는 있는 판을 교묘하게 왜곡시키는 데 능수능란했다. 예리는 솔솔의 남편이 파주에 골프를 치러 간다는 말이 얼마큼 사실이리라 짐작했다.

너도 골프 같이 하지 그래.

난 손가락 운동 열심히 하잖아.

솔솔은 남편이야 사업상 필요하니 운동 삼아 하지만, 자기는 필요하지도 않거니와 관심도 없다며 헤헤, 웃었다. 예리는 일이 어찌 돌아가는지도 모르고 맹하게 웃어대는 솔솔이 안쓰러웠다. 성정 때문에도 그랬겠지만 기실 솔솔은 지나치게 잘 웃었다. 말하다가 습관처럼 흐흐 혹은 히히, 하며 웃었고 살짝 우스운 말만 들어도 박장대소하곤 했다. 친구들은 한때 그런 솔솔을 보며 어쩌면 "웃으면 복이 와요"란 말이 가변의 불변성만큼이나 확고한 진리가 아닐까 추정하기도 했다. 물론 그건 연지나 예리, 희륜에게는 들어맞지 않았다. 예리는 심심해서 전화를 걸었을 뿐이라는 듯 이야기를 이어가다가 다가올 삼 일 연휴 중에 솔솔의 남편이 또 파주에 간다는 걸 알아냈다. 아니, 알아낼 것도 없었다. 예리가 "우리 오랜만에 교외로 나갈까?" 하자마자 솔솔이 기뻐하며 먼저 말했기 때문이다.

기왕이면 한글날에 가자. 그날 남편도 골프 가고, 보람이도 친구네서 슬립오버 하거든.

전화를 끊자마자 비장해진 예리가 다른 두 친구에게 소식을 전했다. 연지와 희륜은 솔솔을 더 위하는 일이라는 예리 말에 못 이기는 척 넘어갔다.

문제의 파스타집에 가기 위해 파주 나들이는 자연스러운 선택이었다. 네 친구는 상암, 세검정, 보문 등에서 두루 진입이 편한 양화진 공원 뒷골목에서 만나기로 했다. 대학 졸업 후 심리학을 던지고 유명 패밀리 레스토랑의 매니저로 일하는 희륜이 운전을 자청했다. 휴일에 휴가를 내기가 만만치 않았으나 과감하게 병가를 냈다며 새 차를 끌고 왔다. 희륜이 도착하자마자 전철역에서 만나 함께 걸어온 연지와 예리가 각각 조수석과 뒷좌석에 올랐다.

세 친구는 제시간에 딱 맞춰 올 리 없는 솔솔을 기다리며,

사실 세 친구는 솔솔이 매번 늦는 걸 아니꼽게 여기거나 나무랄 법했으나 그런 것쯤은 그냥 넘길 만큼 너그러웠는데, 이야기를 나누었다.

보람 아빠가 오늘도 그 식당에 가리란 보장은 없지 않을까? 그 사람, 아무리 여자에 미쳤어도 조심은 하겠지.

연지가 우려와 갈등으로부터 여전히 헤어나지 못한 채 자신 없이 말했다. 그러나 예리는 확고했다.

솔솔 남편, 예전부터 와인 좋아했잖아. 파주 간다니 거기 또 가지 말란 법 없지. 어쨌거나 네가 본 걸 얘기라도 해줘야지.

희륜은 이미 제 영혼과 솔솔의 영혼을 뒤섞은 터였다.

응…… 솔솔이 당하게 둘 수만은 없어.

마침 솔솔이 헉헉거리며 뛰어와 차에 올랐다.

늦어서 미안.

그러나 미안하다고 말하면서도 솔솔의 눈은 즐거움으로 촉촉했다.

휴, 나 조금 전에 엄청난 일을 겪었어.

예리가 호들갑을 떨 일도 아니라는 듯 부러 심드렁하게 물었다.

우리 여사님, 또 어떤 행운을 만나셨나?

사실 솔솔이 평범하게, 어떤 사건도 겪지 않고 무난하게 등장하는 날은 거의 없었다. 운전석과 보조석에 앉은 희륜과 연지가 허리를 돌려 솔솔과 눈을 맞췄다.

조금 전에 커다란 트럭에서 갑자기 철근이 미끄러져 내려왔는데, 내 가슴 앞에서 딱 멈췄지 뭐야.

애기인즉슨, 솔솔이 건물을 새로 짓느라 인도가 막힌 곳을 우회하던 중에 트럭에서 느닷없이 철근 몇 개가 흘러내렸다는 거였다. 기적처럼 가슴 바로 앞에서, 새끼손가락 한 마디 정도의 간격을 두고 딱 멈췄다고 했다. 친구들이 비슷한 일을 눈앞에서 본 적이 없다면 솔솔이 이야기를 지어냈거나 과장한 거라 여겼을 것이다. 그러나 그들이 목격한 다행스러운 사건만 해도 한 트럭이 넘었다. 중앙선을 넘어 불법 유턴을 한 차와 오토바이가 충돌하면서 생긴 파편이 솔솔의 얼굴을 스치듯, 그러니까 얼굴에 상처 하나 내지 않고, 날아간 일도 있었고, 솔솔이 아슬아슬하게 놓친 엘리베이터가 고층으로 올라가던 중에 멈추는 사고가 일어난 적도 있었다. 사람들이 좁은 공간에 갇힌 채 반나절이나 고통을 겪는 동안 솔솔은 조금 미안하기도 하다는 듯 가슴을 쓸어내렸을 따름이다. 그런 건 인원을 제한하는 전시장 입구에서 하필 솔솔까지만 입장이 허용된다든가, 주차장이 만원이라 팔백 미터는 떨어진 곳으로 이동하려는 찰나에 기적적으로 자리 하나가 나는 경우 등과는 또 다른 종류의 행운이었다. 친구들은 시꺼멓거나 시뻘건 철근이 솔솔의 가슴 바로 앞에서 멈추는 장면을 직접 본 것처럼 생생하게 그릴 수 있었다. 연지는 이 소소하지만은 않은 사건이 지금부터 일어날 일과 무관하지 않기를 바랐다.

'그래. 어떤 일이 있어도 솔솔의 가슴에 구멍 뚫릴 일은 없을 거야.' 예리도 비슷한 생각을 했다. '아무렴. 솔솔이잖아.'

다행이다, 말하며 희류이 차를 출발시켰다. 솔솔이 볼웃음을 지으며 운이 너무 좋았으니 밥은 내가 살게, 했다. 그렇게 긍정적이었다. 솔솔은 죽을 뻔했다고 미간에 주름을 잡기보다 살았다며 눈가에 웃는 주름을 만들어내는, 초긍정적인 인간이었다. 한때 친구들은, 어쩌면 그런 게 비결이지 않을까 싶어 흉내를 내기도 했다. 연지는 더는 야근을 하지 않을 테고 곧 승진도 할 거라며, 운수대통이라는 말을 주문처럼 읊어보았다. 예리는 수시로 거울을 보고 입꼬리를 올린 채 복이 오는 얼굴을 연구했다. 소심한 희류조차 출퇴근길의 빽빽한 지하철에서 곧 집 가까운 지점으로 발령이 날 거라는 말을 내내 중얼거렸을 정도였다. 세 사람은 말이 씨가 되어 좋은 영향을 끼치는 일이 비단 솔솔에게만 일어나리란 법은 없으리라 기대했다. 그러나 그들의 기대는 솔솔의 경우와 달리 헛된 희망을 품은 데 대한 쓰라림으로 돌아오기 일쑤였다.

마장 호수 가서 커피 마시고 흔들다리 건넌 후에 와인이지? 아, 좋다.

우리 음악 듣자. 저스틴 비버, 「스테이」 어때?

레이첼 야마가타, 「오버 앤 오버」 틀어줘. 가을이잖아.

알았어. 내 폰 보관함에 다 들어 있어. 플레이!

오랜 친구들의 교외 나들이는 일단 이렇게 흥겹게 시작했다. 연지는 출근할 땐 짜증만 났던 길이 놀러 가니 이리 좋다며 창문을 열었다. 음악에 맞춰 솔솔은 어깨를 들썩였고 예리는 손가락을 튕겼다. 만산홍엽을 이룰 계절을 꾸리기 위해 혼신의 힘을 다하고 있는 가로수들이 빠르게 차를 밀어냈다.

네 명의 여인이 차도 마시고 흔들다리도 건너고 초가을의 일렁이는 심상을 아낌없이 펼쳐 보이는 풍광 사진도 마구 찍어댄 후 문제의 장소에 도착한 건 거의 여섯시가 되어서였다. 식당을 장식한 알전구가 희끄무레 깔린 어둠을 상대로 화려한 전투를 벌이고 있었다. 연지와 희륜, 예리는 살짝 긴장해서 말이 없어졌으나 사정을 알 리 없는 솔솔은 혼자 달떠서 외쳤다.

여기, 영화에 나오는 무슨 저택 같아! 소품들도 되게 재밌네. 역시 교외로 나오면 틀려. 유리문 꼭꼭 닫혀 있는 도심 식당이랑은 차원이 달라.

응. 음식도 다 맛있어. 가끔 오는 데야.

연지가 가까스로 대꾸했다. 곧 털어놓을 일의 밑밥을 깔기 위해 가끔 오는 식당이라고 덧붙이는 걸 잊지 않았다. 희륜은 심장병도 없는데 왜 자꾸 두근거리지, 하며 괜히 가슴에 손을 얹었다. 식당은 붐빈다는 느낌이 없었으나 자리는 거의 다 차 있었다. 네 사람은 직원의 안내에 따라 바깥 정원이 내다보이는 통유리창이 있는 자리로 들어섰다. 예리는 조명이 어두워 아는 얼굴이라 해도 알아보기 어렵지 않을까, 생각하며 자리에 앉았다.

직원이 다가와 물잔에 골고루 물을 따르는 동안 솔솔만 모르는 경직된 분위기가 살짝 진정되었다. 연지가 메뉴를 안내하는 기기 화면을 열고는 전에 마신 쉬라 와인인데 괜찮을 거라며 주문 버튼을 눌렀다. 솔솔이 친구들에게 재촉했다.

나는 감베리 파스타. 배고프다. 얼른 주문하자.

연지는 얼떨결에 앤초비 알리오 올리오를, 예리는 심각한 일이 있을 때 잘 그러듯 속을 든든하게 해줄 스테이크를, 특별히 양갈비 스테이크를 주문했다. 희륜은 무얼 먹어도 맛을 느끼지 못할 것 같아, 그냥 고추 그림 두 개가 붙은 아마트리치아나를 골랐다.

연지가 식전 빵이 나오자마자 와인을 골고루 따랐다.

가성비 괜찮아. 맛봐.

연지 말에 솔솔이 와인을 한 모금 마시더니 크게 고개를 끄덕였다.

맛있는데? 아이, 좋다. 우리 건배하자.

그러나 아까부터 주변을 두리번거리던 예리가 불쑥 말을 뱉고 말았다. 한 가지 생각에 빠지면 거기서 좀체 헤어나지 못하는 버릇이 도진 모양이었다.

그런데 솔솔, 너 정말 괜찮아?

연지와 희륜이 놀란 토끼 벼랑바위 쳐다보듯 얼어붙은 채 눈만 껌뻑거렸다. 건배하려고 잔을 들어 올린 채였다.

응? 뭐가?

천진한 걸 넘어서서 우둔해 보이기까지 하는 솔솔이 반문했다.

뭐가? 뭐가 괜찮아? 아까 철근에 찔릴 뻔한 거?

예리가 도저히 참을 수 없다는 듯 입을 열려는데 옆에 앉은 희륜이 슬그머니 무릎을 짚으며 말을 돌렸다.

와인 마셔도 되냐고. 너 지난번 건강 검진 때 간 수치 좀 높게 나왔다며.

솔솔이 싸리잎에 맺힌 물방울처럼 투명하게 웃었다.

그거 정상으로 돌아갔어. 참, 그 얘기 안 했네. 내가 엄청 친절하고 똑똑한 의사를 만났는데……

솔솔이 기다렸다는 듯 어떻게 엄청 친절하고 똑똑한 의사를 만나게 되었는지, 그와 이전에 어떤 인연이 있었는지 설명하기 시작했다. 솔솔이 늙은 원장 밑에서 시간제로 일했던 대학생 때, 즉 원장이 죽기 한참 전 어느 날이었다. 웅숭깊은 심성 드러내기를 극도로 꺼리는 원장이 동네 후미진 골목에서 담배를 피우는 한 청소년을 발견했고, 솔솔로 하여금 피아노를 가르치게 했다. 소위 비행 청소년 같은 분위기를 풍기던 소년은 놀랍게도 피아노를 곧잘 쳤다. 따로 뭘 더 가르칠 게 없을 정도여서 솔솔이 한 일이라곤 꼬맹이들이 수업을 마친 저녁 시간에 소년이 나타나 한 시간이고 두 시간이고 피아노

두드리는 걸 지켜본 것뿐이었다. 소년은 홀연히 사라졌으나 십오 년이 지나 하필 솔솔이 건강 검진 결과지를 받은 날 다시 나타났다. 의사는 제게 피아노를 가르쳐준 원장과 솔솔에게 감사 인사를 하고 싶다며, 그러나 사정을 듣고서는 원장이 타계한 걸 안타까이 여긴 후에 도울 일이 있으면 언제든 연락하라며 명함을 내밀었다. 병원 이름이 "간튼튼내과"였다.

간 수치가 정상으로 돌아왔으니까 크게 걱정하지 않아도 된대. 가끔 건강식품을 잘못 먹어 급성 간염이 생기기도 한다더라고. 생각해보니 그 무렵 녹용이 들어간 무슨 즙 같은 걸 너무 열심히 마셨어, 내가.

예리가 체념한 듯 말했다.

그랬구나. 아무튼 다행이다.

친구들은 하릴없이 고개를 끄덕이며 건배를 했고 와인을 홀짝였다. 주문한 음식이 나왔다. 솔솔은 제가 좋아하는 마른 토마토가 듬뿍 들었다며 콕콕 찍어 맛보기 시작했고, 연지는 기다란 면을 야무지게 돌돌 감아 입에 넣었다. 예리는 힘을 내기 위해 스테이크를 시킨 게 백번 잘한 일이었다고 생각하며 씩씩하게 칼질을 했다. 희륜은 아마트리치아나가 뜻밖에 맛있게 맵다며 친구들에게 맛보기를 권했다. 와인 한 병이 금방 비었으므로 연지가 같은 걸로 한 병을 더 주문했다. 곧 각자의 일상을 업데이트해서 알렸다.

나 내년 봄에 볼로냐 간다. 국제 아동 도서전!

연지는 출판사 차원의 해외 출장을 드디어 가게 되었다며 기뻐했다.

이달 말에 이사해. 다들 와서 책 상자 하나씩 날라줄 거지?

예리가 그렇게 말하자마자, 누구보다 일찍 가서 도와줄 희륜이 궁시렁거렸다.

이사를 자주 하지 말든지…… 책을 자꾸 사지 말든지……

솔솔은 어찌 지내? 뭐 새로운 소식 없어?

예리가 연지와 희륜에게 의미심장한 눈빛을 보내며 물었다.

나야 뭐, 맨날 똑같지. 볼로냐도 안 가고 이사도 안 가. 그런데 보람 아빠가……

'보람 아빠'라는 말에 세 친구는 다양하게 반응했다. 연지는 솔솔이 남편과 여자 사이를 혹시 아나 싶어 의아한 표정이었고, 예리는 드디어 올 것이 왔다는 듯 비장하게 침을 삼켰다. 희륜은 화들짝 놀라며 와인 한 모금을 삼키다가 몇 방울을 흘렸다. 살구색 블라우스에 붉은 얼룩이 번졌다. 친구들이 괜히 소리를 질렀다. 어머! 어떡해! 그거 잘 안 질 텐데! 연지가 물티슈를 꺼냈고, 예리가 휴대용 손세정제를 꺼냈으며, 희륜이 다급히 닦았다. 세 친구가 필요 이상으로 부산을 떤 게 긴장감을 감추기 위해서라는 걸 솔솔만 몰랐다.

화장실 가서 씻어볼게.

희륜이 지은 죄 없이 미안한 표정으로 자리에서 일어서자 예리가 같이 가겠다며 일어섰다. 연지는 예리가 레스토랑 내부를 한 바퀴 돌며 솔솔의 남편이 왔는지 살피려는 것임을 알아차렸다. 그러나 예리는 금방 돌아왔다. 연지를 향해 고개를 가로젓는 걸로 보아 발견하지 못한 모양이었다. 연지는 안도하면서도 마냥 안도해서 될 일인가를 자문하며 땀이 나는 손바닥을 바지에 문질렀다. 희륜이 블라우스에 물 얼룩을 남긴 채 다시 돌아오자마자 예리가 한껏 참았다는 듯 다급히 물었다.

그래서 보람 아빠가 뭐?

모두의 눈이 조심스레 솔솔을 향했다. 솔솔이 와인 잔을 빙글빙글 돌리며 대수롭잖게 말했다.

요즘 자꾸 살이 빠져. 회사 일이 너무 힘든가 봐.

친구들은 맥이 빠졌다. 예리는 딴짓을 하고 다니니 살이 빠질 만도 하다며 당장이라도 사건을 들출 태세였고, 연지는 예리가 그러기라도 할까 봐 만류하는 눈빛을 보내느라 바빴다. 희륜은 덜 마른 블라우스를 냅킨으로 연신 닦아댔다. 설면설면한 분위기를 몰아내느라 친구들은 술잔을 깨끗이 비웠다. 와인 한 병을 또 시켜야 했다.

우와, 세 병째야.

너무 맛있어서 어쩔 수 없네.

시간이, 덩달아 공간이 느슨하게 늘어지자 세 친구 사이에 암묵적인 동의가 이뤄졌다. 그냥 묻자. 그래, 그냥 둬. 별일 아닐 수도 있잖아. 그때였다. 세 친구가 아쉽기도 하고 안쓰럽기도 한 복잡한 감정을 가까스로 추스르려 한 바로 그 순간

이었다. 예리의 눈이 휘둥그레졌다. 희륜은 천장 조명으로부
터 느닷없이 떨어진 크리스털 조각에 목이라도 찔린 얼굴이
었다. 홀 쪽으로 등을 돌리고 앉은 연지는 솔솔의 남편과 예
의 수상쩍은 여인이 등장했다는 걸 단번에 알아차렸다. 연지
는 고개를 돌리고 싶은 걸 가까스로 참았다. 어느새 접시를
깨끗이 비운 솔솔만이 홀로 즐거운 채 디저트 메뉴를 고르고
있었다. 연지가 어정버정 일어섰다.

　나도 화장실 좀 다녀올게.

　연지는 화장실에 가는 척하다가 예리와 희륜의 눈길이 향
한 곳, 즉 카운터 가까이 파티션이 있는 구석 자리로 향했다.
파티션은 장식품에 불과해서 옷을 벗고 의자를 끌어내는 두
사람이 똑똑히 보였다. 자리로 돌아온 연지가 예리와 희륜을
향해, 몸이 아니라 영혼을 다친 강아지처럼 처량하게 고개를
끄덕였다. 솔솔의 남편이 틀림없고 그때 본 그 여자인 것도
분명하며 두 사람이 의심스러운 관계임이 확실하다는 고갯짓
이었다. 예리와 희륜은 다리 열 개 모두가 꼬여 오도 가도 못
하는 오징어처럼 행망쩍은 얼굴이 되었다. 세 친구는 말없이
대화를 주고받았다. 솔솔도 알 건 알아야지. 내내 기만당하게
둘 수는 없잖아? 맞아. 언젠가는 알게 될 거야. 친구들의 대
화를 알 길 없는 솔솔은 여전히 솔솔거리고 있었다.

　올리브랑 살구 얹은 카나페 먹을까? 크렘 브륄레도 맛있겠
다. 아, 정말…… 다 맛있어 보여서 고를 수가 없어.

세 친구는 솔솔을 특별히 더 아끼는 마음이 되어 성의껏 말을 늘어놓았다.

우리 솔솔, 이런 데 자주 좀 데리고 나올 걸 그랬네.

우리가 낭만이 좀 없었지, 요즘.

단풍 구경 제대로 하게 다음에는 등산이나 가볼까?

세번째 와인이 나왔다. 연지가 잔에 또다시 와인을 따랐다. 바깥이 더 어두워져서일까, 술이 아까보다 더 붉게 빛났다. 솔솔이 별안간 벌떡 일어섰다.

나 아까 입구에서 되게 맛있게 생긴 케이크 본 것 같아. 여기 화면에서 못 찾겠는데, 그게 뭔지 확인하고 올게.

친구들이 말릴 틈도 없이 솔솔이 디저트 진열창이 있는 곳으로 향하고 있었다. 의도하기만 했다면 제 남편을 보지 못할 수도 없을 거리를 유지한 채 파티션을 지나쳤다. 연지, 예리, 희륜은 취기가 일시에 사라지는 느낌이었다. 지나치게 탄닌 성분이 많은 와인을 마시기라도 한 듯 입안이 떫떠름했다. 연지는 허리를 돌린 채 불안한 눈으로 솔솔을 쫓았다. 예리는 단호했던 이전의 태도를 단번에 버리고는 용기가 아니라 만용을 부린 거라며 스스로를 나무랐다. 희륜은 손을 떨며 메뉴판 화면을 아무렇게나 눌러댔다. 세 친구가, 그러니까 한갓 인간에 불과한 그들이 감당할 수 없는 분위기였다.

연지가 별안간 자리에서 일어섰다. 다른 두 친구도 놀라서 연지를 따라 일어섰다. 그새 진열창을 확인한 솔솔이 환한 얼굴로 돌아섰다. 파티션이 있는 자리는 불과 몇 걸음 떨어져 있었다. 연지가 솔솔을 붙잡기라도 하려는 듯 빠르게 나아갔다. 예리는 천장을 향해 고개를 꺾었다가 황망히 연지 뒤를 따랐고, 희륜은 치마에 생리혈이 묻기라도 한 듯 어기적거리며 걸었다. 세 친구는 제각각 중얼거렸다. 드디어…… 어쩌지…… 안 되는데…… 그러면서도 그들은 각자 자라온 환경의 틀 안에서, 고유한 제 성격에 따라 부산하게 움직였다. 다음 순간, 소소한 행복에 만족하지 못하나 그거라도 지향해야만 덜 시달리고 살 수 있는 걸 터득한 평범한 세 친구는……

어떤 일이 일어났는가. 결론부터 말하자면, 주변에 널리고 널린 흔한 외도 이야기의 결말과 같은 일은 '그날은' 일어나지 않았다. 솔솔은 그 밤의 끝에 식당을 나서면서도 여전히 천진하고 순결한 구름을 이루는, 지상을 그윽하게 내려다보는 고아한 물방울과 같은 상태였다. 그건 어쩌면 낮은 땅으로부터 저 높은 하늘까지 쉼 없이 오가며 번뇌 어린 춤을 춘, 어여쁜 영혼들이 곁에 있어서였을지 몰랐다.

기이하게도 친구들은 아주 오랜 시간이 지난 후, 그러니까 그들이 이런저런 삶의 풍파를 다 겪은 후 여유 있는 태도로 노화를 감당할 무렵, 그날 있었던 일을 각자 다르게 기억했다. 이유는 선명치 않았는데, 어쩌면 그리스도의 신비나 엘레

우시스의 비의, 라캉의 대타자 같은 것들이 개입했을지 몰랐다. 그래도 세 친구가 똑같이 기억하는 게 없지는 않았다. 그 식당에서 친구들은 그간 그토록 오래 탐구하고도 도무지 명징하게 알지 못한 신비로운 솔솔을 온전히 이해했다. 또한 솔솔을 파악하는 게 기실 자신들을 파악하는 것과 크게 다르지 않다는 점도 이해했다.

연지는 말했다.

그날 솔솔 참 예뻤잖아. 시작부터 이 지상에 있었고 끝까지 여기 있을, 거의 모두가 부러워할 만한 존재였지.

예리는 몇 가닥의 머리카락이 자연스레 흘러내린 솔솔의 올림머리와 하늘하늘한 감색 원피스를 기억했다.

행운의 여신이든 초긍정의 여신이든 어쨌거나 여신이었어.

희륜도 덧붙였다.

솔솔은 그냥 평범한 인간은 아니었어. 그래도 우리 친구인 것만은 확실했지.

나중에 연지가 회상한 장면은 이랬다. 제 남편과 여자를 마주한 '존재'의 얼굴에는 일말의 의심도 조금의 분노도 없었다. 교외 식당에서 만나니 집에서보다 더 반갑다며 함박웃음을 지었다. 평범한 인간일 뿐인 친구들은 가만히 숨을 죽였다. 존재가 남편의 거래처 사장이라고 소개받은 여자에게 인사했다.

반가워요. 골프 재미있게 치셨어요?

솔솔의 남편만큼이나 인간성으로 충만했을 여자가 얼결에 고개를 숙이며 인사했다.

아…… 안녕하세요.

존재는 보이지 않는 체로 걸러 순결함만 남은 문장들을 쏟았다.

맛있게들 드세요. 여기 감베리 파스타 정말 맛있어요.

솔솔의 남편은 털이 듬성듬성 다 빠진 앨버트로스 새끼처럼 가련한 표정이었다.

다 먹었어…… 이제 나가려고.

다 먹기는커녕 주문도 하지 않은 게 분명해 보였으나 두 사람은 줄행랑을 쳤다.

예리는 조금 다르게 기억했다. '여신'은 제 남편과 정면으로 마주쳤고 화사하게 웃었다.

여기서 당신을 만나네. 아이, 반가워라.

솔솔의 남편은 자코메티의 청동상처럼 해쓱한 얼굴이었다.

친구들 만난다더니 여기였구나……

응. 오랜만에 바깥바람 좀 쐬었지. 너무 좋았어!

솔솔의 남편이 친구들과 눈을 맞추지 못한 채 인사했다.

난 저…… 거래처 사장님이랑 골프 치고 저녁이나 먹으려고……

솔솔이 파티션 안으로 고개를 쑥 들이밀었다.

어디 가셨어?

친구들은 그제야 여자가 보이지 않는다는 사실을 알아차렸다. 솔솔의 남편은 돌연, 자신의 운은 믿지 못해도 솔솔의 운만큼은 신뢰할 수 있다는 듯한 태도로 침착하게 말했다.

갑자기 급한 일이 생겼다고…… 막 나가셨어. 나도 집에 가서 쉬려고. 너무 피곤하네.

여신은 남편을 다정하게 껴안은 후 돌아섰다.

응. 나는 조금 더 놀다 갈게. 집에서 봐요.

기억력에 그다지 자신이 없는 희륜은 살짝 진부하긴 하나 자신만큼이나 따뜻한 버전의 이야기를 떠올렸다. 솔솔이 케이크를 확인하러 간 사이, 친구들은 한갓 인간이면서도 한갓 인간이 하기에는 쉽지 않을 법한 무슨 일인가를 했다. 누군가가 솔솔을 따라가 솔솔의 주의를 돌렸고, 누군가가 솔솔의 남편이 있는 자리로 갔으며, 누군가가 시치미를 뗀 채 드러나지 않아야 할 어떤 공간을 막아섰다. 그러므로 자리로 돌아오던 솔솔은 파티션 있는 자리가 비어 있는 걸 발견했을 뿐 남편도 함께 온 여자도 전혀 보지 못했다. 단단하기가 황금 같고, 아름답기가 난초 향기 같은 우정을 나눠온 친구들은 솔솔을 그윽하게 바라보았다. 간만에 그들은 자신들이 사랑하는 친구와 거의 다르지 않게 다복하게, 천진하게 솔솔거렸다.

어쨌거나 그 밤, 이삼 분에 불과한 짧은 시간이 흐른 후 네 친구는 다시 자리에 앉았다. 희륜이 얼결에 시킨 카나페 플레이트가 나왔고 솔솔이 주문한 케이크도 나왔다. 연지가 술을 한 병 더 시켜야겠다고 말하는데, 갑자기 직원이 묵직해 보이는 와인을 들고 나타났다.

저희 레스토랑 오 주년 기념행사 중인데요. 세 병 이상을 드신 테이블에 와인 한 병을 서비스로 드리고 있습니다. 여기서 드셔도 되고 가지고 가셔도 됩니다.

솔솔이 직원의 말이 끝나기도 전에 손뼉을 치며 기뻐했다.

어머, 너무 감사해요. 우리 딱 한 병만 더 마실 생각이었거든요.

레스토랑의 내부 벽에 걸린 등들이 일제히 크게 일렁이더니 환한 빛무리를 만들어냈다. 춤 높은 새 잔들이 테이블에 놓였다.

와, 이거 보르도 와인이네.

잔은 리델인걸? 볼륨감 끝내준다. 지름이 십오 센티미터는 되겠다.

이 식당, 마음을 꽉 문다, 물어.

오늘 정말 기분 좋아.

네 개의 잔이 가슴 설레게 하는 곡선을 뽐내며 부딪혔다. 먼지나 흙은 날리지 않았다. 천진하고 무구한 구름이 피어오르나 싶더니 물방울이 내는 바람 소리가 났다. 솔솔, 솔솔솔, 솔솔솔솔솔……

행운은 가끔, 인간사가 아니라 인간의 품격에 깃든다.

낮은 땅으로부터 저 높은 하늘까지 쉼 없이 오가며 펼쳐지는, 영혼들의 어여쁜 윤무를 목도하는 건 그런 순간이다.

흰빛
가득한

양진채

my way

2008년 『조선일보』 신춘문예에 단편소설 「나스카 라인」
이 당선되며 작품 활동을 시작했다. 소설집으로 『푸른 유
리 심장』, 『검은 설탕의 시간』, 장편소설로 『변사 기담』,
스마트소설집으로 『달로 간 자전거』, 산문집으로 『인천
이라는 지도를 들고』 등이 있다.

원통터미널을 지날 때쯤 눈이 내리기 시작했다. 먼지 같은 얇은 눈이었다.

"함박눈이야. 점점 많이 올 거 같애. 이러다 감독님 집에 갇히는 거 아냐? 왜 텔레비전 보면 눈이 너무 많이 와서 며칠 집에 갇혔다는 뉴스 나오잖아. 거기 휴전선 근처라며."

미연이 신이 난 건지 걱정이 되는 건지 모를 소리로 말했다. 눈은 내리자마자 녹았다.

"우린 이미 눈의 세계로 들어선 거야. 여기선 되돌릴 수 없어. 운명을 하늘에 맡기는 수밖에."

운명이라는 거창한 말이 툭 튀어나왔다. 나도 왠지 모를 흥분과 우려가 교차됐다. 내 뜻이 아니라 어쩔 수 없는 상황으로 눈 속에 갇힌다면. 하루 종일 커피를 마시고, 감자를 구워 먹거나 쪄 먹으며 흰 눈만 보는 기분은 어떨까 생각했다.

"만약 그렇게 눈 속에 갇힌다면 어떨 거 같아?"

눈이 잘 안 찍힌다고 휴대전화 카메라를 만지는 미연에게 물었다.

"처음엔 지금처럼 사진 찍기 바쁘지 않을까? 다시 만나지 못할 풍경일 테니까 인증 샷 남기려고. 아니면 좀 무서울까? 당장 다음 날 출근도 걱정일 테고."

미연이 건성으로 대답했다. 시간순으로 진행될 거 같았다. 처음엔 신기하고, 다음엔 다음 날 일정이 걱정이고, 그다음엔 이렇게 얼마나 갇혀 있어야 하나 두려움이 몰려오지 않을까. 시내라면 이렇게 눈이 내려도 하지 않을 생각이었다.

"멀긴 멀다. 그렇게 친한 감독도 아니라면서 아무리 오라고 해도 못 간다고 적당히 둘러대지 이러고 꼭 가야겠니?"

"덕분에 자작나무 숲도 봤잖아."

인제군 서화리라는 곳에 사는 S 감독의 집까지 거리가 만만치 않았다. 몇 번 오라고 했지만 차가 없어 대중교통으로 나서기 쉽지 않았다. 혼자 가기 멋쩍기도 해서 영화제 때 일을 도왔던 미연에게 같이 가자고 했다. 자작나무 숲도 보고, 감독 집에서 일박하면서 맛있는 것도 먹자고.

눈이 녹지 않은 원대리 자작나무숲은 걸어 올라갈수록 우리 머릿속에 그리는 그만큼의 러시아 풍경을 연출했고, 그 나라 민요 「백학」을 떠올리게 했다. 중저음의 비장미로 가득 차던 노래였다. 그 노래가 전쟁에 참전해 희생됐던 군인들의 영혼을 위로하는 노래라고 들었던 건 한참 뒤였다. 자작나무 숲은 완만한 정상에서 바로 아래를 바라볼 때 더 대단했다. 자작나무 군락이 연출하는 흰빛에 눈이 시려 내가 어디 서 있는지를 잊게 했다. 우리는 누가 여기에 자작나무를 심었을까 궁금해하면서 내려왔다. 입장료가 없는 걸 보면 개인 소유지도 아닌데, 이 많은 나무를 어떻게 가져다 심을 생각을 했고, 심었을까 싶었다.

허허로운 들판을 지나고 감독이 말하던 동네가 나타났다. 동네 건물이 조형물처럼 보였다. 이 조그만 동네에 있을 것 같지 않은 치킨집이나 호프집, 중식당, 분식집 같은 음식점이 길가에 늘어서 있었다. 주소를 차 내비게이션에 입력하고 갔는데 코앞에 집을 두고 못 찾았다. S 감독에게 전화를 걸고 차에서 내려 동네를 둘러보려는데 웬 할머니가 불렀다. 허리가 굽은 할머니 손에 텔레비전 리모컨이 들려 있었다.

"갑자기 테레비가 안 나와. 우리 집에 가서 좀 봐줘."

할머니 얼굴이 어딘가 익숙했다. S 감독 영화에 출연한 배우 같았다. 감독 영화에 출연하는 사람들은 그야말로 모두 '생활인'이었기 때문에 그런 생각이 자연스러웠다. 리모컨 작동 버튼 중 무언가를 잘못 누른 탓일 거라 생각하고 할머니를 따라 집으로 들어갔다. 이 겨울에 할 일이 없는 어르신들은 종일 텔레비전 보는 일로 소일할 텐데 텔레비전이 안 나오면 얼마나 답답할까 싶었다. 이리저리 리모컨 버튼을 눌러보고 있는데 S 감독이 들어왔다. 그는 여전했다. 전혀 옷 입는데 신경을 안 쓴, 추리닝에 검은 롱패딩을 대충 걸친 채였다.

그는 이상하다고 말할 수밖에 없는 감독이었다. 그와는 작년 마을영화제에서 만났다. S 감독은 여러 지역을 돌면서 국제마을영화제를 열고 있었는데 이번에 우리 지역에서도 영화제를 열어보면 어떻겠냐고 몇몇 사람과 얘기된 모양이었다. 감독은 예산을 거의 들이지 않고 국제마을영화제를 열고 있었다. 영화제 기간 각 지역을 돌아다니며 지역과 연계해 마을영화제를 여는 방식인데 그 지역의 규모나 내용에 맞게 때로는 마을회관에서, 야외에서, 개인이 제공한 공간에서 영화를 상영했다. 그 기간에 초대된 해외 감독들도 마을 주민들이 제공하는 숙소에서 자고 밥을 먹었다. 영화 상영만 하는 것이 아니라 감독이 직접 그 과정을 촬영하기도 하고, 어떤 마을에서는 즉흥적으로 마을 사람들과 영화를 만들기도 했다.

우리 지역에서도 공동체 활동에 관심 있는 사람들이 모였고 마을영화제를 위해 얼마간 후원도 했다. 마을영화제를 알아서가 아니라 그 일을 주도한 사람이 워낙 성품이 좋고 마당발이었다. 지역신문 기자가 전화를 걸어와 도대체 국제마을영화제가 뭐냐고 물었다. 영화제 포스터를 아무리 봐도 이해할 수 없다고 했다. 나도 제대로 이해하지 못했기에 이해시키기가 쉽지 않았다. S 감독이 매년 국제마을영화제 운영자이자 집행위원장으로 각 지역을 돌며 영화를 상영하는 것인데 예산이 없으니 어느 지역이고 같이 하자고 얘기가 되면 그 지역 사람들에게 해외 감독의 숙식을 부탁하고, 해외 감독들이 출품한 영화를 장소 상관없이 대형 광목천을 걸어놓고 상영하는 식이었다. 대도시보다는 작은 소도시를 더 좋아했다.

우리 지역에서는 꽤 조직이 꾸려졌고, 후원금도 모여 해외 감독을 호텔에서 재우고 숙식도 해결해줄 수 있었다. 영화제 마지막엔 버스를 빌려 지역을 투어하는 일도 했다. 영화제는 사흘간 열렸고 개막식 때는 동시통역까지 하며 그럴싸하게 진행했다. 첫날 개막 행사 중 하나로 여러 사람이 그물 그네를 동그랗게 빙 둘러 잡고 해외 감독들을 차례대로 가운데에 앉게 해 헹가래를 쳐주는 이벤트도 열었다. S 감독은 이렇게 자발적으로 영화제가 만들어지고 상영되는 걸 좋아하면서도 왠지 한편으로는 불편해했다. 그는 영화제 내내 영화제를 주관하면서 틈틈이 행사를 촬영하고 예정된 영화를 틀고, 해외 감독과 교류하느라 이리저리 뛰어다녔다. 그는 기획부터 영화를 출품받고 선별하는 일까지 다 하는 1인 집행위원장이자 준비위원이었다.

그가 좀 이상한 감독이라고 여겨진 건 영화 상영 때였다. 외국 영화를 상영하는데 도대체 영화에 집중할 수가 없었다. 아니, 화가 났다는 표현이 더 적당할지 모르겠다. 번역을 구글 번역에 맡긴 듯했다. 영상과 번역된 배우의 말이 동떨어졌다. 배우는 화를 내고 있는데 번역된 자막은 예의 바른 말투였다. 자막과 배우의 행동이 맞지 않으니 영화 감상은 고사하고 저 영화를 만든 감독은 자신의 영화가 제대로 번역도 되지 않은 채 이렇게, 그야말로 날림으로 상영되는 줄 알고 있을까 싶었다. 내가 보기에 그건 감독이나 영화에 대한 모독으로 보였고 무례하다는 생각이 들었다. 게다가 S 감독은 영화제 내내 늘 한 손에 짐벌이 달린 소형 카메라를 들고 다니면서 어디서든 불쑥 들이대고 촬영하는 통에 영 불편했다.

첫 영화 상영이 끝나고 S 감독은 해외 감독과의 대화를 진행하다가 하필 나를 지목해 소감을 물었다. 아무리 조심스럽게 에둘러 얘기를 하려고 해도 영화를 제대로 볼 수 없었으니 결국 불만을 토로할 수밖에 없었다. S 감독을 도와 통역을 해주던 통역사는 영화 한 편을 번역하는 데 드는 비용을 말했다. 돈 한 푼 없이 치러지는 영화제이고 이걸 지금까지 끌고 온 감독이 정말 대단하다고 했다. S 감독 역시 제대로 된 번역 자막이 꼭 중요한 것은 아니라고 했다. 자막 없이 그냥 영화를 상영하는 영화제도 많다고 했다. 게다가 영화를 출품한 감독이 최종 영화 파일을 늦게 보내는 바람에 제대로 번역할 시간이 없었던 경우도 있었다. 그런 사정에는 고개가 끄덕여졌지만 그렇다고 생각이 바뀌지는 않았다. 영화를 보는 관객은 상영되는 영화만 볼 뿐이었다. 영화제 일정과 프로그램이 있었지만 상황에 따라 상영 영화가 바뀌었고, 영화 상영 중간에 시간 때문에 끝내기도 했다. S 감독의 영화도 상영 일정이 있었지만 다른 영화로 바뀌면서 보지 못했다. 그때마다 S 감독을 이해할 수 없었다. 영화는 감독이 보여줄 수 있는 전부가 아닌가? 영화제 주최 측은 관객에게 최선의 영화를 보여줄 수 있도록 해야 하는 거 아닌가? 이렇게 영화제를 여는 것이 무슨 의미가 있는 것인가? 영화를 영화제를 위한 도구처럼 취급하는 거 같아 기분이 좋지 않았다. 아니, 근본적으로 영화제를 돈 한 푼 없이, 공공기관의 지원도 받지 않으면서 매년 치러내는 것 자체가 말이 되지 않았다. 그런데도 감독은 매년 국제마을영화제를 열 결심을 했고 열었다. 그의 무모함을 도무지 이해할 수 없었다.

 S 감독이 이리저리 리모컨을 만져보는데 다행스럽게도 텔레비전 화면이 다시 나왔다. 리모컨으로 여러 기능을 눌러보고 껐다 켜보기도 하고 텔레비전을 두드려도 봤지만 해결되지 않던 참이라 어쩌나 싶었다. 할머니는 연신 고개를 숙이며 아이구, 고마워요, 고마워, 하고 말했다. 우리보다 할머니가 더 마음 졸였을 터였다.

 할머니 집을 나오는데 고양이가 어슬렁거리며 마루를 가로질렀다.

 "자작나무 숲은 잘 구경했어요? 저도 몇 년 전에 애들하고

딱 한 번 가봤어요. 닦인 길이 아니라 숲길 따라 걸어 올라갔
는데 어느 순간 확, 하고 자작나무가 달려들듯 희게 펼쳐져
있어서 깜짝 놀랐어요."

"아니 지척에 자작나무 숲을 두고 한 번밖에 안 가봤다니
너무한 거 아녀요?"

"그러게요. 사는 게 뭐 이리 바쁜지."

같이 온 미연이 할머니 집을 기웃거리다 우리가 나오자 감
독에게 인사를 했다. 영화제에서 보기는 했지만 S 감독과 정
식 대면하긴 처음이었다.

"동네가 조용하네요."

"오다가 보셨겠지만 여기가 오지마을인데 이 마을에는 치
킨집도 있고 짜장면집도 있고, 맘스치킨, 김밥나라도 있고 먹
자골목도 있어요. 여긴 일종의 군사마을이거든요. 최전방이
고요. 여기서 금강산까지 24킬로미터고 휴전선까지는 고작
10킬로예요. 오지마을인데 이 마을에서 서울 가는 직행 시외
버스도 있어요. 인근에 부대가 많거든요. 8개 대대 삼천 명쯤
있어요. 외출 나오면 이곳에서 양념치킨도 시켜 먹고 하는 거
죠. 이곳의 음식점이나 편의 시설은 주민보다 군인을 위해 있
다고 보는 게 맞을 거예요. 참 이상하고 괴상한 공간이죠."

동네가 조용하다는 미연의 인사에 S 감독이 길게 말을 이었
다. 이상한 감독이 사는 이상한 동네였다. 감독이 말하는 지
척의 금강산이나 휴전선은 도무지 현실감이 없었다. 여긴 그

야말로 너른 벌판에 마을이 덩그러니 앉은 느낌이었다.

S 감독을 생각하면 어딘가 불편했다. 그가 울분처럼 토해놓는, 거대 자본을 들여 만든 상업영화에 대한 환멸을 얘기할 때 더욱 그랬다. 나는 상업영화도, 예술영화도, 또 S 감독이 제작하는 영화처럼 마을 영화도, 또 다른 어떤 영화, 그러니까 아주 짧은 영화라든가 더 다양한 영화가 만들어지는 것도 좋다고 생각하는 쪽이었다. 어떤 영화를 만드느냐가 감독의 몫인 것처럼, 어떤 영화를 볼 것인가는 관객의 몫이라고 생각했다. 관객이 선택하면 되는 것이라고. 다만 그가 어떤 보상도 바라지 않고 생활인이라고 말하는 사람들과 그때그때 마을 영화를 만들고, 또 그런 영화를 중심으로 국제영화제를 열고, 상영하는 일을 해오면서 새로운 영화의 지평을 넓혀나가는 걸 알기에 힘이 되고 싶었을 뿐이었다.

그런 사람들, 가령 오늘의 자작나무 숲을 위해 수십 년 전에 어린나무를 심었을 어떤 사람이랄지, S 감독과 같이 신념이 너무 강해 도저히 그 일을 포기 못하는 자존심을 가진 사람들, 그 자존심이 자신을 지키는 전부인 사람들은 외로울 거라고 생각했다. 누군가 곁에 있다는, 당신을 믿고 지지해주는 사람이 있다는 믿음이 있어야 한 걸음 더 나아갈 힘을 얻을 것 같았다.

내가 거절하지 못하고 길을 나선 것도 내게 신세졌다는 생각을 버렸으면 해서였다. 그가 하는 일에 비하면 그런 것들은 아무것도 아니었다. 굳이 길을 나선 다른 이유를 대자면 용늪 때문이라고 할 수 있을지 모르겠다.

그가 영화제 뒤풀이 자리에서 같이 고생한 몇몇 사람에게 집으로 초대하고 싶다고 했다. 그러면서 집 근처에 있는 대암산의 용늪을 얘기했다. 산꼭대기 해발 천 미터도 넘는 곳에 늪이 있는데 하늘로 올라가던 용이 쉬어가던 곳이라 용늪이라고 했다.

"산꼭대기에 늪이 있다고요?"

누군가 묻자 그는 아무렇지 않게 네, 했다.

"그냥 늪이 아니라 몇천 년 전부터 썩지 않고 쌓인 식물의 잔해도 그대로 있어요. 이천 년 전 송홧가루도 발견됐는걸요."

그의 말에 다들 어안이 벙벙했다. 산꼭대기에 늪이 있다는 말도, 몇천 년 동안 식물이 썩지 않는다는 것도 다른 세상 얘기 같았다.

"정말 그런 늪이 있네요. 인제군 신화면 대암산에 있대요."

무엇이든 휴대전화로 순식간에 검색하는 젊은 진행요원이 검색 결과를 말해 줄 때에야 다들 수긍할 수밖에 없었다. 술기운에도 신비한 용늪을 한번 보고 싶었다. 산 정상에 있는 늪이라니, 용이 쉬었다 간 곳이라니, 몇천 년 동안 어떻게 식물의 잔해가 썩지 않고 남아 있을 수 있다는 말인가. 노란 송홧가루라니. 도무지 이해되지 않았는데, 그 이해되지 않는다는 게 마음을 끌었다.

길가에서는 몰랐는데 감독 집은 골목으로 들어서기만 하면 누구라도 찾을 수 있을 거 같았다. 5톤 크기의, 포장 이사할 때 많이 보던 컨테이너 트럭이 마당에 서 있었다. 푸른빛의 트럭 앞머리에는 촬영이라는 두 글자가 크게 붙어 있었다. 감독은 여기에 자리 잡기 전에 몇 년간 이 트럭을 집 삼아 떠돌기도 했다.

게스트하우스를 겸하고 있는 방은 아담했다. 방바닥도 따뜻했다. 벽에는 일부러 그린 듯한 낙서 비슷한 그림들도 있었다. 아침에 출발했지만 자작나무 숲을 올라갔다가 내려와 점심을 먹었으니 오후 세시가 넘었다. 많이 내릴까 걱정했던 눈은 조금 내리는가 싶더니 감독 집에 도착했을 때는 언제 그랬냐는 듯 하늘까지 맑아졌다. 괜히 타의적 고립 운운했던 우리가 우스웠다. 싱거운 눈이었다. 저녁을 먹은 뒤에 혹시나 하고 바라본 밤하늘에는 드문드문 별도 보였다.

밤이 깊도록 영화 애길 했다. 그동안 어느 자리에서도 나눠본 적 없는 영화 얘기였다. 내가 어느 자리에선가 영화 애길 나눴다면 그건 유명한 감독이 만든 영화로, 감독 이름이나 제목만 대도 알 만한 영화였다. 잘 만든 영화라면 느낄 수 있는 촬영 기법, 배우의 호흡, 디테일한 대사, 사소한 행동, 주제의 깊이 등에 감동했을 것이다. 잔혹하거나 폭력적인 영화, 히어

로물을 좋아하지 않지만 때때로 그런 것들도 봤다. 누군가는 영화를 만들고 누군가는 즐기면 된다고 생각했다. 전문 분야는 각각의 영역이 있고 그 영역은 고유하다고 생각했다.

S 감독도 본인이 생각하는 영화를 만들고 있는 거라고 생각했다. S 감독이 자본주의 사회에서 자본을 떠나 영화를 만들려고 생각하고, 그걸 길 위의 사람들과 같이 해내는 것을 보면서 대단하다고 생각했다. 웬만한 신념이나 의욕으로 해낼 수 없는 일이기 때문이었다.

그는 기본적으로 기득권을 부정적인 시선으로 바라봤다. 대도시, 자본, 스타, 상업적인 스토리텔링으로 만든 웰메이드 영화에 분개했다. 자본을 무기로 모든 영화판을 잠식한다고 생각하는 듯했다. 사람들이 너도나도 릴스나 유튜브에 질질 끌려다니고 따라 하기에 혈안이 돼 있다고 생각했고, 그렇게 만든 사회를 분노하고 혐오했다. 언제까지 칸, 베니스 등 유명 세계 영화제에 목을 매고, 글로벌 OTT 주도의 자본주의적 영화에 매몰돼 진정 우리 삶을 왜곡하도록 둘 것인가를 얘기했다. 단순히 내가 찍고 싶은 영화를 찍겠다는 생각에서 그치지 않고 자본에 물든 영화판을 구해야 한다는 사명을 가지고 있는 듯했다.

그는 길 위에 있었고 길에서 만나는 사람들과 어울려 영화를 찍었고, 그렇게 만든 영화를 같이 보았다. 그는 내가 좋은 영화의 조건으로 뽑았던 것들과는 거리가 먼 영화를 찍고 있

는 것 같았다. 나나 미연이 영화의 다양성을 얘기하고, 상업
영화도 필요하고 감독님처럼 만든 영화도 필요한 거 아니냐
고 말해도 그는 고집 센 사람처럼 꼼짝도 하지 않았다. S 감
독을 불편하게 느꼈던 실체가 그의 이런 고집 때문인 것도 같
았다. 고집이 있으니 지금까지 이 일을 해왔을 거란 생각도
들었다.

　감독의 의견에 동의하기도 했지만 다 그런 것은 아니었다.
어쨌든 문화나 예술을 누리는 입장에서 선택의 폭이 많을수
록 좋다고 생각했다. 어떤 영화를 볼 것인가는 선택하는 이의
몫이란 생각에도 변함이 없었다.

　"꼭 이렇게 사셔야 하는 거예요?"

　미연의 당돌한 질문에 감독의 얼굴이 잠깐 굳어졌지만 이
내 얼굴을 펴고 말했다.

　"세상엔 저 같은 사람도 한 사람쯤은 있어야 조화롭지 않겠
어요?"

　뭐라 할 말이 없었다.

　"여기 동네 사람들과 같이 영화를 보는 공간이 있다고 했던
거 같은데요?"

　방 안 공기가 너무 무거워 화제를 돌렸다.

　"네, 내일 동네 구경시켜드릴게요."

　감독도 눈치를 챘는지 그만 일어서려 했다.

　"여기까지 왔으니 감독님 영화도 한 편 보여주세요. 아직까

지 감독님 영화를 한 편도 제대로 못 봤어요."

"네, 시간 봐서 한 편 보죠, 뭐."

사실 S 감독의 영화에 큰 기대를 하는 건 아니었다. 그와의 대화가 제자리를 맴도는 것 같았고, 들으면 들을수록 마음이 편치 않았다. 도시에서 중산층에도 들지 못하는 삶이지만 감독의 애길 듣다 보면 나도 모르게 기득권에 편입된 거 같은 생각도 들었다.

그의 처진 뒷모습을 보았다. 그는 세계 최초로 길 위의 영화제를 펼치고 싶어 했다. 세계 각국의 지역 영화를 초대해 로컬영화축제를 만들고 싶은 꿈을 품고 있었다. 감독은 초청한 외국 영화감독들과 여러 지역을 돌며 그들의 실험적인 영화를 상영했다. 그 과정에서 마을 사람들과 어울리는 과정을 카메라로 찍었고, 주민들과 직접 대본을 쓰고 주민들이 출연한 영화를 스크린에 쏘아 한국의 로컬 영화를 만들어가기도 했다. 자본주의에 대한 분노 이상으로 자신이 해온 이 길에 대한 자부심도 있었다. 하지만 그 일을 해내는 동안 감독의 뜻을 이해 못하는 해외 감독이나 사람들로 인해 받는 스트레스도 만만치 않았다. 그는 너무 힘들었다고 고개를 흔들었다.

감독이 자러 간 뒤 미연이 나가서 별을 보자고 했다. 낮에는 폭설이 내릴까 걱정했는데 밤에는 별을 보자고 말하게 된 상황에 웃음이 났다. 확실히 동네가 어두우니 별이 더 잘 보였다. 별을 보며 별자리를 찾지는 않았다. 별을 볼 수 있다는 것만으로 좋았다. 찬 기운이 코끝을 아렸지만 괜찮았다.

"나는 S 감독을 잘 모르겠어. 아무리 영화를 사랑하고 나름의 사명감을 가졌더라도 공공기관의 지원금조차 받지 않고 이 일을 한다는 건 말이 안 되잖아. 지역 사람들이 조금씩 도와서 해결한다고 해도 매번 그게 얼마나 어렵겠어. 지금 같은 세상에 말이야. 난 아까 얘기 듣는데 돈키호테가 다 생각나더라고."

미연이 별을 보며 말했다. 돈키호테라니. 로시난테였던가, 돈키호테가 타던 앙상하게 마른 말 이름이. 그렇게 생각하는 것도 무리는 아니었다. 내가 있는 지역에서 영화제를 열 때는 지역추진위에서 영화관으로 백 석이 넘는 공연장을 마련했다. 개막식에는 동시통역도 준비했고, 사물놀이와 공연 등도 펼쳤다. S 감독은 그런 정도도 부담스러워했다. 많은 사람들이 몰리고 격식을 갖추는 것보다 소박하게 치르고 싶어 했다. 그때그때 상황에 맞게 영화를 상영하고, 사람들과 어울리고 그런 모습을 영상에 담고, 또 편집해서 상영하고, 결국에는 이 모든 것이 한데 어우러져 영화가 되는 것을 원하는 듯했다.

마당의 어둠 속에 잠긴 촬영 트럭이 거대한 공룡이 웅크리고 있는 것처럼 보였다. 어쩌면 화석이 된 공룡인지도 모른다고 생각했다. 휴대전화의 손전등 표시를 켜고 빛을 트럭 머리에 쏘아보았다. 어둠 속에서 빛은 생각보다 밝지 않았다. 낮에 그 컨테이너 트럭 앞에 촬영이라고 쓴 글자를 보지 못했다면 불을 비췄을 때도 알아보지 못했을 것 같았다. 세간살이를 싣고 전국의 먼지 이는 길을 달렸을 트럭을 생각했다. 트럭은 공룡이 아니라 지금 고단해서 잠시 쉬고 있는 거라고 여겨졌다.

아침에 일어나니 감독은 벌써 마당에 있던 큰 개를 산책시키고 돌아오는 길이었다. 따뜻하게 푹 잘 잤다고 인사했다. 이른 아침 공기가 차면서도 상쾌했다.

"어제 온다는 시간에 눈이 내릴까 봐 걱정했는데 오히려 오늘 눈 예보가 있네요."

"어제 오면서 눈이 내리길래 폭설에 갇히는 상상까지 했는데 다행히 금방 그치더라고요."

"눈에 갇히는 일이 여기에선 상상이 아녜요. 1954년엔가는 장정 키를 넘는 눈이 쏟아져 육십여 명의 군인들이 눈 속을 빠져나오지 못해 굶어 죽기도 했어요."

"그게 정말이에요? 어떻게 육십여 명이 눈 속에 갇혀 죽을 수가 있어요? 이제 겨우 스무 살 언저리 청년들이고 이제 막 환하게 꽃 피울 청춘들 아닌가요. 그런 어이없고 끔찍한 죽음이라니 상상이 안 되네요."

어제 휴전선과의 거리가 10킬로미터쯤이라고 했던 말이 떠올랐다. 새삼 여기가 어딘가 싶었다. 휴전선이니 군인이니 접경지역이니 하는 말은 평소에는 꺼내볼 일 없는 말인데 여기에 오니 일상이었다. 그 말속에 든 어마어마한 의미가 어깨를 짓누르는 것 같았다.

"이 촬영 트럭 지금도 쓰는 거예요?"

아침에 보니 촬영 트럭이 마당 건너편에 묵직하게 자리 잡고 이 집을 지켜주는 것 같았다.

"아니요. 안 쓴 지 오래됐어요. 여기 정착하고 나서는 거의 안 썼으니까요. 집이 몽땅 불에 타버려 한때는 저 차 안에서 식구들과 개까지 함께 생활했죠. 이동식 주택이라 전국을 떠돌기는 편했고요. 고생을 이만저만 한 게 아니니 편했다는 말, 참 말이 안 되긴 하는데 아무튼 그랬습니다."

언뜻 들은 적이 있었다. 살던 집이 불이 나는 바람에 다 잃고 차에서 생활했다고. 환기조차 되지 않는 차가 집이었다고.

"감독님이 만든 영화 보고 싶어요. 영화제 때 보여주기로 했다가 못 본 영화 있잖아요."

S 감독은 뭐 그렇게 대단한 영화는 아니고, 하면서 쑥스러워했다.

마을 극장은 극장이라기보다 휴전선 근처라 만약의 사태에 대피할 수 있는 넓은 공간이었다. 안에는 영화 포스터 등이 몇 장 붙어 있고 한쪽에 플라스틱 의자도 포개져 있었다. 빛이 들어오지 않도록 장막을 치고 감독이 가져온 휴대용 빔프로젝트를 흰 벽에 쏘았다. 영화 제목이 '살아가는 기적'이었다.

영화는 6·25 전쟁 전사자를 발굴하는 장면부터 시작했다.

전사자가 묻힌 곳을 알려주면 포상금을 준다는 군인의 말을 들은 동네 청년이 시중에서 군복을 사 입고 전사자가 묻힌 곳을 알려고 마을 사람들을 찾아다닌다. 그 과정에서 동네 할아버지가 6·25 전쟁 중에 같이 있던 친구가 죽게 되는데 차마 그의 부모에게 말을 못하고 평생 가슴에 묻어왔다가 이번에 밝히게 되는 사연을 그리고 있었다. 아들이 죽은 줄 모르고 치매에 걸려서까지 아들이 돌아오길 기다리는 어머니, 무서워서 차마 친구가 죽었다는 말을 못했다는, 이제는 다 늙어 중풍까지 걸린 할아버지 등, 아직 전쟁의 상처가 남아 있는 접경지역에 사는 사람들의 이야기였다. 물론 연기자는 모두 동네 주민이었다. 연기가 매끄러운 건 아니었는데 보면 볼수록 빠져들게 하는 힘이 있었다.

복지관에서 빨래판으로 타악 연주를 배우던 사람들이 고양이 장례를 치르는 장면이 인상적이었다. 동네 할머니가 기르던 고양이가 죽게 됐는데 그냥 뒷산에 묻지 않고 고양이 장례를 치러주는 것이었다. 고양이를 묻고 강가를 배경으로 앉아 빨래판 연주와 함께 아리랑을 부르는 할머니들과 아마도 죄스러워 한 번도 가보지 못했을 친구가 묻힌 곳을 가짜 군인에게 업혀 찾아가는 할아버지, 아들이 죽은 줄도 모르고 이제 곧 올 거예요를 반복하는 치매에 걸린 할머니의 목소리가 한데 엮인 영화는 전쟁 때문에 억울하게 죽은 전사자를 위로하는 위령제처럼 느껴졌다. 우리 역사의 비극 한가운데를 관통

하는 듯도 했다.

포도를 따 먹던 당돌한 아이들의 언어 놀이, 아이와 어른의 화해, 카메오로 등장하는 감독의 모습이나 할아버지가 어린 시절 겪었던 장면을 정교하지 않은 일러스트로 대체하는 등 낯설고 신선한 장면도 많아 놀라웠다. 수백억, 수천억 예산이 우습게 들어가는 영화 시장에서 이 영화는 한여름 푸성귀 가득한 보리밥 밥상처럼 느껴졌다. 입안 가득 상추쌈을 밀어 넣을 때처럼 꽉 찬 감정이 밀려왔다. 영화를 만들 돈은 없지만 영화를 완성해내기 위해 들였을 공은 만만치 않았을 것 같았다. 접경지역의 아픈 역사와 그것을 드러내는 방식이 다층적이어서 더 놀라웠다. 스토리만을 따라가는 게 아니었다. 지역의 특징이 드러나도록 뗏목을 타고 강을 건너는 풍경을 담기도 했고, 개인의 소소한 이야기가 묻히지 않도록 연결시켜 영화를 더 풍성하게 만들기도 했다.

내가 저 영화 속에 들어간다면 나는 강가에서 투망을 던지거나 물놀이를 하거나 고양이 밥을 주는 역할을 하고 싶다는 생각도 들었다. 어색한 대로 자연스러운 연기를 펼친 배우들이 모두 동네 사람들이었다. 대부분이 여든은 됐을 것 같았다. 저분들을 어떻게 설득하고, 카메라 앞에 서게 했을까. 저분들은 본인이 나오는 영화를 봤을 때 어떤 기분이었을까. 여러 생각이 밀려들었다.

감독이 다시 보였다. 영화를 보고 나오는데 미연이도 같은 말을 했다. 어젯밤에 나눈 얘기보다 이 영화 한 편이 더 많은 말을 하고 있는 듯했다.

"용늪인가, 왜 이천 년도 넘었는데 송홧가루가 썩지 않고 멀쩡한 상태로 발견됐다는 늪이요. 거기도 가보고 싶어요."

처음 만났을 때부터 하고 싶었던 말이었다. S 감독은 웬일인지 작년 영화제 때 자랑삼아 얘기하던 용늪에 가자는 말을 하지 않았다. 그 신비한 곳을 누구에게라도 보여주고 싶을 거 같은데 의외였다.

"이천 년 전 송홧가루가 썩지 않고 있을 수 있다고? 그게 어떻게 가능해? 공기가 안 통하는 밀봉된 곳이라면 몰라도. 천 년이면 뼈도 썩을 텐데 말이야. 전설이 아니라 여기에 정말 그런 곳이 있다고? 왜 진작 말 안 했어. 너무 신기하다. 나도 가보고 싶어."

미연이 놀라서 말했다. 내가 처음 용늪에 대해 들었을 때와 똑같은 반응이었다. 누구라도 용늪에 대해 듣는다면 비슷한 반응일 거란 생각이 들었다.

"지금은 가볼 수 없어요. 겨울이라 입산 통제거든요."

내 기대를 무너뜨리며 감독은 아무렇지 않게 말했다.

그러고 보니 집에 한번 오라는 얘기를 할 때가 영화제가 열리던 여름이었다. 계절을 생각하지 못하고 막연하게 용늪을 가볼 수 있을 거라 생각한 게 어리석었다. 게다가 여름에도 일주일 전에 사전 신청을 해야 가볼 수 있다고 했다.

"어떻게 식물이 썩지 않고 남아 있을 수 있죠?"

"그게 산 정상의 기온이 늪의 식물을 썩지 않게 한다고 알고 있어요. 그런 층을 이탄층이라고 부르는데 학계에 의하면 약 4,500여 년 전부터 썩지 않고 쌓여온 식물의 잔해가 그대로 남아 있대요. 놀랍죠? 여기가 휴전선과 멀지 않아서 그런지 용늪 근처에서는 북방계와 남방계 식물을 동시에 볼 수도 있다고들 하고요. 아쉽지만 초여름에 다시 한번 놀러 오세요. 산이 가파르지 않고 산 정상에 걷기 좋게 데크까지 만들어져 있어 찾는 사람들도 제법 있어요. 다른 데서는 못 보는 풍경이니까요."

눈발이 조금 더 날리기 시작했다. 일박이일 동안 S 감독과 더 가까워지거나 흥미로운 일이 벌어진 건 아니었다. 그래도 감독의 영화를 볼 수 있어서 좋았다. 조금 더 그를 이해할 수 있게 됐다고 말할 수 있을 것 같았다.

언젠가 감독이 외국 감독이 오는데 염전이 있다는 섬을 안내해줄 수 있냐고 물었다. 외국 감독이 인도에서 염전 일을 하는 부족에 대한 영화를 찍었는데 우리나라 염전이나 염부를 만나면 좋을 거 같다고 했다. 같이 영화도 보고 소금 얘기도 하고. 언젠가 내가 SNS에 문화원과 염전 관련 프로그램을 진행하면서 시도 염전 얘길 쓴 걸 본 모양이었다. 그러잖아도 염부님께 프로그램을 진행한 뒤에 다시 찾아뵙겠노라고 약속한 것도 있어 잘됐다 싶었다. 시도로 가는 배를 타는 삼목선

착장은 공항에서 멀지 않고 배도 십여 분 정도 타는 거라 섬 치고는 교통도 좋았다. 그때 염부는 자랑스럽게 소금의 농도를 측정하고, 염전의 증발지를 거쳐 뜨거운 햇볕을 받아 소금이 만들어지는 과정을 보여주었다. 나무로 만든 소금 창고 안의 하얗게 산처럼 쌓인 그득한 소금도 장관이었다. 아주 시원시원하고 호탕한 분이었는데 같이 점심 먹으러 가자고 해도 굳이 거절하더니 우리 일행을 소금 창고 옆 사무실로 이끌었고, 냉장고에서 막걸리를 꺼냈다. 소금이 안주였다. 소금의 짠맛 사이로 나는 단맛이 막걸리와 절묘하게 잘 어울렸다. 그 어디에서도 맛보지 못한 안주와 막걸리였다. 염부는 막걸리를 한잔 걸치더니 염전 일도 힘들지만 섬에서 살면 무엇보다 사람이 그립다고 했다. 그때 언뜻 얼굴에 비치던 쓸쓸한 모습이 내내 마음에 걸렸다.

오겠다던 외국 감독이 갑자기 못 오게 되었지만 우리는 염부님 댁에서 영화도 보고 술도 한잔 마시고 밤 깊은 줄 모르고 이런저런 얘기도 나눴다. 다음 날도 염전 일을 해야 하는데 염부님은 잠자리에 들 생각을 안 했다. 어쩌면 그때도 S 감독은 카메라로 외국의 염전을 다룬 영화를 보던 염부님 얼굴을 촬영하고 있었다. 염부님은 이제 편히 살고 싶지 않냐는 물음에 자신이 아니면 이 일을 할 사람이 아무도 없다고 했다. 더 이상 힘을 쓰지 못할 때까지는 자신이 해야 된다고. 말 끝에 쩝, 하고 입을 다셨다. 감독과 헤어지려는데 그 염부의 얼굴이 겹쳐졌다.

하늘이 잔뜩 흐려 금방이라도 눈이 퍼부을 기세여서 서둘러 출발했다. '촬영'이라 쓰인 5톤 트럭 옆에 서서 손을 흔드는 S 감독을 흐려져 안 보일 때까지 바라봤다.

"오길 잘한 거 같아. 감독님을 만나니까 감독님을 다 이해할 수는 없어도 어떻게 사는 게 잘 사는 건가 그런 걸 생각하게 되네. 그런데 그게 무겁지 않고 따뜻하게 다가와. 어젯밤 따뜻한 방바닥 온기처럼."

나도 비슷했다. 감독의 집까지 올 생각 속에는 이미 그런 마음이 있었을 것이다. 그러나 그런 생각은 얼마 가지 않았다. 눈이, 세상에 눈이 순식간에 어마어마하게 내렸다. 어제 우려하던 상황이 이제 막 우리 앞에 펼쳐졌다.

"우리 정말로 눈 속에 갇히는 거야?"

황당했다. 폭설이었다. 폭설이라는 말로 다 설명될 수 없을 만큼 많은 눈이 순식간에 내렸다. 얼마 못 가서 윈도 브러시 작동이 쉽지 않을 만큼 많은 눈이 한꺼번에 퍼부었다. 한적하던 길에 갑자기 차들이 멈춰 서기 시작했다. 스노우 체인을 미처 챙기지 못한 우리 차와 같은 처지의 차들이었다. 텔레비전에서 보던 광경이 우리 앞에 펼쳐지고 있었다. 눈에 갇혀버린 것이다.

"기막히지 않아? 엄청난 폭설이야."

"갑자기 다른 차원으로 들어선 것 같애. 기분이 좀 이상해."

"그래도 더 쌓이기 전에 한번 나가보자. 우리가 언제 이런 눈을 다시 만나겠니."

망설이던 나도 목도리를 머리까지 둘러쓰고 장갑을 꼈다. 눈을, 모든 걸 순식간에 덮어버리는 눈을 내 손으로 만져봐야 할 거 같았다.

"어이쿠!"

미연이 열어젖힌 차 문에 부딪쳐 누군가 뒤로 벌렁 자빠졌다. 사고였다. 내릴 때 미처 백미러를 확인하지 못한 모양이었다. 얼른 차에서 내려 미연과 넘어진 사람을 부축해서 일으켰다. 손에 차가운 물기가 송곳처럼 찌르며 흘렀다. 죄송하다고 말하는 와중에 싸한 냄새가 코끝을 자극했다. 소주! 사내의 등에 멘 가방에서 소주로 보이는 물이 흘렀다.

다행히 사내가 일어나 장갑 낀 손으로 툭툭 눈을 털고 메고 있던 가방을 내려 풀었다. 크게 다치지는 않은 모양이었다. 가슴을 쓸어내렸다. 두툼한 장갑 낀 손에 주둥이가 깨진 소주병이 딸려 나왔다.

"이거 참."

사내가 난감한 표정을 지었다. 그 와중에도 깨진 소주병을 바라보는 어리둥절한 우리 표정을 본 모양이었다.

"부친 때문이에요. 소주가 없으면 잠을 이루지 못하거든요. 이게 유일한 낙이기도 하고요."

"이 날씨에 소주 때문에 길을 나섰다고요?"

"아, 네에."

그가 어정쩡하게 대답했다. 아무렇지 않다는 사내에게 연락처를 건넸다. 혹시 내일이라도 몸이 아프면 연락을 달라고 했다. 사내는 깨진 병을 함부로 처리하면 안 된다고 다시 가방에 넣었다. 건넨 연락처를 바지 주머니에 아무렇게나 집어넣고 가방을 메는데, 가방 안에서 소주병이 부딪치는 소리가 들렸다. 사내는 금방 눈 속으로 사라졌다. 나는 사내가 흔적도 없이 사라진 길을 오래 바라보았다. 손에서 나는, 아직 사라지지 않은 알코올의 냄새가 아니라면 사내와 부딪친 잠깐의 일이 아주 없던 일로 여겨질 것 같았다. 소주가 없으면 잠을 이루지 못하는 부친을 위해 이 눈 속을 뚫고 길을 만들며 걸어가는 사내라니.

"어디든 하루면 배송해주는 택배가 있는데 이런 날씨에 길을 나서다니 무모한 거 아냐?"

"이렇게 내릴 줄 몰랐겠지. 아니면 아버지 안부도 물을 겸 그렇게 가고 있는 건지도 모르고. 어쨌든 크게 다친 데는 없는 거 같아 다행이야. 난 정말 가슴이 쿵 했잖아."

"그 사람이 사라져버리고 나니까 꼭 그 일이 일어난 게 거짓말 같아. 아니면 그 사람이 이 세상 사람이 아니거나."

사내가 사라진 뒤 서둘러 차 안으로 들어와서 몇 마디 주고받는데 마음이 내리는 눈처럼 가라앉는 기분이었다. 제설차도 아직 안 왔는데 이상하게 마음이 느긋해지면서 기대 같은

게 부풀었다. 살면서 이런 경험을 언제 하겠나 싶은 생각도
들고, 내일 하루 일정이 어긋난다고 죽는 것도 아니고. 미연
도 마찬가지인지 조금 전부터 아무 말 없이 유리창에 기대 내
리는 눈을 하염없이 바라보았다.

"눈을 잘 봐봐. 한 송이 눈은 내리자마자 녹아버리는데, 눈
이 엄청나게 내릴 땐 이렇게 순식간에 세상을 덮어버려. 눈이
내리면서 서로 스미는 거지. 녹든, 녹지 않든 말이야."

유리창에 기대 눈을 바라보던 미연이 대단한 발견이라도
한 것처럼 말했다.

감독이 잘 가고 있는지 전화가 왔다. 그래도 그쪽에는 여기
만큼 눈이 많이 오지 않는 듯했다. 잘 가고 있다고 또 보자고
인사를 했다. 윈도 브러시가 지나간 자리에 떨어진 눈송이 하
나가 녹는 걸 바라봤다. 문득 모든 눈송이들을 눈길로 쫓아
그들의 마지막을 보고 싶었다. 이렇게 많이, 그것도 한꺼번에
내릴 땐 어림없는 일이란 걸 알면서도 그러고 싶었다.

문득 이번엔 감독이 눈길에 소주를 짊어지고 길을 만들며
나아가던 사내와 닮았는지도 모르겠다는 생각이 들었다. 그
런 생각을 하자 어쩐지 먹먹해졌다. 차의 윈도 브러시를 작동
시키자 힘겹게 좌우로 움직여 유리창으로 부딪치는 눈을 걷
어냈다. 잠깐 온통 뿌연 앞이 조금은 선명해졌다. 여전히 눈
은 내리고, 앞은 흐려 있었지만 멈춰 선 차량들의 빨간 후미
등이 구조신호처럼 길게 늘어서 눈길을 밝히고 있었다.

작가노트

　눈을 잘 봐봐. 한 송이 눈은 내리자마자 녹아버리는데, 눈이 엄청나게 내릴 땐 이렇게 순식간에 세상을 덮어버려. 눈이 내리면서 서로 스미는 거지.

각자의
방식대로

정태언

북방

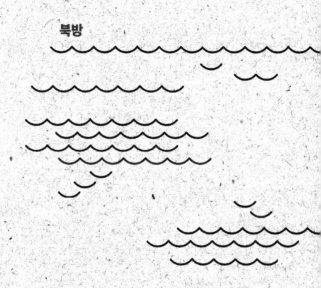

2008년 『문학사상』 신인상에 「두꺼비는 달빛 속으로」가 당
선되며 작품 활동을 시작했다. 소설집으로 『무엇을 할 것인
가』 『성벽 앞에서─소설가 G의 하루』 『시베리아, 그 거짓
말』, 산문집으로 『시베리아 이야기』, 역서로 『모스크바에서
서울까지』 『백학』 등이 있다.

우리, 그러니까 나와 박 그리고 황은 그 무덥던 여름날 안중근 의사의 자취를 따라가는 중이었다. 그때 느닷없이 고골리가 툭 튀어나왔다. 여기가 '꿔거리다지애'인데 하얼빈 번화가 중 하나예요, 라며 박은 목에 걸었던 카메라를 손에 쥐고선 이곳저곳을 향해 셔터를 눌러댔다. 꿔거리요? 그게 뭡니까? 난 무심코 박의 말을 받았다. 고골리요. 하얼빈이야 온통 러시아풍이니까. 몇 년 전 박은 하얼빈에 반년을 체류했다. 고골리라구요? 그럴 리가. 의심에 차 나는 둘레둘레 주위를 살피며 박에게 바싹 붙었다. 박은 거리에 붙은 도로 안내판을 검지로 가리켰다. 내 눈도 그쪽을 향했다. 초록색 바탕에 하얀 글씨로 크게 쓴 **과과리대가(果戈里大街)**가 보였다. 그 밑에 영문 표기도 있었다. 가까이 다가갔다. **GUOGELI DAJIE**. 그러면 그렇지, 그럴 리가 있나. 박이 잘못 알고 있는 게 틀림없었다.

고골리는 박의 말대로 러시아 작가였다. 우리나라에서도 그 이름 표기를 '고골리'와 '고골'로 혼용했다. 그래도 영어 알파벳 표기는 GOGOL로 쓰고 있었다. 헌데 GUOGELI라니. 나는 잘못된 정보라 일축하며 도로 안내판을 뒤로 했다. 몇 발짝 가자 그럴 리 없다는 내 확신이 조금씩 흐물흐물 무너져내렸다. 뭔가 찜찜했다. 이번 여정 내내 박이 허투루 말하는 걸 보지 못했기 때문이었다.

우리는 계속 과과리대가를 따라 걸었다. 러시아의 큰 도시에 온 것 같은 느낌이었다. 러시아가 동청철도를 연결하며 하얼빈 토대를 마련했으니 러시아식 건물이 많은 건 당연한지도 몰랐다. 과과리대가는 시내 중심 번화가였다. 혹시 하얼빈에 푸슈킨도 있다면 얘기는 달랐다. 박에게 거듭 물었다. 혹시 하얼빈에 푸슈킨대로는 없나요? 여기서 푸슈킨? 처음 듣네요. 박은 휙 등을 돌려 다시 앞서 걷기 시작했다.

몇 년 전부터 여행사를 운영하는 대학 동기가 관광객이 넘쳐나 일손이 모자랄 때면 인솔자 노릇 하라고 나를 불러댔다. 그렇게 러시아, 특히 시베리아 곳곳을 돌아다녔었다. 그곳들 중심가 명칭 대부분은 레닌, 마르크스에서 따오거나, 러시아의 대문호, 예술가, 유명인사로부터 빌려 왔다. 특히 문호의 이름을 딴다면 그곳이 특정 작가와 관련 없는 경우 대개 첫번째 자리를 푸슈킨이 차지했다. 흙먼지 날리는 시베리아 변방에서조차 그랬다. 우리나라 사람들이 한민족의 시원이니 하며 드나드는 바이칼 호수 속 올혼섬에도 푸슈킨거리가 있다. 옛적부터 원주민 샤먼들이 기도하는 그곳의 상징 '부르한 바위'로 가는 흙길 이름도 푸슈킨에서 가져왔다. 그런데 이 큰 중심가에다 푸슈킨을 제치고 고골리를 뽑아 들다니. 게다가 실제 고골리는 하얼빈은커녕 러시아 땅인 시베리아에도 발을 들여놓은 적이 없었다. 의심은 계속 부풀어 올랐다. 하얼빈 GUOGELI는 괴상스레 내 앞에 버티고 섰다.

박과 황은 저만치 앞서갔다. 폭양 아래에서 흔들흔들 움직이는 황의 검은 비니모자는 유달리 눈에 튀었다. 겨울에나 어울릴 것 같은 황의 그 모자가 이제 익숙할 법도 한데 여전히 내 눈엔 기괴스럽기만 했다. 그 모자를 따라가며 나는 종종걸음을 쳤다. 하얼빈 지리도, 중국어도 모르는 나로선 그들을 놓치면 큰일이었다. 하얼빈에서 고골리, 아니 GUOGELI가 무슨 대수란 말인가. 어쨌건 하얼빈이라면 안중근 의사가 있어야 했다. 그날도 하얼빈의 안 의사 자취를 살펴보자며 결연한 마음으로 숙소를 나선 터였다.

우리 일행은 나까지 셋이었다. 한 달 전쯤 친구와 만난 술자리에서였다. 녀석은 자기 형 공장에서 일하는 하얼빈 사람들하고 전날 술 많이 먹었다며 술잔만 들었다 놨다. 순간 하얼빈이라는 말이 귀에 꽂혔다. 왜, 관심 있니? 어제 외사촌 형도 같이 마셨는데 곧 거기 간다더라. 나도 같이 가자는데 거길 뭐하러 가니. 몇 년 전 그 형 나이 먹고 하얼빈 무슨 대학인가, 거기서 반년가량 어학연수 했지. 나는 녀석 앞으로 바짝 의자를 당겼다.

사실 형편이 닿으면 꼭 가보려고 했던 곳이 흑룡강성이었다. 시베리아에서 틈틈이 찍은 사진과 글을 심심풀이로 내 블로그에 올렸다. '땜빵'으로 시베리아를 다녔지만 그래도 어떤 구실이 필요했다. 그게 북방이었다. 백석 시에서 블로그 이름을 빌려 왔다. 시베리아 다닐 때 가끔 여행객들을 놓고 그 시 「북방에서」를 낭송하기도 했다. 그 시에 나오는 지명 중 하나인 흥안령이 흑룡강성에 있었다.

막상 녀석의 말을 듣자 하얼빈에 바짝 구미가 당겼다. 혹시 하얼빈에서 대흥안령까지 갈 수도 있지 않을까, 희미하게나마 희망이 생겨났다.

그렇게 친구 사촌 형 박을 만났다. 도수 높은 안경을 쓴 그는 세계 습지를 찾아다니며 찍은 새들 사진과 글로 책을 준비하고 있었다. 특히 중국은 여러 차례 다녔다고 했다. 그래서인지 배에 군살 하나 없었다. 박과 처음 인사를 나누려다 얇은 여름옷 때문에 그대로 불거져 나온 내 배를 심호흡하며 억지로 집어넣었다. 박은 내가 목적지로 짚은 대흥안령에도 관심을 보였다. 자기도 거긴 처음이라고 했다. 그의 목적지는 하얼빈 위 치치하얼의 습지였다. 람사르 습지인 그곳에 단정학을 보러 갈 거라 했다. 탐조 활동의 일환이었다.

중국으로 떠나기 전 박은 한 명을 더 끼우자고 했다. 박의 말로는 그가 진짜 중국통이라는 거였다. 둘은 방송통신대에서 중국어를 같이 배웠다고 했다. 그가 전직 국어 교사였던 황이었다. 작달막한 키에 몸피가 다부졌다. 나이도 나와 엇비슷했다. 초록색 반팔 티셔츠를 입은 황은 머리에 벙거지 같은 검정 털모자를 쓰고 있었다. 여름으로 접어든 6월이었다. 그걸 비니모자라고 부르는 줄 그때 알았다. 유명한 외국 영화 주인공이 썼던 모자였다. 황은 형편이 좋은지 중국 여기저기를 다녀왔다며 자랑을 늘어놓았다. 근데 흑룡강성은 물론 그 중심인 하얼빈도 처음이라며 반색했다. 전 무엇보다 하얼빈입니다. 다싱안링 가면 자작나무 숲속에서 멋진 사진이나 찍죠, 뭐. 대흥안령은 다싱안링이 되었다.

박은 치치하얼의 습지 위로 내리쬐는 강한 햇살 아래에서 세 시간가량 단정학을 촬영했다. 해를 피할 그늘도 안 보였다. 나중에 녹초가 되어 그만 나가자고 사정을 했다. 내 말이라면 자주 걸고넘어지던 황까지 내게 가세하자 지칠 줄 모르던 박도 어쩔 수 없는지 물러섰다. 아쉬운 듯 몇 차례 뒤돌아

하늘을 나는 단정학을 카메라에 담곤 했다. 단정학은 화투 속에서 보던 새와 흡사했다. 목과 꽁지는 까만 털, 등과 몸통은 새하얀 털, 정수리에 새빨간 털을 올린 단정한 외모의 두루미가 단정학이었다. 박은 두루미가 두루루루, 두루루루 소리를 내서 그런 이름을 얻었다고 했다. 거기서 철제 우리 속을 서성이는 흰머리를 한 황새도 봤다. 정수리 털과 목의 검정털만 빼면 황새나 단정학이나 내 눈엔 그게 그거였다. 박은 전문가답게 둘의 차이를 알려줬다. 두루미는 멀리까지 울리도록 목으로 소리를 낸다. 황새는 목소리를 못 낸다. 대신 긴 부리를 마주 부딪쳐 소리를 낸다. 그런 차이가 있는지 나는 처음 알았다.

자작나무 숲에서 사진이나 찍는다던 황은 하얼빈에서 나와 박이 하얼빈박물관에 간다고 하자 느닷없이 모아산(帽儿山)을 다녀오겠다며 이른 아침 혼자 숙소를 나섰다. 하얼빈에서 기차를 타고 두어 시간 가야 하는 거리였다.

어쨌든 황의 돌발적인 여행지는 나중 일이고, 처음에 나와 박이 꼽은 목적지를 다녀오려면 올 적 갈 적 하얼빈을 꼭 거쳐야 했다. 자연스레 하얼빈에서 제일 오래 머무는 일정을 잡았다. 그날 셋은 출정식이라도 하는 듯 술자리를 벌였다.

"하얼빈 하면 안중근 의사 아닙니까?"

황이 이번 여행 목적의 당위성을 일깨우려는 듯 안중근 의사를 꺼냈다. 박은, 암 물론이지, 라며 맞장구를 쳤다. 그랬다. 안 의사가 있었다. 나도 마땅하다는 듯 고개를 끄덕이며 결연한 표정을 지었다. 그렇게 셋의 뜻이 맞아떨어졌다. 그때 내 눈앞에 안 의사 얼굴이 어른댔다. 단지한 무명지가 보이도록 손을 배 위에 대고 찍은, 그 유명한 사진 속 안 의사의 얼굴이 아니었다. 그건 영화 「의사 안중근」에서 그 역을 맡은 배우 김진규의 얼굴이었다.

「의사 안중근」은 초등학생 때 단체관람으로 봤던 영화였다. 관람 전, 교실에서 담임한테 안중근 의사 일대기를 대충 들었다. '할빈'이라는 도시 이름도 등장했다. 하얼빈이었다. 담임이 엄지와 검지로 권총을 만들어 "땅—땅—땅!" 소리를 내자 우리는 더 들떴다.

동시상영관인 극장은 학교에서 걸으면 십여 분 거리에 있었다. 그날은 우리 학교 단체관람 때문인지 종일 「의사 안중근」만 상영 중이었다. 하얼빈역으로 기차가 들어오는 장면, 극장에 있는 온갖 색깔의 페인트를 붓으로 막 찍어 바른 듯한 군상이 간판을 메웠다. 나중에 모네, 세잔, 고흐 같은 화가들을 알고 그 극장 간판을 봤다면 나는 그걸 그린 이를 추켜세웠을지 몰랐다. 그때는 이미 극장이 사라졌다. 간판 속 안중근 의사와 이토 히로부미 얼굴은 누군지 알 수 없었다. 극장 입구에 붙은 영화 포스터를 보고야 김진규와 박노식인 줄 알았다.

영화가 시작되고 일본군과 독립군이 전투를 벌일 때 아이들은 침을 꿀떡 삼키며 뚫어져라 스크린을 쳐다보았다. 우리는 안 의사의 저격 장면만을 기다렸다. 이토를 태운 기차가 역으로 들어오고 있었다. 근데 잠시 뒤 거기서 그만이었다.

그 극장의 상영 영화란 게 그 모양이었다. 필름은 전국을 돌고 돌다가 스크린에 소낙비 비슷한 게 세차게 뿌릴 때쯤 그곳에 다다른다는 소리를 들었다. 어쩌다 식구들과 그 극장에 갔다. 툭하면 필름이 끊기고, 휘리리릭 돌아가는 영사기 속에서 불이 붙는 일도 벌어졌다. 그럴 때 듣도 보도 못한 영화를 대신 보여줬다. 물론 늘 그런 건 아니었다. 그래도 영사기 속 필름은 돌아가는데 갑자기 스크린이 까맣게 변했다가 앞뒤가 안 맞는 장면으로 바뀌어 있는 경우가 잦았다. 「의사 안중근」도 마찬가지였다.

기차 기적소리가 울리고, 역 안쪽에선 안 의사가, 아니 김진규가 플랫폼 쪽으로 다가가려다 일본 헌병에게 몸수색을 당하고 있었다. 그 순간 스크린이 까매졌다. 아이들의 야유가 극장을 메웠다. 한 십 분쯤 지났을까, 가슴에 총을 맞고 쓰러진 이토를, 그러니까 박노식을 사람들이 둘러쌌다. 붙잡힌 김진규가 가슴속에 품었던 태극기를 펼쳐 들고 '대한 독립 만세'를 외쳤다. 영화가 끝났을 때 아이들 얼굴에 비감함이 서려 있긴 했다. 아무튼 담임이 우리를 한층 부추긴 '땅―땅― 땅' 장면을 못 본 게 못내 아쉬웠다. 그 뒤 이상스럽게도 안중근 의사 말이 나오면 김진규 얼굴이 먼저 떠오르곤 했다.

나는 재미 삼아 그 영화 얘기를, 그 극장 얘기를 꺼냈다. 그런데 정작 안 의사가 이토를 쏘는 건 못 봤다니까요, 핫— 핫—핫! 신이 난 나는 너털웃음까지 터뜨렸다. 박은, 그것 참 묘하네요. 당시 러시아 기자가 찍은 영상을 찾았는데 거기에도 실제 거사 장면은 사라지고 없다는 말을 들었어요.

어떻든 이번 기회에 하얼빈에서 안 의사 자취를 전부 따라가보자고 잔을 들었다. 몇 번 더 잔을 부딪자 술자리가 위태위태해졌다. 그러니까 나라가 맨날 이 꼴이지. 분개한 황의 목소리가 울렸다. 꼴이란 말에 난 화가 솟았다. 대체 꼴이라니 그게 뭔 소립니까? 그럼 먼저는요? 제일 연장자인 박이 딱 못을 박았다. 이번 여정 중 정치 얘기 절대 꺼내면 안 됩니다. 물론이죠, 라며 나도 황도 고개를 끄덕였다. 그렇게 우리 셋은 일행이 되어 길을 떠났다.

안중근 의사는 그렇게 과과리대가, 박의 중국식 발음으로 꿔거리다지애를 하얼빈 시내의 첫 목적지로 만들었다. 물론 전날, 하얼빈 역사에 있는 안중근의사기념관에 들렀다. 단정학을 보러 간 치치하얼에서 하얼빈으로 오려면 기차를 타야 했다. 나는 치치하얼을 떠날 때 점잖은 남방과 바지로 갈아입었다. 하얼빈역에 있는 안 의사 기념관을 간다는 말 때문이었다. 짊어진 배낭에 어울리지 않는 내 옷차림을 보고 박과 황은 쿡 웃음을 터뜨렸다. 나는 변명처럼 안 의사와 경건이란 말을 슬쩍 흘렸다. 좌우간 내 행색이 우스꽝스럽게 비쳤나 보았다. 박의 차림은 여전히 탐사를 위한 복장이었다. 황도 내가 잘 모르는 외국제 아웃도어 명품을 입고 있었다.

하얼빈역은 컸다. 한국에서 출발 전 하얼빈 안중근의사기념관을 검색했을 때 본 기념관과는 사뭇 달랐다. 안 의사 기념관을 옮긴 모양이었다. 기념관은 한창 보수 중이라 어수선했다. 수많은 작은 쇠막대를 이리저리 방향을 뒤틀어 용접해 붙인 뒤 은빛 칠을 한 철제 화관을 뒤로하고 서 있는 안 의사 동상 앞에서 다소곳이 참배하고 사진도 찍었다. 박은 기념관 창가에서 우리를 불렀다. 뿌옇게 먼지가 덮인 유리창 너머를 손으로 가리켰다. 플랫폼 바닥에 붙은 삼각형과 그 앞 사각형 동판이 희미하게 비쳐왔다. 안 의사가 총을 쏜 자리와 이토가 총을 맞은 자리라는 그 표지는 인터넷에서 봤다. 박은 기념관 전시물을 꼼꼼히 살피며 사진도 여러 장 찍었다. 안 의사 글씨가 담긴 액자들을 지나쳤다.

황은 진즉에 밖으로 나갔다. 황이 신경 쓰여 나는 박에게 그만 나가자고 했다. 아니, 여기까지 와서 자세히 보고 가야지, 쯧쯧. 박은 혀를 찼지만 그런 건 서울 안중근의사기념관 같은 곳에서 쉽게 접할 수 있는 것들이었다. 그 말을 하자 박은, 있으면 뭐 해? 생전 한 번이나 가봐요? 그래도 하얼빈이니까 더 절감하며 보는 거지, 라며 손에 쥐었던 카메라를 목에 걸었다. 절감이란 말에 나는 입을 꾹 다물었다. 나왔을 때 황은 얼굴을 잔뜩 찌푸리며 기다렸다는 듯 배낭을 짊어졌다. 숙소까지 타고 갈 택시를 앱으로 불렀다며 서둘렀다. 길 건너편 우뚝한 큰 건물에 금박을 입힌 북북대주점(北北大酒店)이란 큰 글씨가 이곳이 북쪽임을 일깨우고 있었다. 저 멀리 보이는 간판들 속의 북(北)자만 유독 눈에 들어왔다. 대흥안령에서 하얼빈까지 오는 동안 제일 많이 본 글자였다. 우리도, 안 의사도 북으로 멀리 오긴 한 것 같았다.

  지금 가는 곳이 안 의사가 하얼빈에서 제일 오래 머문 곳이에요. 박의 그 말에 나는 얼른 고골리에서 물러났다. 얼마나 걸었을까, 박은 다 왔다며 걸음을 빨리했다. 붉은 지붕을 얹은 오래된 건물이 나왔다. '구일본하얼빈영사관'이라는 글씨가 검은 표석에 새겨 있었다. 안 의사는 하얼빈에서 11일 있었는데 여기 지하에서 제일 오래 있었던 셈이죠. 카메라 셔터를 누르며 박이 설명했다. '흑룡강성하얼빈시인민정부'라 적힌 현판이 현관에 걸려 있었다. 철문은 굳게 닫힌 채였다. 우리는 그 건물 담장을 빙빙 돌며 지하실을 찾았다. 차가 몇 대 서 있는 주차장 저만치 약간 위로 솟아오른 지하의 창들이 보였다. 안으로 들어갈 수 없어 담장 밖에서 다들 까치발을 하고 잔뜩 사진만 찍어댔다. 돌아서니 다리가 풀렸다. 햇살이 온몸으로 쏟아져 내렸다. 이걸 보려고…… 헛헛했다.

터덜터덜 박과 황의 뒤를 따라갔다. 하얼빈역에다 기념관까지 만들어놓을 정도로 안 의사는 하얼빈 유명인사 아닌가. 그가 체포되어 심문받은 장소인 구일본영사관엔 어떤 안내문도 없었다. 계속 과과리대가를 따라 걸었다. 맥이 빠졌다. 거리에는 과과리가 고골리라는 사실을 뒷받침할 그 어떤 것도 눈에 띄지 않았다.

앞서가던 박과 황이 과과리대가의 한 건물 앞에서 뭔가 열심히 들여다보고 있었다. '하얼빈시화원소학교'라는, 큰 금박 글씨가 햇빛에 번쩍였다. 어정쩡한 웃음을 머금은 박이 내 쪽을 향해 빨리 오라는 손짓을 했다. 거기가 아니고 여기예요. 무슨 말인가 싶어 대리석 표석에 얼굴을 들이밀고 있는 황 곁으로 다가갔다. 여기라니까, 안 의사가 취조받은 데가. 여기가 첫 하얼빈일본영사관 자리예요. 조금 전 본 데는 여기 있다 옮겨간 곳이고.

안 의사가 1909년 10월 26일에서 11월 1일까지 그 자리에 수감되었다고 표석 위에 적혀 있었다. 박은 그 건물에서 나오는 사람을 붙들고 중국어로 뭔가 물었다. 박의 설명으론 취조실로 쓰던 지하실이 지금은 학교 식당이라고 했다. 보도를 따라 땅 밑으로 푹 꺼져 있는 지하실 창문들은 굳게 닫혀 있었다. 그걸 보자 숨이 턱 막혔다. 더위 때문만은 아니었다. 다들 심각한 얼굴로 되돌아섰다. 나도 그 답답한, 공황을 불러올 것 같은 지하실을 떨쳐내고 싶었다. 구실처럼 또다시 고골리가 찾아들었다. 과과리가 정말 고골리라면…… 어쩌면 안 의사도 고골리라는, 아니 과과리라는 그 낯선 이름을 들었을까. 참으로 쓸데없는 생각이었다. 근데 그게 황당치만은 않다는 어떤 믿음 같은 게 일렁일렁 번져나갔다. 그건 우리가 그 지하실을 뒤로하고 찾은 카페에서 황이 과과리대가를 검색한 뒤였다.

　지친 우리는 과과리대가를 따라가다가 사거리 한쪽을 차지한 오래된 건물 앞에 멈췄다. 금테를 두른 초록색 간판에 추림공사(秋林公司)라는 금색 글씨 위에 'SINCE 1900'이 내 눈에 뚜렷이 박혔다. 들여다보니 백화점이었다. 1900년에 열었다면 안 의사도…… 나는 그곳을 지나치려는 박과 황을 불러 세웠다. 어딘가 들어가 좀 앉고 싶었다. 여기 들어가 차 한잔 하죠. 다들 땀범벅이 되어 아무 말 없이 카페가 있는 이층으로 올라갔다. 계단 벽에는 그곳의 지난 역사를 보여주는 사진이 잔뜩 걸려 있었다. 서양인 얼굴을 한 흉상이 있어 다가갔다. 러시아어로 적힌 흉상 주인공은 러시아인 '추린'이었다. 그는 하얼빈 말고도 시베리아의 이르쿠츠크 같은 큰 도시 곳곳에 이런 백화점 같은 것을 세웠다. 한 사진 속에는 그 무렵 하얼빈 과과리대가의 상징처럼 이 건물이 우뚝 서 있었다.

　커피를 시켜놓고 잠시 침묵이 흘렀다. 고개 숙인 둘은 자기들이 찍은 사진들을 들여다봤다. 멋쩍게 주위를 살피던 나는 물색없이 한마디 꺼냈다. 여기가 1900년에 문을 열었다는데 그러면 안 의사도 거사 뒤 일본영사관으로 끌려갈 때 여길 봤을지 모르겠네요. 찰나 황이 뜨악하게 나를 올려보았다. 그런데요? 안 의사가 이 건물을 봤다고 칩시다. 그게 뭔 의미가 있다구, 허참. 내가 꺼내려던 말은 돌이켜도 생뚱맞았다. 나는 지껄이다 말고 얼버무렸다. 아니 그게 아니고……

내가 추림공사 건물을 들먹인 건 이래서였다. 당시 사람들이 북적였을 하얼빈 욕망의 집결지, 화려한 고급 물품들로 채워진 이른바 명품관 역할을 하던 이곳을 이송 도중 차창으로 안 의사가 봤다면, 그의 느낌은 어땠을까. 더군다나 장난감을 들고 부모 손을 잡고 나오는 어린아이들을 봤다면, 하는 따위였다. 나는 그걸 에둘러 말했다. 잠깐 스마트폰을 들여다보던 황이 발끈하며 머리를 쳐들었다. 러시아 헌병이 마차로 일본영사관에 인도한 게 저녁 여덟시, 아홉시경이고, 10월 26일이면 초겨울인데 그 캄캄한 밤에 뭐가 보이냐며 내 말을 싹둑 잘랐다. 내 추측은 빗나갔다. 하여튼 어느새 그런 세세한 것까지…… 나는 혀를 내둘렀다. 그 짧은 틈에 안 의사의 그날 행적을 검색한 듯했다.

황은 집요하게 나를 물고 늘어졌다. 나도 『안응칠 역사』랑 봤는데 어디 그런 대목이 있답디까? 참 나. 쓰잘머리 없는 것 갖고 안 의사의 숭고한 정신에 먹칠 말아요. 한술 더 뜬 황의 말은 이상한 곳으로 옮아갔다. 요새 그런 인간들 많다니까요. 안 의사가 이토를 죽이지 않았다면 조선이 일본 식민지가 안 됐을 거라고 떠드는 치들도 있어요. 그게 무슨 해괴한 소리냐고 박이 언성을 높였다. 황이 씩씩거리며 보탠 말은 이랬다. 조선을 식민지로 삼는 것에 이토가 반대했다고 떠드는 정신 나간 그런 인간들이 많다. 낙후한 조선을 식민지로 만들려면 막대한 자금이 들어가야 하는데 그러면 일본 경제가 타격을 입을 거라 차라리 조선 스스로 어느 정도 발전하도록 놔두자고 주장한 이토를 안 의사가 제거한 게 역사의 오류였다며 그렇게 떠드는 그런 인간들이 설친다. 박은 혀를 차며 미간을 좁혔다. 나도 들어본 말이긴 했다. 몇 차례 '그런 인간'에 힘을 줄 때 황의 시선은 나를 향했다. 분명 '그런 인간'은 나를 빗댄 말이었다. 후끈 얼굴이 달아올랐다. 황은 좀 전 생뚱맞은 내 말을 끈덕지게 물고 늘어지며 안 의사의 거사를 비난하는 부류에다 나를 싸잡은 게 아닌가. 좋다, 안 의사가 이토를 죽이지 않았다면…… 몽니 실린 그런 상상이 끼어들려 했다. 나는 재빨리 고개를 저었다. 내 얼굴은 무척 일그러져 있었다.

　박이 그때 끼어들었다. 여하간 안중근 의사가 조금 전 일본 영사관에 갇혔다가 뤼순으로 이송된 건 팩트고, 다음 갈 곳은 하얼빈공원이에요. 혹 다른 의견 있으신 분? 황이 지목한 '그런 인간'이 된 나로서 무슨 의견을 내겠는가. 굳은 얼굴로 식은 커피만 홀짝였다.

황은 폰으로 뭔가를 열심히 검색하고 있었다. 이번 여정에서 황과 나는 늘 아슬아슬했다. 황은 지나치리만큼 직접 눈으로 확인하고, 또 인터넷 검색을 통해 검증된 것이어야만 입을 다물거나 고개를 끄덕였다. 그 덕분에 여정 중 숙소, 교통수단, 식당, 정보 등 모든 걸 황이 알아서 처리하긴 했다. 그런 황을 보며 절레절레할 때도 꽤 있었다. 쏘아붙인 게 미안했는지 아니면 내 기를 꺾으려 했는지, 그가 검색한 건 의외로 과과리대가였다.

이 거리는 원래 궈궈리지애(果戈里街)였는데 1901년에 건설되었답니다. 박의 '꿔거리'는 황에게서 '궈궈리'가 됐다. 추린은 초오린으로 바뀌었다. 여긴 1908년에 완공된 거구요. 이 주변에 러시아 상점과 약국 같은 게 늘어나며 번화해졌다네요. 그러다 궈궈리지애는 1925년 이주가(义州街)로, 1958년에는 분투로(奋斗路)로 바뀌었답니다. 황의 이주, 분투는 한글 발음이었다. 1958년 마오쩌둥이 하얼빈 시찰 때 제창했던 '분투'라는 말을 기념하여 그렇게 개명했는데 2003년 9월 원이름을 찾은 거랍니다. 큰대자를 하나 더 붙이고 궈궈리다지애(果戈里大街)가 된 거죠. 황은 과과리대가 역사를 그렇게 읊었다. 그래 봐야 거리명 유래 과과리에 대해선 언급이 없었다. GUOGELI가 도대체 뭐란 말인가. 고골리의 중국식 발음 그대로를 영문으로 표기했을까. 그렇다 쳐도 황의 설명엔 러시아 작가 고골리에 대한 내용은 일절 없었다. 나는 GUOGELI에서 한 발짝 옆으로 비켜섰다.

대신 안 의사 거사가 1909년이니까, 그때 안 의사가 과과리가를 따라 이 앞을 지나갔을 거라는 뜬금없는 내 생각은 오기를 부리며 떠나지 않았다. 황의 설명대로라면 일본영사관으로 연행될 때가 캄캄한 밤중이었지만, 여순감옥으로 이송될 때 하얼빈은 환한 시각 아니었을까. 구국을 외치며 자신과 가족을 희생한 안 의사를 놓고 떠올릴 생각은 아니었다. 그날 난데없이 나타난 고골리는 그렇게 안 의사에게 심술궂게 엉겨 붙었다.

우리 이렇게 합시다. 온 길 되돌아가면 멋진 성당이 있어요. 원래 러시아정교회 교회였는데 지금은 천주교 성당이 됐어요. 그 근처에 우육면 잘하는 식당이 있으니 거기서 점심 먹고 하얼빈공원 갑시다. 또 공원 가까이 우리 명동 같은 종양다지애가 있는데 온통 러시아식 건물이에요. 가까이 소피아성당도 있고. 종양다지애는 중앙대가였다. 나는 좋다며 엄지를 들어 올렸다. 황은 박이 말한 우육면 파는 식당 위치를 묻더니 어느새 검색을 끝냈다. 여기 맛집이네요. 사람들 리뷰도 좋은데요. 그리 가죠.

난 성당에 잠깐 들를게요. 박은 일어서며 자기가 천주교 신자라고 밝혔다. 그러고 보니 일요일이었다. 박이 덧붙였다.

세례명이 토마스예요. 다들 아시죠, 안 의사도 천주교 신자였던 거. 도마 안중근, 나랑 세례명이 같아요, 토마스. 하—하. 이번엔 박이 세례명으로 안 의사와 자신을 결부지었다. 그건 조금 전 내가 품은 생각과는 너무나 차원이 달랐다. 종교가 없는 나와 황은 우육면을 기대하며 박을 뒤따랐다. 온 길을 되짚었다. 안 의사가 취조받던 일본영사관을 빠르게 지나쳤다. 여전히 휘황한 과과리대가였다. 간판 속 수많은 과과리엔 고골리만 빼고 모든 게 다 있는 듯싶었다.

땀으로 온몸을 덮는 더위에, 도로표지판과 간판 속 과과리에 나는 지쳐갔다. 축 늘어져 어떤 간판을 무심히 지나칠 때였다. GOGOL BOOKSHOP. BOOKSHOP을 떼어내자 GOGOL만 남았다. 가슴이 막 벌렁거렸다. 고골리서점. 답답했던 게 뻥 뚫렸다. 박의 말이 맞았다고 하려는 찰나 둘은 이미 저만치 가고 있었다. 나는 고골리를 품고 황의 검은 모자를 향해 냅다 달리기 시작했다.

제정 러시아 때 소러시아로 불린 우크라이나 태생 작가 고골리는 잊을 만하면 불쑥 내 앞에 나타났다. 여행사를 하는 대학 동기가 십수 년 만에 나를 찾을 때도 그랬다. 아주 오래 전 그를 통해 고골리를 알았다. 재수할 때 입시학원에서 만난 그는 어느 날 쉬는 시간에 소설책을 읽으며 킥킥거렸다. 힐끗 책 표지를 보니 고골리의 『외투』였다. 재미있냐는 내 말에 그는 그 책을 툭 내밀었다. 작가의 의도는 잘 몰라도 나를 키득거리게 만드는 장면들과 그 책에 몇 차례나 등장하는 '북방'이란 말이 신비스럽게 다가들었다. 당시 정세로 봐도 그 북방이란 곳은 먹고사는 데 많은 도움이 될 미지의 땅으로 여겨졌다. 소련이 무너질 무렵이었다. 그 친구는 과를 그쪽으로 정했다는 말을 자주 했다. 마땅히 전공을 정하지 못하고 갈팡질팡하던 내 앞에서 북방이 계속 반짝였다. 그렇게 우리는 대학 동기가 됐다. 3학년 러시아 문학 발표 때도 나는 고골리를 선택했다. 달리 아는 작가도 없었다. 찾은 자료 속에는 그의 작품을 '눈물을 통한 웃음'이란 어구로 특징짓고 있었다. 그의 작품들을 읽으며 킬킬댔던 나는 그 눈물을 놓고 잠시 멈춰 서서 고민에 빠졌었다. 색 바랜 까마득한 일이었다. 돌이켜보면 그 북방이란 말에 끌려 다가갔다가 별 볼 일 없이 나이만 먹고 말았다. 그러면서도 블로그에다 북방을 내세우는 나를 이해 못 할 때가 있었다. 변명 같은 북방이었다.

대학 동기 일을 돕기 시작하고서였다. 앨범 속 잊고 있던 빛바랜 사진 같던 고골리는 전혀 뜻밖의 장소에서 홀연 내 앞에 모습을 드러냈다. 대관절 고골리가 왜 여기 있지? 시베리아 조그만 도시에 나타난 고골리는 쓰러져가는 목조주택들이 양옆으로 늘어선 비포장도로 흙먼지 속에서 빼꼼 얼굴을 내밀었다. 거무튀튀한 통나무에 붙은 도로명 주소판 속 고골리를 나는 망연스레 바라봤다. 나도 그 이름이 왜 거기 있는지

가늠이 안 됐다. 또 식사를 하려 들른 블라디보스토크 후미진 골목에서도 그 이름이 튀어나왔다. 이상스러웠다. 하기야 처음부터 그 이름은 그의 작품처럼 괴상하긴 했다.

고골리는 그 이름으로 여럿을 괴롭혔다. 러시아어 발음으론 '고골'도 '고골리'도 아니었다. 고골리를 강의한 교수는 학생들이 고골리 하며 '리'를 강하게 발음할 때면, '리'를 있는 듯 없는 듯 발음해야 한다고 몇 차례나 강조했다. 우리는 "있는데 어떻게 없는 듯하냐"며 툴툴댔다.

중국에서도 GOGOL을 GUOGELI라고 표기하는 것을 보면, 또 박과 황의 꿔거리와 궈궈리에서도 '리'는 어쩔 수 없나 보았다. 서점 주인도 '리'가 문제를 일으킨다는 것을 알고 그런 간판을 단 것 아닐까. 아니면 고골리는 잘 알려진 문호니까, 이 거리명과 비슷한 발음에 착안, 서점에다 그 이름을 내걸었을 수도 있다. 골똘해져 걷다 뛰는 사이, 초록빛 양파 모양의 작은 돔이 보였다. 사진이나 티브이에서 본 하얼빈 상징 같은 소피아성당에 비해 훨씬 작았다. 붉은 벽돌로 지은 오밀조밀한 정교회 성당이었다. 천주당(天主堂)이라는 글씨가 성당 입구에 붙어 있었다. 주변 광장으로 잔뜩 몰려든 인파에 나는 슬금슬금 뒷걸음질 쳤다.

황이 저만치서 혼자 그 건축물을 올려보며 사진을 찍었다. 박은 성당으로 들어갔는지 보이질 않았다. 황과 단둘이 붙어 있기도 뭐해 멀찌감치 떨어져 미적댔다. 몇 걸음 옮기니 '과과리여관'이라 써 붙인 호텔이 보였다. 무심결에 그늘을 찾아 그리로 다가갔다. 별 세 개를 단 호텔이었다. 호텔 입구 옆은 KFC였다. 유리창에 붙은 햄버거 사진을 보니 시장기가 돌았다. 하지만 그들이 내세운 우육면이 있었다.

KFC 간판에서 눈을 뗄 때 과과리여관 입구에 서 있는 흉상 하나가 눈에 들어왔다. 필시 추림상사 흉상처럼 그 호텔을 처음 연 인물이겠거니 넘겨짚었다. 돌아서는데 박과 황이 내 쪽으로 향하며 그냥 있으라는 손짓을 했다. 다시 나는 고개를 과과리여관 쪽으로 돌렸다. 흉상 속 조금 긴 단발머리를 한 남자 얼굴이 낯익었다. 얼른 그리로 발을 뗐다.

어, 정말이네. 틀림없는 고골리였다. 흉상 아래 금빛 화관 속에다 자잘하게 뭔가를 가득 적어놓았다. 잠깐만요. 나는 큰 소리로 내 앞을 지나치려는 둘을 불러세웠다. 여기 뭐라고 적혀 있나요? 러시아 작가 꿔거리에 대한 내용이네. 박은 별 대수롭지 않다는 표정을 지었다. 황은 거기 쓰인 작품 제목들을 중국어로 발음하며 읽어나갔다. 고골리 작품 제목들이 괴상망측하게 내 귀로 파고들었다. 2005년 9월 5일 흉상을 제막했다. 황의 말대로라면 거리명이 과과리대가로 환원되고 난 다음이었다. 그렇게 고골리는 하얼빈에 다시금 나타났다.

황은 고골리 작품 내용이 아니라 그 흉상을 가지고 떠들었다. 잠깐 인터넷 검색을 하더니 황은 고개를 갸우뚱했다. 이상하네요, 하얼빈 궈궈리 흉상 찾아도 안 나오니. 당의 승인

받고 중국 정부에서 세웠다면 인터넷에 나올 텐데. 이건 아마도 이 호텔에서 자체적으로 세운 듯합니다. 박이 고골리 머리를 손가락으로 톡톡 쳤다. 이거 동상이 아니네요. 무슨 플라스틱 재질로 만든 것 같아요.

어쨌건 하얼빈의 모든 과과리가, 꿔거리가, 그리고 궈궈리가 고골리라는 것을 확인하자 나는 들떴다. 무지근하던 가슴이 시원하게 뚫렸다. 얼굴에 잔뜩 웃음기를 머금고 흉상 주위를 서성이던 나를 두고 또다시 박과 황은 사라졌다. 우육면 집을 찾다가 나를 놓친 것 같았다. 황당했다. 내 얼굴의 웃음기도 싹 가셨다. 맞는 말이었다. 하얼빈에서 고골리가 무슨 의미가 있단 말인가. 어차피 안중근 의사가 아닌가. 황의 '그런 인간'이란 말이 귓가를 뱅뱅 돌았다.

우육면 집을 나설 때였다. 황은 고골리를 중국에서 어떻게 소개하는지 찾아봤다며 내게 말을 걸어왔다. 그런데요? 나는 또 꼬투리를 잡힐까 봐 황의 말에 거리를 뒀다. 김형이 하도 관심이 많아서, 또 하얼빈 큰 거리에 이름을 붙일 정도라면 어떤 혁명 사상을 지닌 작가인가 해서요. 예? 나는 눈을 크게 뜨며 황을 쳐다봤다. 작품 속에서 러시아 현실을 풍자하긴 했어도 고골리가 무슨 혁명 사상을 지닌 작가란 말인가. 말년에 기독교 광신도가 되었다는 건 수업 발표 뒤로 내 기억에 남았다. 그런 건 인터넷을 통해 금방 알 텐데 얼어 죽을 놈의 무슨 혁명 사상이란 말인가. 중국 포털 보고 황이 말한 혁명은 사회주의 쪽을 향한 것일 터였다. 하마터면 혁명 사상에 물들 뻔한 고골리를 놔둔 채 박은 얼른 하얼빈공원 가는 택시를 잡았다.

이제 하얼빈공원만 남았어요. 안 의사가 여기 와서 곧장 한인회장 김성백 집으로 갔는데 나도 대충 위치만 알아요. 종양다지애에 붙어 있으니까. 그 집에서 나와 머리 깎고 우덕순이랑 유동하랑 새 옷 산 뒤 사진 찍은 곳도 다 그 공원 근첩니다. 박은 자기 깜냥으로 안 의사의 하얼빈 행적을 택시 안에서 늘어놓았다. 심드렁하게 있다가 난 무심코 한마디 던졌다. 지금 그 공원엔 뭐가 있는데요? 글쎄 가보면 안다니까. 박은 자기 레퍼토리를 아꼈다.

그렇게 목적지 부근에 도착했다. 공원으로 접어들기 전 박은, 저기가 사라진 사진관 자리라고 알고 있어요, 라며 한 건물을 손으로 가리켰다. 거기서 찍었다는 사진은 하얼빈역사안 의사 기념관에서 봤다. 거사를 앞두고 말쑥하게 차려입은 안 의사와 우덕순, 어린 유동하 셋이 사진 속에 있었다. 사진관을 두고 문득 또 요상한 생각이 감도는 것을 꾹 눌렀다.

담장을 빙 돌아 멈춰 선 공원 정문 앞엔 '조린공원'이라는 아치형 간판이 걸려 있었다. 황은 부리나케 안내판으로 다가갔다. 1906년에 만든 하얼빈 최초의 공원이네요. 여기가 하얼빈 빙등축제 발상지랍니다. 한겨울에 와서 그걸 봐야 하는데. 근데 안 의사 내용은 하나도 없는데요? 황은 고개를 저으며 박을 빤히 쳐다보았다. 아, 글쎄 가보면 안다니까요. 입을 다문 박은 앞장서서 들어갔다. 고국으로 돌아가기 전까지는 자신의 유해를 하얼빈공원에 묻어달라고 했던 안 의사 말은 유명했다. 그런 공원인데 단 한마디 소개도 없는 게 미심쩍었다. 대신 하얼빈에서 항일투쟁을 벌여 그곳 민족 영웅이 된 이조린 장군과 공원 이름 유래가 적혀 있었다. 조린공원은 그 이름에서 따온 것이었다.

앞서던 박은 자기 키 높이 화강암 비석 앞에 멈춰 섰다. 다가가니 음각한 '청초당(靑草塘)'이라 쓴 초록색 글자가 있었다. 그 옆으로 '경술삼월 안중근 서'라는 초록색 글씨와 그 밑에 붉은색을 입힌 단지를 한 손바닥이 도드라졌다. 안 의사 유묵비였다. 이제 자기 할 일을 다 끝냈다는 듯 박은 풀썩 주저앉았다. 이 공원에서 안 의사가 산책하며 거사를 준비한 거죠. 나는 박에게 수고했다는 말을 건넸다. 황은 얼른 스마트폰의 화면을 두드리기 시작했다. 그 유명한 안 의사 청초당이군요. 아, 이게 안 의사 마지막 묵서라네요. 경술년 삼월이면 순국한 달이니까 맞는 것 같아요. 몇 달 있다가 경술국치를 맞았고. 황은 스마트폰을 우리 앞으로 내밀었다. '연못에 핀 푸른 풀'이라, 거기다 그 글자들에 초록색까지 입혔으니 여기랑 딱 맞춤입니다. 청초당은 황이 해석한 그런 뜻인가 싶었다. 공원은 짙은 푸르름에 휩싸여 있었다. 연못 수면을 가득 메운 초록빛 연잎들과 그 위로 여기저기 솟은 연분홍, 노랑 연꽃들이 서로 어우러졌다. 지그시 웃음을 머금고 있는 황을 보며 굳은 얼굴로 박이 지나가듯 몇 마디 했다. 안 의사가 블라디보스토크에서 하얼빈으로 왔을 땐 이런 풍경은 아니었겠죠. 아까 그랬잖아요, 초겨울이라고. 아마 여긴 뼛속을 파고드는 추위가 시작됐을 거예요. 그 추위 속에서 거사를 계획했겠죠. 낮게 내리깐 박의 말 속 블라디보스토크란 발음이 또렷하게 내 귀를 파고들었다. 그 초록색 글자들이 떠오른 건 그때였다.

처음 블라디보스토크에 갔을 때 우리 일행의 중요 일정에 안 의사가 들어 있었다. 독수리전망대에 가기 전이었다. 가이드는 한국인이면 꼭 들러야 하는 안 의사 기념비가 블라디보스토크에 있다고 했다. 우리를 태운 버스는 기념비가 있다는 '블라디보스토크주립의과대학'으로 향했다. 의과대학이라는 말에 몇이 수군댔다. "근데 안중근 의사 기념비가 왜 의과대학에 있지?" "아마 러시아 애들이 우리가 안중근 의사 하니까 그걸 진짜 의사, 그러니까 닥터로 알아들은 거 아닌가." "에이, 설마 그럴 리가." 그런 농담이 버스 속에서 오갔다. 안 의사 기념비 속 음각한 글자들에는 초록색이 입혀 있었다.

인류의 행복과 미래
민족의 영웅 **안중근** 의사

안중근, 그 세 글자는 크게 확대해놓았다. 벽에 붙은 검은 석판에 새긴 협정서에는 블라디보스토크 의과대학과 서울의 한 연구소가 '국제동양의학연구소'를 세우는 협약을 체결하면서 그 연구소를 안중근 의사의 이름으로 설립한다고 밝혔다. 안 의사의 애국적 활동 중 중요한 시기를 블라디보스토크에서 보냈기에 기념비를 세운다는 내용도 들어갔다. 그런데 몇 년 뒤 그 자리에 가보니 그게 가뭇없이 사라졌다. 철거된 그 기념비를 블라디보스토크시가 보관하다가 우수리스크 한인이주기념관으로 옮겼다고 몇 년 뒤에 들었다. 내 블로그에 그 사연을 올리기도 했다. 사라진 블라디보스토크 기념비의 초록색 글씨들이 하얼빈 '청초당' 위로 어른거렸다. 그래도 얘네들 의린 있지요. 안 의사를 기념하는 이런 비석을 유서 깊은 이 공원 안에 세워놓다니. 흐뭇한 표정이 된 황은 기념비를 돌면서 사진을 찍었다. 황을 지켜볼 때 방정맞은 생각이 찾아왔다. 어쩌면 저것도……

그렇게 그날 안 의사 자취를 따라다니던 하얼빈의 중요 일정은 끝났다. '그런 인간'이 되기 싫었지만 계속 별난 상상이 내 머릿속을 메웠다.

공원에는 부모들과 나들이 나온 아이들이 많았다. 그때도 안 의사는 아이들이 뛰노는 저런 광경을 보지 않았을까. 그랬다면 뭐가 그의 뇌리를 스쳐 갔을까. 공원 앞 사진관에 동지들과 사진 찍으러 갔을 때 혹시 그런 일은 없었을까. 아이들을 앞세운 가족이 환한 얼굴로 사진 찍는 장면을 봤을 수도 있지 않은가. 거사를 앞두고 결의에 차 당당한 표정을 지었어도 그 가족 웃음소리에 살짝 마음이 흔들리지 않았을까. 고골리가에 접한 그 백화점 육중한 문으로 선물을 든 부모와 아이들이 나오는 모습을 여순감옥으로 이송될 때 차창으로 봤다면.

정신 차렸을 때 또 박과 황은 저만치 멀어져갔다. 박은 연잎들 사이로 떠다니는 원앙과 청둥오리, 연못 곁 수양버들로 바삐 날아드는 물까치들을 카메라에 담았다. 잠시 뒤 나는 털레털레 그들 뒤를 따라갔다. 내일은 731부대 가봅시다. 그러죠. 둘의 대화가 들려왔다. 우리는 송화강 쪽으로 방향을 틀었다.

송화강 철교 위로 새파란 하늘과 새하얀 뭉게구름들이 드넓게 펼쳐졌다. 송화강 물줄기는 세차게 흘렀다. 내 심사가 삐딱했는지 뭉게구름들이 탐욕스럽게만 느껴졌다. 뭉게구름들은 송화강 습기를 게걸스레 빨아올려 뒤룩뒤룩 살찐 나머지 곧 터져버릴 것만 같았다. 반대편 태양섬 위로 밑쪽이 검게 변한 뚱뚱한 구름들이 뒤뚱거리며 몰려들었다. 그렇게 하얼빈의 하루가, 안중근 의사의 하루가 지나가고 있었다. 덤으로 고풍스러운 러시아 건물이 양옆으로 들어찬 중앙대가를 따라 걸었다. 성 소피아성당의 붉은 벽돌도 진초록의 돔도 내 눈엔 우중충하게만 비쳐왔다. 새파랗던 하늘이 갑자기 컴컴해졌다. 한바탕 쏟아부을 기세였다. 우리는 급히 음식점을 찾았다.

황이 알아낸 음식점을 찾아 골목 사이를 걸어갈 때였다. 멀리 한글 간판이 보였다. 중국어와 한글을 함께 적은 간판이었다. 반가웠다. **기쁨노래방**. 그 앞으로 다가가며 나는 입속에서 웅얼웅얼 간판을 읽었다. 기뮴노래방. 기뮴이 도대체 무슨 뜻인가. '기묘하다'에서 파생한 명사인가. 기묘한 노래방? 야릇한 생각이 스쳤다. 그런데 뭔가 낯설었다. **뮴**. 한글에는 쌍미음(ㅁㅁ)이 없지 않은가. 그만 뒤집힌 쌍비읍(ㅃ)을 한글 자음에 있지도 않은 쌍미음으로, 또 끝에 달린 꼬리를 모음으로 착각하고 'ㅛ'로 읽어버린 것이었다. 간판 앞에서 고개를 갸웃대는 나를 보고 황이 다가왔다. 쌍비읍을 거꾸로 붙였네, 기쁨노래방, 하하. 출입문에 조선족이라는 표지가 있었다. 주인인 조선족이 한글을 제대로 알지 못하는지 아니면 간판 만든 이가 뒤집어 붙인 것을 그대로 둔 것인지 모를 일이었다. 하여튼 기쁨을 무심결에 기뮴으로 읽은 내가 기막혔다. 내 눈도 그 간판도 모두 이상하게 되어가고 있었다. 비가 퍼붓기 시작했다.

주문한 꿔바로우와 동파육이 나왔다. 우리는 안 의사를 큰 소리로 기리며 건배했다. 그런 우리를 곁의 중국인들이 멀거니 바라보았다. 나도 분위기를 띄우려 한마디 보탰다. 전, 참말로 안 의사를 만났다니까요.

블라디보스토크 그 의과대학에 있던 안 의사 기념비가 사라진 것을 알게 된 날이었다. 일행 중 아직 가보지 못한 이들이 있어 신한촌 기념비에 들렀다. 신한촌은 조선 국경을 넘어온 한인들이 블라디보스토크 산 중턱에 집단을 이루며 스탈린에 의한 강제 이주 전까지 번성했던 데였다. 갈 때마다 깨끗하게 비질된 기념비 앞에 하얀 국화가 놓여 있었다. 우리가 웅성댈 때 기념비 옆 사무실 문이 열리며 초로의 남자가 상체를 내밀었다. 일행이 사진을 찍는 동안 나는 도로 닫힌 사무실 문을 두드렸다. 콧수염을 기르고 짧게 머리를 깎은 그 남자 얼굴이 낯익었다. 어디서 봤을까, 머뭇댈 때 그가 명함을 내밀었다. 연해주고려인문화단장이었다. 그가 그곳을 청소하며 국화도 가져다 놓는다고 했다. 한참 대화를 했지만 다 알아들을 수 있을 정도의 러시아어 실력이 안 되는 나는 대충 고개를 끄덕였다. 다쓰비다냐. 작별 인사를 하고 뒤돌아서려는데 그가 나를 멈춰 세웠다. 책상 서랍 속에서 얼른 두 장의 사진을 집어 들었다. 한쪽 손에는 안중근 의사 사진이 들려 있었다. 검정 옷에 단지를 한 손이 보이는 그 유명한 흑백사진. 의아했다. 그는 다른 쪽 색 바랜 컬러사진을 그 곁에 나란히 붙였다. 여전히 무슨 뜻인지 가늠할 수 없었다. 그는 컬러사진 속 인물이 젊었을 때 자기라고 했다. 그러면서 흑백사진 속 안 의사와 안 닮았느냐고 물어왔다. 그러고 보니 짧은 머리와 얼굴형, 콧수염까지 둘은 많이 닮은 듯했다. 떠나올 때 그는 쓸쓸한 낯빛으로 우리 뒤를 한참 바라보고 있었다.

나는 그 얘기를 했다. 난 또 뭐라고. 다음엔 블라디보스토크랑 러시아 다른 데 가봅시다. 박이 웃으며 내 말을 받아줬다. 가만히 듣고 있던 황이 끼어들었다. 허허, 김형 다른 데로 새는 덴 뭐 있다니까. 아깐 고골리 갖고 그러더니. 하여간 러시아 가봅시다. 나는 좋다며 한술 더 떴다. 말 나온 김인데, 그날 블라디보스토크에서 안 의사 만나러 가기 전 고골리도 만났다니까요. 신한촌 가기 전 밥 먹었는데 그 식당이 고골리거리에 있었으니 말이죠. 하얼빈에서도, 블라디보스토크에서도 안중근 의사와 고골리는 깊은 인연을 가지고 있었나 봅니다, 핫—핫! 나는 말을 멈추고 술잔을 홀짝 들이켰다. 허—헛, 또 그러네. 황이 입을 비쭉댔다. 박도 나를 보며 어이없는 듯 비식 웃음을 흘렸다.

화제를 돌리려 박이 오늘 어땠냐고 물어왔다. 하얼빈행을 주선한 친구 덕분인지 이번 여정 중 박은 은근 내게 신경을 썼다. 아, 저야 덕분에 호강합니다. 안 의사 자취까지 꼼꼼히 살폈으니 영광이죠. 거기다 고골리대로도 가보고요. 나는 과과리대가를 그렇게 바꿔 불렀다. 황이 짜증 내며 내 빈 잔을 채웠다. 김형, 고골리는 이제 그만합시다. 귀에 딱지 앉겠네. 그만큼 우려먹었으면 됐지. 그런 황에게 은근 심통이 났다. 나는 못 들은 척 말을 이었다. 아, 정말 안 의사와 고골리 둘은 관계가 있다니까요. 물론 농담이었다. 실없어도 그냥 해본 소리라고 바로 눙쳤어야 했다. 근데 그러질 못했다.

사실 내겐 둘 사이를 엮을 게 없었다. 그러다 그야말로 아무거나 내뱉었다. 그게, 말입니다, 음 그게…… '코레야 우라'예요. 일순 후회가 앞섰다. 박은 처음 듣는 소리라며 정색했다. 그럼 고골리가 안 의사 거사와 어떤 관련이라도 있단 말입니까?

코레야 우라가 나오자 둘은 허리를 편 채 잠자코 팔짱을 끼었다. 나는 술잔만 거푸 비웠다. 이제 무슨 말이든 지껄여야 했다. 그게 말이죠, 외로움입니다. 자기 말을 하나도 알아듣지 못하는 나라로 간 망명자가 모국어로 절규할 때 그곳 사람들은 잠깐 귀 기울였겠죠. 그래봐야 그 말뜻을 아무도 알아먹지 못했을 겁니다. 그때 그가 느꼈을 외로움이 얼마나 깊었을까요. 이 북방에서, 일본 제국주의에 반대하던 안 의사 역시 제국주의를 표방한 러시아 말로 코레야 우라를 외칠 수밖에 없을 때, 그런 외로움이 안 의사를 덮쳤을 겁니다. 뭐 지금도 똑같죠. 기쁨 속 쌍비읍은 뒤집혀버리고, 그걸 한글에 있지도 않은 쌍미음으로 보게 만들어 그걸 기묨이라 읽게 만드는 기묘한 데가 여기 북방 아닙니까? 백여 년이 지난 지금 우리 말 가지고도 헤매는데 안 의사가 이곳에 왔을 때 소통할 말이 있었겠습니까, 코레야 우라뿐. 여하튼 오늘 안 의사가 무지하게 안쓰럽습니다. 나는 얼토당토않은 말을 막 토해냈다.

분위기가 엉뚱한 쪽으로 흐르자 박이 끼어들려 했다. 나는 그걸 막아 세웠다. 벙어리 황새는 목을 젖혀 처절하게 제 부리를 부딪쳐야 겨우 소리 낸다 하셨죠. 코레야 우라도 황새의 그런 소리 같은 겁니다. 백여 년 전 군중 앞에서 낸 그런 처절한 소리였단 말입니다.

어쩐 일인지 황이 내 말에 맞장구를 쳤다. 그건 일리가 있네, 김형 말대로 코레아 우라가 아니라 우리말로 대한독립만세를 외쳤으면 어땠을까요. 안 의사가 대한독립이라고 혈서도 썼는데. 하얼빈역이 러시아 관할구역이라 그랬나. 박은 정색을 했다. 아니 다들 왜 이래요. 코레아 우라는 일본의 조선 침탈과 만행을 세계에 알리기 위한 일종의 국제어였다는 건 다 아는 사실인데. 정확히 말하면 그게 러시아말이 아니라 국제 공용어 에스페란토어 '코레아 후라'예요. 나는 그 말에 번쩍 정신이 났다. 그게 러시아어가 아니라 에스페란토어라면. 난 이제껏 뭐를 가지고 떠들었단 말인가. 황은 그 와중에 또 스마트폰으로 검색을 했다. 아, 코레아 우라가 아니라 코레아 후라라는 의견도 있습니다. 에스페란토어라구요. 처음 알았네요. 박이 단호하게 나왔다. 이거 원 고골리니 뭐니 끼어들더니, 누가 들으면 웃어요. 나와 황은 잠시 입을 다물었다. 그쯤에서 멈춰 세운 게 나로선 다행이었다.

술자리가 서먹해졌다. 젓갈로 꿔바로우를 집으려 해도 그 위에 부은 소스가 굳어 있었다. 차게 식은 동파육을 베어 문 입가에 잔뜩 기름이 묻어났다. 어색해진 분위기를 풀려고 박이 고량주 한 병을 더 시킬 때였다. 근데 김형, 코레아 우라가 러시아어라고 칩시다. 나도 그렇게 알았으니까. 그게 진짜 고골리하고 뭔 관계가 있긴 해요? 황은 끈질겼다. 박이 싸늘한 시선을 내게 보냈다.

아주 낯선 이들이 내 앞에 앉아 있었다. 잔뜩 살찐 송화강 구름이 게워놓는 빗줄기가 계속 요란스레 퍼부어댔다. 창밖 도로는 벌써 군데군데 물에 잠겼다. 그걸 본 나는 술김에 거푸 감당 못할 말을 막 뇌까렸다.

여기가 북방 아닙니까? 이번 여행에서 제일 많이 본 글자가 뭡니까. 북(北) 아닙니까. 대흥안령에서도, 여기서도 온통 그 북이잖아요. 근데 이 북방은 탐욕스런 뎁니다. 모든 걸 집어삼키니까요. 그 앞에서 절규해봐야 아무 소용없어요. 전부 사라지고 맙니다. 근데, 꼭, 그런 북방을 내게 처음 심어준 게 고골리라니까요. 그가 만난 북방에선 별별 일이 다 벌어지더라구요. 그의 작품 속 어떤 이는 죽을 둥 살 둥 겨우 마련한 외투를 처음 입고 나간 날 바로 강도한테 뺏깁니다. 끅, 그 충격에 그 사람 미친 듯 절규하며 외투를 찾으려 거리를 돌아다닙니다. 그의 말을 들어주는 이도 없죠, 게다가 이 북방 추위가 가만둘 리가 있겠어요. 가난뱅이였지만 선량했던 그 사람은 그렇게 세상에서 감쪽같이 사라집니다, 끅. 이 북방이 꿀꺽했죠. 그 사람 절규랑 코레야 우라랑 같다는 겁니다. 아무도 안 알아주는 외로운 절규죠. 끅, 그래서 고골리랑 안 의사가 관계있다고 한 겁니다. 고골리한테는 어디 그뿐입니까, 자고 일어나니 얼굴에 있어야 할 코가 뛰쳐나가 제멋대로 거리를 활보합니다. 북방에선 그런 기막힌 일도 벌어지죠, 끄윽.

얼굴에서 뛰쳐나갔다는 그 코처럼 내 입을 뛰쳐나간 말도 기괴하게 변해 제멋대로 날뛰었다. 이제 안 의사도, 고골리도, 그걸 입에 담는 나도 모두 주체스러웠다. 그래도 비틀비틀 방향을 잃은 채 계속 내달릴 수밖에 없었다.

김형, 제발 말도 안 되는 소리 그만합시다. 어디다 안 의사의 코레아 우라를 비교합니까. 박이 나를 제지했지만 소용없었다. 그게 아니라, 참 황형 국어 교사였으니까, 끅 백석 시 「북방에서」 알죠? 백석이 북방에서, 끄—윽…… 또 아차 했다. 백석이 왜 튀어나온단 말인가. 황은 한 손으로 턱을 괸 채 마뜩잖은 얼굴로 내 수작을 지켜보다 거듭 내게 엮여 들었다. 아니, 언제 백석이 북방에 왔었어요? 난 처음 듣는데.

그런 백석의 전기 내용은 내 블로그에 올렸던 터라 취중에도 또렷했다. 끄윽, 백석은 분명 만주에, 북방에 왔다니까요. 근데 그 북방이 뭐냐믄요, 모든 걸 게걸스레 삼켜버려 결국 외로움만 남게 만드는 곳이란 말입니다. 부여도 숙신도, 발해도 모두 그렇게 사라져갔죠. 끄윽, 어디 그뿐입니까. 아까 그 간판 봤죠. 이 북방에선 기쁨조차 뒤집히고 맙니다. 뒤집힌 그 기쁨이 슬픔으로 끄윽, 또 외로움으로 제게 다가들거든요, 끄―윽. 멈추려 해도 계속되는 딸꾹질처럼 제어하지 못한 말들이 내 입에서 꾸역꾸역 나왔다.

검은 비니모자까지 휙 벗어젖히며 황이 거칠게 내 말을 가로챘다. 이제 하다 하다 간판 갖고 시비네. 쌍비읍 뒤집혀도 그게 기쁨이지, 그걸 기쁨으로 읽는 사람 김형 빼곤 아무도 없어요. 뭐라구요, 쌍비읍 뒤집혔다고 어떻게 그게 슬픔이 됩니까. 이건 진짜 궤변 중 궤변이지. 말 같은 소릴 해요. 김형 머리가 이상한 거지. 또 뭐요, 기개에 찬 코레아 우라를 두고 외로운 절규라니, 기막힐 일입니다. 요즘 정말 그런 인간 많다더니, 원 정말 기가 차네. 황은 숱이 적은 머리를 두 손으로 거칠게 쓸어 넘겼다.

박이 벌떡 일어섰다. 이거 원 참, 횡설수설이네. 이제 나갑시다. 두 눈을 이글대며 황이 박의 팔을 잡았다. 아니에요, 형님. 끝까지 들어봅시다. 뚱딴지처럼 뭘 안다고 백석까지 들먹여. 이래 봬도 내가 고등학교 국어 교사 해먹었잖아요. 화난 황의 목소리가 홀 안에 울려 퍼졌다. 여기저기서 식사를 하던 중국인들이 우리 자리를 쳐다봤다. 황이 나를 그악스레 다그쳤다. 코레아 우라하고 고골리랑 무슨 관계가 있는지 딱 그거만 짧게 얘기해요. 딱 그것만요. 외로움이니 뭐니 말 같지도 않은 소리 말고. 황은 보잘것없는 내 밑천을 바닥낼 심사인지 좀체 물러서지 않았다.

끄―윽, 그니까, 고골리는 우크라이나 출생입니다. 끄― 윽. 지금 러시아하고 전쟁 중이죠. 소러시아라 불렸던 우크라이나도, 그러니까 러시아 제국에 속했죠. 끄―윽. 어쨌든, 고골리가 고향 떠나 제국의 수도, 그 북방에서 느낀 건 지독한 외로움이었다니까요. 그는 거기서 안 의사가 코레야 우라를 외칠 때처럼 끄윽, 그렇게 절규했지요. 추위 막아줄 외투를 빼앗긴 그 가련한 사람의 끄윽, 그 절규를 들어주기는커녕 끝내 죽여버리는 북방, 그 앞에서 고골리는 그 현실을 외쳤어요. 근데 끄윽, 그걸 읽는 사람들은 그냥 그 절규를 우스개로 알고 킥킥댑니다. 끅, 물론 예전에 저도 그랬죠. 그 안에 숨은, 끅, 그니까 말이죠, 짙은 외로움이 밴 그 절규 같은 건 알아먹지 못하고 말입니다. 여기 하얼빈에서 코레야 우라도 그런 절규였던 거죠. 그래서 고골리 거랑 안 의사 거랑 그게 관계있다는 겁니다. 끄―윽, 그렇단 말입니다, 끄―윽. 황이 의자를 걷어차며 박의 등을 밀었다. 형님, 말 같지도 않은 말 더들을 것도 없어요. 나갑시다.

나중에 돌이켜보니 고골리에 대한 그런 평가는 내가 막 만들어낸 것 같았다. 낯이 화끈거렸다. 그날 그 자리에서 무슨 말을 더 했는지 몰랐다. 머릿속이 온통 뿌예졌다.

　정신을 차리니 나 혼자였다. 시간은 여덟시를 넘어섰다. 계단에 앉은 나를 행인들이 흘끔흘끔 쳐다보며 지나쳐갔다. 뒤를 돌아보니 화원소학교 간판이 보였다. 안 의사가 구금됐던 구일본영사관이었다. 다시 고골리대로였다. 몸을 못 가누는 나더러 잠시 앉아 있으라며 잠깐 어딜 다녀온다는 말이 어렴풋했다. 음식점을 나올 때 내가 고골리대로로 가자고 무지 떼를 쓴 것이 긴가민가 가물거렸다. 한참을 기다려도 그들은 나타나지 않았다.

　어느새 어둠이 빠르게 주위를 감쌌다. 무섭다는 느낌이 와락 달려들었다. 눈앞 화원소학교 지하는 캄캄했다. 가슴이 써늘해졌다. 나는 황황히 자리를 떴다. 무작정 고골리대로를 따라 허겁지겁 박과 황을 찾아 나섰다. 고골리서점을 지나쳤다. 고골리여관 앞에 다다랐을 때 전화벨이 울렸다. 지금 어디냐는 박의 다급한 외침이 스마트폰에서 터져 나왔다. 나는 울컥했다. 또 부끄러웠다. 뒤에서 황의 목소리도 들려왔다. 참, 폰이 꺼져 보조배터리 사러 간다고 잠깐 있으라니까, 거기까지 뭘 하러 갔대요. 진짜 골칫덩이네.

정태언 각자의 방식대로　|　**145**

그들을 기다리며 고골리여관 앞에 주저앉았을 때, 그 흉상은 알 듯 모를 듯 야릇한 미소를 입가에 머금고 있는 것만 같았다. 참으로 나는 외로워졌다. 안중근 의사를 좇던 하얼빈의 하루가 그렇게 지나가고 있었다.

작가노트

  근데 이 북방은 탐욕스런 뎁니다. 모든 걸 집어삼키니까요.
그 앞에서 절규해봐야 아무 소용없어요. 전부 사라지고 맙니
다. 이 북방이 꿀꺽했죠. 그 절규랑 코레야 우라랑 같다는 겁
니다. 아무도 안 알아주는 외로운 절규죠.

말들의
정류소

조헌

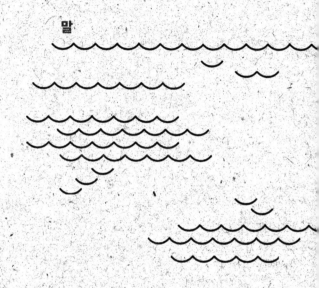

말

2008년 『동아일보』 신춘문예로 등단하며 작품 활
동을 시작했다. 소설집으로 『누구에게나 아무것도
아닌 햄버거의 역사』, 『새드엔딩에 안녕을』, 장편소
설로 『나, 이페머러의 수호자』, 산문집으로 『루카
차를 읽는 밤』 등이 있다.

인간은 언어를 통해 서로의 고통과 상흔을 정답게 다독인다. 나는 방금 '정답게'라는 낱말을 썼다. 정답다는 것은 미워하지 않고, 지루해하지 않으며, 머뭇머뭇 손을 내밀고, '난 잘 있어요'라고 눈인사를 하고, 사물에 애정이 담긴 이름표를 붙여주고, 체온을 담아 악수를 하고, 그리하여 일용할 양식처럼 그 기억을 나의 살로 취하고, 나의 존재를 부족하면 부족한 대로 당신에게 온전히 내보인다는 것이다. 그런 이들에게 언어는 말들의 정류소에 고여 있다가 시간과 공간을 초월하여 현현한다. 진심을 담았기 때문에 진심으로 전해지는 말들. 스스로를 고귀하게 만드는 말들. 하여 영원한 현재 속에 거주하는 문장들.

오래전, 그러니까 학창 시절에 광화문의 한 신문사에서 아르바이트를 한 적이 있었다. 조사부 도서실에서 신문사의 역대 자료를 정리하는 일이었다. 케케묵은 통계, 미처 지면에 실리지 못한 기사의 초고, 이런저런 사건 사고를 담은 낡은 사진, 외신 텔렉스의 사본이 어지럽게 뒤섞인 서류 상자들을 하나씩 풀어 그 안에 담긴 잡동사니에 질서를 부여하고 분류표를 붙이는 업무였다. 그것은 마치 낯선 대지를 헤매면서 지도를 그려 넣는 것 같았다. 여기에 협곡, 저기엔 해안, 이렇게 말이다.

물론 질서의 원칙과 분류표의 명단은 부서의 선임인 조사부장의 몫이었다. 그리고 사서이자 조사부 기자로 불리는 측량사들은 조사부장의 지시에 따라 온갖 잡동사니들을 그런대로 쓸모 있게 분류했다. 업무 보조이긴 했지만 나 역시 탐사 대원의 한 명으로 황야를 헤맸다. 당시 조사부원들은 재능 있는 셰프가 벌꿀과 칠리소스를 섞어 근사한 요리를 만들어내듯이, 혹은 탁월한 시인이나 미술가가 거미줄과 철근과 안개를 연결하여 우주의 질서를 슬쩍 보여주듯이 그렇게 말들의 지도를 만들어내곤 했었다.

지나고 나서 생각하면 꽤나 쓸모 있는 교훈을 배웠던 시절이었다. 가장 인상 깊었던 것은 뭐에 쓰나 싶은 잡동사니도 그럴듯한 분류표를 가슴에 붙이고 나면 누군가에는 꼭 도움이 되는 정보로 탈바꿈한다는 사실이었다. 더불어 나 역시 업무를 통해 개인적 사건 사고에 이름표를 붙이는 법을 배웠다. 그것은 마음의 지형도를 그리는 법이었다. 당시 진로를 확실히 정하지 못한 상태로 마음에 담아둔 이성을 떠나보낸 나는 내 마음의 화산과 분화구, 괴물이 출몰하는 곳, 아직 오르지 못한 산, 아직 통과하지 못한 해협, 번민하는 리아스식 해안…… 뭐 이런 것을 마음의 좌표에 새겨 넣는 법을 배운 것이다.

신문사들로 쏟아져 들어오는 자료들을 최종적으로 처리하는 곳도 조사부였다. 당시 신문사에는 서평으로 실어달라거나 혹은 기사화해주었으면 하는 책과 홍보물들이 배달되곤 했다. 그치만 신문에 실리는 것은 극히 일부이고 나머지는 필요한 기자들이 가져갔다. 혹여라도 나중에 기사에 참고할 수도 있으니까.

그리고 기자의 눈길을 끌지 못한 것들은 신문사 조사부로 넘어왔다. 사서 자격증이 있는 조사부 기자들은 그 자료들을 선별하여 보관할 가치가 있는 것은 도서실에 등록하고 나머지들은 도서실 출입구 바로 바깥 복도에 세워둔 책장에 꽂아두었다. 그 서가로 말하자면, 신문사에 드나드는 누구라도 원하면 가져갈 수 있는, 그러니까 갈 곳 잃은 책들이 머무는 곳이었다. 말들의 측량사인 조사부원들도 외면한 잡동사니들의 귀양지. 난 그 책장을 말들의 정류소라고 불렀다.

서평이나 기사로 실릴 것을 기대하고 신문사로 보내졌으나, 신간 단신은 고사하고 기자들의 관심도 끌지 못한 책들. 그나마 신문사 도서실에 자리 잡기는커녕 말들의 정류소에 꽂혀 쓸쓸히 시간을 견디는 잡동사니들. 하여 난 점심시간마다 그 책들을 한 권씩 들고 나갔다. 그리고 메뉴를 주문하고 식사가 나오는 짧은 시간, 그리고 식사 후 근처 덕수궁 돌담길의 벤치에 앉아 그 책들을 읽었다.

신문사에서 갈 곳 잃은 책들은 대체 무슨 종류였을까. 난 점심시간 광화문에서 갈 곳 잃은 말들에 대해 집중 탐구를 한 셈이다. 딱딱한 말투의 정부 홍보물, 알 듯 말 듯한 협회나 단체의 기관지. 온갖 행사 포스터와 안내 책자. 뭐 이런 것들이었다. 그중에는 처음 들어보는 출판사에서 나온 문집도 있었다. 난 특히 그런 문집에 관심을 가졌다. 그러나 어느 한 책에 많은 시간을 할애하진 않았다. 점심을 먹는 동안만 손을 내밀어보고 아니다 싶으면 돌아오면서 말들의 정류소에 다시 꽂아두었던 것. 너에겐 다른 인연이 있겠지 하고.

그러던 어느 날 노란색 표지의 시집을 발견했다. 물론 시인은 처음 들어보는 사람이었고 표지는 맹맹했다. 아마 표지 디자인만으로 책의 운명이 결정된다면 그 시집은 인쇄소에서 나오자마자 말들의 정류소로 와야 할 그런 책이라고 생각됐다. 어쨌거나 난 "오늘은 이 책을……" 하고 혼잣말하며 그 시집을 들고 점심을 먹으러 갔다.

  그날 분식집에서 내가 주문했던 메뉴는 무엇이었을까. 순두부찌개? 오므라이스? 글쎄, 그런 건 기억나지 않지만 마치 비가 올 듯한 침침한 날씨였다는 건 생각난다. 난 식당 앞에서 자리가 나길 기다리며 마음속으로 숫자를 세었다. 내가 백까지 세기 전에 비가 내린다면 그날 좋은 일이 생길 거라고 자기 최면을 걸고서. 왜냐하면 왠지 모를 예감에 나는 우산을 들고 나왔으니까. 그리고 거의 백까지 숫자를 세었을 때 딱 맞춰 비가 내렸다. 그래서 난 기분 좋게 그 촌스런 노란 표지의 시집을 읽어봤다. 우연히도 맨 처음 실린 시는 「봄비」였다.

  지난밤에도
  어머니는 내 잠을
  지키셨다

  한밤 꼬박,
  門밖을 서성이며
  서럽게 울고 계셨다
  일어나야지
  그만 일어나거라
  나직나직 내 가난의
  겨울잠을 일깨우시고

노란 입술의 꽃잎 몇 개,
다녀간 흔적으로
뜰 앞에 남기셨다

때마침 비가 내려서였을까, 난 약간의 감동 속에 밥을 먹고 나머지 시들을 읽어보았다. 하지만 첫 시와는 달리 나머지에선 별로 눈에 띄는 게 없었다. 하지만 난 시집을 정류소로 돌려보내지 않고 내가 가지기로 했다. 점심시간 나의 소소한 기적을 목도한 증인이니까, 그러니까 그럴 자격이 있다고 여기고.

그렇긴 하지만 시집은 집으로 와서 금세 잊히고 말았다. 책상 위에서 서가의 모서리로, 그리고 제일 위 칸으로 갔다가 다시 안 보는 책을 넣어두는 책 상자로.

그 후 많은 세월이 흘렀다. 학교를 졸업하면서 원했던 공부 대신 취업을 하고, 서툰 연애 끝에 결혼을 해서 분가를 하고 두어 번의 이직을 하고 드디어 더 이상의 이직은 엄두가 나지 않는 삼십대 중반이 되었다. 얘기하자면 나는 여전히 생소한 대지를 걸으며 삶의 사건 사고에 이름표를 붙였던 셈이다. 그리고 잊을 수 없는 봄이 찾아왔다.

그해 봄은 나에게 무척이나 힘든 계절이었다. 사랑하는 어머니가 투병을 시작했기 때문이다. 가벼운 소화장애인줄 알았는데, 갑작스럽게 병이 밝혀지고 급하게 입원이 결정되었다. 혼자 사셨던 어머니는 병원에 입원하기 며칠 전부터 분가한 우리 남매들 몰래 혼자 옷 정리를 했다. 당신의 옷을 거의 다 자선단체에 기증하고 소소한 개인적 물품들도 모두 정리했던 것이다. 물론 우리는 경황이 없었던 탓에 그 사실을 뒤늦게 알았다. 어머니 병에 그래도 권위가 있는 병원은 어딘지, 정말로 가망은 없는 것인지, 기적적으로 완쾌한 환자가 있다고 하는데 그 약은 무엇인지 그런 것들을 알아보는 사이에 어머니의 물품이 정리된 것이다.

언젠가 셋째가 얘기한 적이 있다. 우리는 정밀검진을 거쳐 어머니가 말기암 판정받은 것을 나름대로 감췄다고 여겼는데 사실은 다 눈치채고 있었다고. 언제나 깔끔한 것을 좋아해 매일 아침 베란다에 돋아난 난 잎을 닦아내는 것으로 하루를 시작했던 어머니로서는 당신의 병이 영영 불치임을 짐작했으니 버릴 것 버리고 정리할 것 정리한 셈이다. 사실 입원 당일 어머니는 우리들에게 베란다에 있는 화분들을 나눠 주셨다. 살아 있는 생명이니 말려 죽이면 안 된다고 당부하시며 말이다.

결국 어머니는 돌아가셨지만 유독 어리광이 많았던 셋째는 어머니께 서운한 게 많았는데 그 후 어머니 기일이면 빠뜨리지 않고 얘기하는 게 당신 혼자서 사진첩을 정리한 일이었다.

"나 초등학교 때 아빠 먼저 돌아가시고 이듬해였던가, 카메라 새로 산 기념으로 동물원에 소풍 갔을 때 엄마가 깜짝 놀란 표정으로 찍힌 사진 있잖아. 그거 내가 난생처음으로 찍은 사진인데 나중에 사진첩 찾아보니 없더라고. 엄마 표정이 정말 웃기게 나와서 내가 정말 좋아하던 사진인데 그거 왜 버렸냐고."

어머니 기일에 그런 얘기를 하면, 속 깊은 둘째가 셋째를 달랜다. 엄마는 제일 예쁜 모습만 우리에게 기억시켜주고 싶었을 거라고. 그래서 조용하게 미소 띤 사진만 남기고 나머지는 모두 치우신 거라고. 그렇지만 셋째의 서운함은 계속됐다.

"그딴 게 다 뭐야. 오빠랑 언니는 나보단 엄마랑 찍은 사진 더 많잖아. 그렇지만 난 언니 애기 돌잔치 때 엄마가 손주들 안고 있는 사진보다 갑자기 원숭이가 손을 뻗는 바람에 깜짝 놀란 사진 이런 게 생각난다고. 그거 지금도 얼마나 보고 싶은데. 그때 오빠랑 언니는 뭐 대단한 준비 한답시고 엄마가 소지품 정리하는 것도 모르고 그랬어? 둘 다 미워. 그리고 엄마가 젤 미워……"

셋째의 말은 그만큼 어머니가 그립다는 얘기일 것이다. 고통 속에서 힘들게 돌아가신 어머니를 지켜봤기에 더 마음에 사무치는 것일 터. 그런데 난 사진 말고도 동생들 모르게 버린 어머니의 물품을 더 알고 있었다. 그건 한 묶음의 편지였다.

내가 처음 편지에 대해 알게 된 것은 아버지도 돌아가시고 몇 해가 지난 후였다. 그러니까 학교를 졸업하고 원하던 공부

대신 취업을 하고 막 직장 생활을 시작할 무렵이다. 첫 사회 생활에 고민이 많았지만 어쨌거나 첫 월급을 받게 되어 어머니 반지를 해드릴 생각을 했다. 그리고 어머니가 외출하신 틈을 타 반지 크기를 확인하러 예물함을 찾는데 장롱 깊숙한 곳에서 상자를 발견한 것이다.

무지갯빛 자개가 화초 모양으로 박히고 검게 옻칠이 된 상자. 그리고 그 안에 몇 통의 편지가 단정하게 묶여 있었다. 편지의 발신인 자리에는 낯선 남자의 이름이 또박또박 적혀 있었다. 주소를 보니 어머니의 고향에 있는 어떤 학교였다.

난 꽤나 당혹스러웠기에 떨리는 손으로 편지 하나를 조심스레 꺼내보았다.

지원 씨.

동창회에서 지원 씨 소식 듣고 편지드립니다. 어려서는 서로 이름을 불렀는데 이제 지원 씨라고 불러야 할 나이가 됐습니다…… 지금은 교직에 몸담고 있는데 마침 학교가 지원 씨가 졸업한 학교이지요. 지원 씨와 함께 올려다보던 나무는 운동장 한쪽에서 아직도 여전합니다……

지원 씨…… 나는 그 이름이 낯설었다. 우리 남매에게 어머니는 항상 엄마였지 지원 씨가 아니었다. 하여 난 감히 다른 편지를 마저 읽을 엄두를 못 냈다.

첫 월급을 타고 예정대로 어머니에게 반지를 해드리면서 고민을 했지만 막 시작한 직장 생활로 정신이 없기도 하고 딱히 떠오르는 뾰족한 답도 없었다. 신문사 조사부에서 아르바이트를 할 때도 가끔 그런 적이 있었다. 상자를 열었는데 도대체 이건 어떻게 분류해야 할지 모를 자료들이 나오는 경우. 이를테면 베트남에서 한국군의 전투 장면을 찍은 사진 뭉치이긴 한데 설명 자료가 없어 언제 어떻게 벌어진 것인지 그 내용을 특정하기 어려운 경우. 그럴 때는 일단 자료를 넘긴 부서에 문의를 한다. 다행히 고참 기자가 남아 있어 자료에 대해 아는 경우는 분류가 쉬워진다. 그렇지만 딱히 확인이 어려운 자료는 어쩔 수 없이 미분류였다. 얘기하자면 그것은 비공식적으로 말들의 정류소에 봉인된 것이다.

어쨌든 신문사의 노기자에게 문의하듯 어머니에게 편지의 사연을 묻는다는 것은 상상도 할 수 없는 일이기에 난 그냥 못 본 것으로 덮어두었다. 아마도 그때는 그게 이십대 중반에 맞는 삶의 지혜였으리라. 그리고 결혼과 함께 분가를 하면서 어머니의 편지는 점점 마음에서 희미해져갔다. 물론 어머니가 딱히 그분의 존재를 내색하지 않은 이유가 컸지만 말이다. 그렇지만 명절을 본가에서 지내게 되면 가끔 생각이 나는 때가 있었다. 그리고 그런 생각이 들 때 마침 집에 어머니가 없으면 상자를 확인해볼 때가 있었다. 편지는 일 년에 한두 통 꼴로 늘어나 있었고 여전히 단정하게 묶여 있었다.

물론 몇 번 정도는 어머니의 편지에 대해서 여동생들과 얘기할 기회가 있긴 했었다. 그러나 동생들도 차례로 결혼을 하면서, 명절에도 얼굴 보기가 어려워졌다. 그렇다고 따로 만나 얘기를 꺼내는 것도 멋쩍고 해서 나만의 비밀 아닌 비밀로 간직해온 것이다.

　그리고 어머니는 입원하면서 당신의 많은 소지품과 함께 그 상자도 정리하신 것이다. 그렇게 어머니의 편지 묶음은, 동생들도 영영 모른 채로 내 속에 있는 말들의 정류소에 봉인된 셈이다.

　어머니는 입원 후 매주가 다르게 쇠약해지셨다. 동생들은 어머니께 뭐라도 입맛 다실 것을 사드리고 싶었지만, 어머니는 점차로 식욕을 잃어버리셨다. 병원, 그러니까 보호자로서 암병동을 출입하면 사람들이 눈에 띄게 구분된다. 비교적 초기로 진단을 받아 병이 나을 것임을 믿고 치료를 감내하는 사람들, 그리고 반대편에는 이미 시기를 놓쳐서 무기수처럼 모든 것을 체념하고 고통스럽게 연명치료를 하는 사람들이 있다. 그리고 소수이긴 하지만 기적을 바라며 지푸라기 잡는 심정으로 온갖 비방을 찾는 사람들. 처음에 입원한 사람들은 방향을 못 잡지만 다소간의 시간이 지나면 이런 얼굴 중 하나를 얻게 된다. 그런 세번째 부류 중에 셋째가 있었다. 가장 다정다감한 성격이었던 셋째는 지치지도 않고 어머니의 병에 효

험이 있을지도 모르는 대체의학을 찾아다녔다. 그렇다면 나와 둘째는 어떤 얼굴이었을까. 그리고 무엇보다도 어머니 자신은.

일반인보다 이른 저녁 식사 후, 링거 주사대를 잡고 어머니와 함께 병원 정원을 돌 때였다. 어머니가 역광으로 번지는 플라타너스를 한참 올려다보셨다. 나무는 제 높이만큼의, 그러니까 살아온 날들만큼의 그늘을 드리우고 있었다.

"어려선 플라타너스가 세상에서 제일 큰 나무 같았어. 가을이면 곱게 단풍 든 나뭇잎이 바람에 이리저리 굴러다니는데, 땅거미가 질 무렵 그걸 보고 있으면 왜 그리도 울음이 나던지. 그런데 세월이 많이 흘렀구나. 올해는 단풍 드는 거 못 보겠지."

"엄마, 무슨 소리예요. 치료 잘 받으면 통원할 정도로 좋아질 거예요. 그러니까 마음 단단히 매셔야 해요."

"아니라는 건 나도 안다. 걱정인 것은 괜시리 니들 걱정시키는 거야. 너도 그렇고 둘째랑 셋째도 맞벌이한다고 다들 바쁠 텐데 다들 뭔 고생인지. 참, 피곤하겠지만 집에 들를 때면 가져간 화분에 물이라도 줘라. 잎사귀도 한번씩 마른걸레로 닦아줘야 하는데."

난 묵묵히 어머니의 얘기를 들으면서, 서른몇 해를 살아오면서 소소하게 이루어낸 나의 작은 기적에 대해 생각했다.

"플라타너스를 버즘나무라고 한다더라. 오래전에 그런 애기를 들은 게 생각나네. 플라타너스가 맨 처음 생긴 곳이 중동인데, 점점 퍼져서 우리나라에까지 오게 된 거라고 하더라. 일 년에 몇백 미터씩 씨앗을 뿌리면서. 그 얘길 듣고 플라타너스는 천천히 걷는 나무라고 생각했지."

"우리 엄마, 똑똑하고 아직 기억력도 짱짱하네. 곧 퇴원해도 되겠어."

석양도 저물어가는 저녁나절, 서쪽 하늘을 등지고 흔들리는 나뭇잎들. 역광을 배경으로 빛 속에 스러지는 존재들. 삶의 윤곽들은 고요한 진동 속에서 부서지고 존재는 중력의 방향으로 붕괴한다. 동공에 고이는 눈물처럼 물기를 담고 있는 역광의 풍경들. 이렇게 링거 지지대를 끌고 병원을 산책하는 동안 자주 생각했지만, 역광을 배경으로 흔들리는 모든 풍경들은 나에게 일러준다. 어쩌면 우리들 삶이란 영원을 배경으로 빛나기에 아름다운 것인지도 모른다고.

퇴근해서 병실을 지키는 동안 병원 근처 도서관에서 수목 도감을 빌려다 읽었다. 책에는 플라타너스의 자생지가 발칸반도와 히말라야 사이의 어딘가라고 적혀 있었다. 그러니 아마도 최초의 플라타너스는 메소포타미아 근처의 어떤 곳에서 생겨났을 것이다. 최초의 녀석은 돌연변이였겠지. 그러므로 다른 나무들과는 다른 생각을 하고, 다른 곳을 보고, 다른 상상력을 펼쳤을 것이다. 하여 그 애는 외롭고 서글펐으나, 그렇게 생을 살아가면서 어떤 개성적 존재의 시원이 된 것이다.

그리고 걷는 나무…… 녀석과 녀석들의 후손들은 어머니 말씀처럼 한 세대에 수백 미터씩 씨앗을 날려 보내 자생 군락을 넓혀왔을 것이다. 그러니 매우 느리긴 하지만, 플라타너스는 걷는 나무인 것이다.

난 이렇게 병실에 입원해서야 어머니 자신의 낱말들을 듣게 되었다. 아무리 바빠도 밥은 꼭 챙겨 먹고 다녀라, 하고 싶은 공부를 못해서 어떡하니, 뭐 하러 용돈을 이렇게 많이 넣었니, 아무래도 둘째네 애기는 내가 봐줘야겠다…… 평소 어머니께 듣던 말들은, 항상 정해진 낱말로만 이루어져 있었다.

난 수목 도감을 읽으며 어머니의 편지에 대해 생각했다. 어머니는 거기서 지원이란 이름으로 불렸다. 내가 알지 못하는, 그러니 우리들에게 말하지 못한 당신의 언어는 얼마나 더 있을까. 그러나 내가 읽은 편지는 달랑 한 장이었고 그나마 급히 읽었기에 더 이상 상세한 내용이 기억나진 않았다. 그리고 이제는 어머니 몰래 확인할 수도 없다. 모든 것은 당신의 기억 속으로 침잠해 버렸기 때문이다.

그리고 아마, 수목 도감을 읽으며 병원의 이런저런 나무들에 대해 어머니와 애기할 때가 동생들에게 편지에 대해 애기할 마지막 기회였을지도 몰랐다.

그즈음 미술 전람회를 다녀왔다. 지쳐 있었기에, 마치 깨끗하게 빤 빨랫감을 탁탁 털어 햇볕 쨍쨍한 볕에 거는 것처럼 마음을 말리고 싶었는지 모른다. 언론에서 고흐의 가장 유명한 그림이 한국에 왔다고 자주 소개했기에 나 역시 론강에 비친 별들을 보러 갔지만 뜻밖의 작품 앞에서 오래 걸음을 멈추었다. 그 그림에는 내 마음의 지형을 자극하는 밤의 바다가 있었다.

한 시간…… 어쩌면 두 시간이었을지도 모른다. 그 그림 앞에 서 있었던 것은. 그리고 결심을 했다. 더 늦기 전에, 그러니까 어머니가 그런대로 거동을 할 수 있을 때 이 그림을 보여드리고 싶다고. 당신이 간직한 말들의 정류소에 이렇게 근사한 지형 하나쯤은 그려드리고 싶다고.

며칠 후 난 주치의를 설득했다. "어차피 예정된 순리대로 가게 될 거라고 알고 있어요. 그러니 선생님, 그나마 어머니께서 움직이실 수 있을 때 다녀오고 싶어요." 중년의 의사는 잠시 고민하더니 딱 세 시간의 외출을 허락했다. 그리고 부디 좋은 추억을 만들라고 했다. 악수를 청하는 손이 따뜻했다. 그래, 의사에게도 다사로운 피가 흐르는 거야.

물론 그렇게 다사로운 피는 어머니에게도 있었다. 말로는 버겁다고 했지만, 간만의 병원 밖 외출에 싫은 내색은 아니었다. 난 어머니께 예쁜 모자를 씌워드리면서 부디 오늘 보는 그림을 온전히 기억에 담아두기를 바랐다.

'누군가 듣고 있어요? 어머니가 오늘 하루라도 행복했으면 좋겠어요. 앞으로 안 좋은 날뿐이잖아요. 그러니 부디 오늘만이라도요.' 난 불리든 불리지 않든 이 우주에 존재할지도 모르는, 어떤 전능하고 자애로운 존재에게 우리의 하루치 행복을 빌었다.

그리고 드디어 그림 앞에 어머니를 모실 수 있었다. 윈슬러 호머의 「여름밤」. 여전히 그림은 기적처럼 기이한 색감을 뿜어내고 있었다. 무엇보다도 사물의 역광이 있었다. 검은 하늘 아래 빛나는 파도며 바닷가에 역광으로 앉은 이들은 마치 이승의 끝을 구경하는 관객들 같았다. 그리고 은빛으로 빛나는 바다를 배경으로 두 사람이 서로를 깊게 껴안고 춤을 추고 있었다.

"엄마, 이 그림은 혼자서 봐야 끝내주는 거예요. 나 잠깐 다른 그림 보고 있을 테니까 어머니도 더 있다가 나오세요. 만약 힘들면 전화하시고요. 저는 로비에서 기다리고 있을게요."

다시 한 시간…… 혹은 두 시간이었을지도 모른다. 영원과도 같은 시간이 흐르고 다행히 어머니는 본인의 걸음에 의지하여 로비로 나왔다. 어머니의 얼굴이 촉촉해져 있었다. 우리는 그림에 대해서는 한마디도 하지 않았다. 다른 것에 대해서도. 어떤 경우에는 아주 잠깐 눈을 마주치는 것만으로도 밤새워 할 얘기를 주고받는 경우도 있다. 그리고 어머니의 촉촉한 눈을 보는 순간 나는 그런 대화를 했다. 언어를 넘어서는 대화, 이를테면 어머니와 역광의 플라타너스가 주고받는 말들, 주어와 술어는 없지만 사물이나 존재의 그림자를 포착하는 대화…… 그래, 이런 것도 우주의 자애로움이 우리에게 주는 소소한 기적일 것이다.

그 후로 난 가끔 병실을 비웠다. 물론 동생들이 없을 때, 즉 어머니를 보살피는 당번이 내 차례가 될 때. 그때 난 종종 간호실에 전화번호를 맡겨두고 한밤의 병원 로비에서 책을 읽었다.

"엄마, 지난번에 전람회 괜찮았지요? 이젠 외출은 힘드니까 대신 오늘은 화집을 보세요. 정말 좋아요."

그렇게 가끔 어머니에게 혼자만의 시간을 주면서 에드워드 호퍼며 호안 미로의 화집을 안겨주었다. 화집을 읽는 동안에는 엄마도 예뻐야 해요, 하고 머리를 민 어머니께 손수건 두건을 씌워드리고 내려온 밤의 로비. 그때 난 무슨 책들을 읽었을까. 막내가 찾아온 대체의학 서적들, '기억이 나를 본다'라고 적었던 스웨덴 시인의 시집, 직장에서 미처 처리하지 못한 보고서들. 그러나 책이 중요한 건 아니었다. 내가 바란 건, 어머니 혼자서, 잠시라도, 혼자만의 낱말들을 더듬어보는 것. 아마도 그건 삼십대 중반에 맞는 삶의 지혜를 배웠기 때문이리라.

"그동안 본 화집들 정말 좋았다…… 우리 첫째에게 이런 면이 있을 줄 몰랐지. 언제 이렇게 컸니. 엄마 생각도 할 줄 알고. 그런데 이제 피부에 진물이 생기기도 하고 더 이상 그림은 좀 그래…… 그러니 오늘 보는 게 마지막이야."

그렇게 말씀하신 날을 끝으로 어머니께서 화집을 보는 날들도 사라졌다. 어머니께서 마지막으로 본 화집은 무엇이었을까. 한 쌍의 남녀가 부드럽게 하늘을 날고 있는 마르셀 샤갈이었을까, 아니면 윈슬러 호머가 담겨 있는 오르세 미술관 컬렉션이었을까.

그 후로 예정된 시련의 시간이 다가왔다. 말기암은, 그것을 지켜본 사람은 잘 알겠지만, 인간의 존엄성을 해치는 사건이다. 머리는 모두 깎이고 항암제의 부작용으로 얼굴은 괴물처럼 부어오른다. 미각을 시작으로 후각, 시각 순으로 감각을 잃어간다. 통증과 욕지기 같은 절망적인 감각을 제외하고 말이다. 청각이 가장 늦게까지 남아 있지만 정상적인 대화는 갈수록 어려워진다. 그래서 어느 날 병실의 거울 앞에 서면 내가 아닌, 나와 비슷한 어떤 종류의 무기력한 생물체가 우두커니 서 있음을 목격한다. 이런 절망감은 말기암 환자에게 전락의 시작일 뿐이다.

이윽고 의식의 분열이 시작된다. 지금 이 순간이 낮인지 밤인지, 잠을 자는 건지 깨어 있는 건지 구별할 수 없게 된다. 통증과 구토, 멀미를 동반한 몽환의 상태가 강도를 더해가고 드디어 강도 높은 모르핀이 투여되기 시작한다. 그치만 마약성 진통제는 육체와 정신의 외부로부터 오는 유의미한 신호를 차단하거나 환각이나 환청 같은 잡음을 일으킨다. 그리고 보호자의 헌신적인 노력에도 불구하고 짓물러진 등이나 옆구리 쪽 피부는 마른 수건에 쉽게 벗겨져 내린다. 마치 조심스러운 손길에도 짓무른 양파 껍질이 무너져 내리듯이.

말기암은, 아무리 해도, 어떻게 해도, 결국 인간의 몸을 지옥으로 전락시키는 과정이다. 항암제나 모르핀은 그 과정을 모차렐라 치즈를 늘이듯이 연장하는 행위에 불과하다.

차마 간병인에게 맡길 수 없었기에 동생들과 함께 울음을 참으면서 어머니의 욕창을 돌보던 그때, 내가 내내 생각한 것은 최초의 플라타너스였다. 최초의 플라타너스는 최초의 결단으로 생겨났다. 그리고 인간 중에서도 그런 최초의 녀석들이 존재한다.

최초의 배화교도. 최초의 유니테리언. 최초의 채식주의자. 최초의 공화주의자. 최초의 아나키스트. 최초로 실존이나 한계 상황이라는 낱말을 종이에 적은 이. 최초로 큐비즘을 떠올린 이. 최초의 히피. 최초로 보스턴 북쪽의 작은 마을 프루츠넥의 밤바다를 화폭에 옮긴 이. 최초의 게릴라 가드너. 최초의 호스피스. 그리고 최초로 안락사의 개념을 떠올리고 실행에 옮긴 이. 말들이 뒤섞인 대지에서 최초로 자신이 캐낸 언어들에 이름표를 붙인 사람들.

그러나 우리에게는 어머니를 편히 보내드릴 용기를 낼 사람은 없었다. 물론 병원 측에서도 그런 생각 자체를 못했다. 강한 진통제, 그리도 더 강한 진통제만이 유일한 방식이었다.

어떤 경우에도 편한 임종은 없었겠지만 어머니는 그렇게 너무나 힘들게 돌아가셨다. 동생과 나는 어머니의 짓무른 등을 닦아드리면서 얼마나 울었는지 모른다.

"엄마, 조금만 참아. 조금만 더 참으면 이제 영원히 아프지 않을 거야. 그러니까 조금만 더 참아. 엄마 사랑해. 엄마 사랑해."

밤의 병실에서 이미 의식을 잃은 어머니의 통통 부은 손을 잡고 우리 남매는 그렇게 말했다. 그리고 어느 새벽에 어머니는 우리 곁을 떠나셨다.

어머니의 상을 치르고도 간간이 울음이 터져나오는 날들이 계속됐다. 어머니께서 겪은 고통은 우리에게도 커다란 정신적 상흔이 됐기 때문이다. 그렇게 계절을 보내고 이듬해 봄비 내리는 저녁을 맞았다.

그 저녁, 비에 떨어져 흙물이 묻은 꽃잎들을 보는데 문득 옛날의 노란색 시집이 생각났다. 애써 찾아보니 안 보는 책들을 넣어둔 상자에 시집이 있었다. 난 빗소리를 배경으로 이 시의 마지막 연을 여러 번 읽었다.

그리고 그 밤에 어머니 꿈을 꾸었다. 돌아가신 후 처음으로. 꿈에서 난 어머니를 뵙자마자 울먹이는 마음을 진정시키며 말했다.

"엄마, 지금은 아프지 않지?" 꿈에서 어머니는, "그래, 이제 아프지 않아. 그러니 행복하게 살거라" 하고 답을 하셨다. 꿈에서 어머니는 젊은 시절의 모습이셨다. 그리고 말간 피부에 자애로운 미소를 짓고 계셨다. 난 어머니의 말씀에 한없이 마음이 편안해졌다. 그리고 비록 꿈이었지만 "다행이에요, 다행이에요" 하고 기뻐했다.

새벽에 꿈에서 깨어 한참을 우두커니 누워 있다가 머리맡의 시집을 펼쳐보았다. 역광이 스며 있거나 밤이란 낱말이 들어간 것들은 모두 슬픔의 언어이자 고통의 언어이다. 슬픔과 고통이 뒤섞인 언어에 한 가지 장점이 있다면 그것을 통과하는 이에게 꿈으로 징표를 준다는 것이다. 그것은 마치 상처의 끝에 생기는 딱지 같은 것이다. 그리고 우리는 그것을 마음의 지형도에 새겨넣는다. '이 협곡은 이제 안전함. 다리가 놓였음.'

난 아침에 동생들에게 전화를 해서 꿈 얘기를 들려주었다. 둘째는 "정말이지? 엄마 피부가 깨끗했지? 다행이야, 엄마가 괜찮아서"라고 했고 셋째는 "왜 엄마는 오빠만 편애해? 내 꿈에는 한 번도 오지 않고"라고 투덜댔다. 아마도 꿈은 자의식의 반영이리라. 그렇지만, 꿈은 또한 우주가 베풀어주는 소소한 기적이기도 하다. 하여 그날 이후 우리 남매는 고통스러운 어머니의 모습을 떠나보내고 젊은 시절 고왔던 모습으로 당신을 기억할 수 있게 되었다.

그리고 그 후로 봄비 내리는 날이면 말들의 정류소에서 데려온 시집을 펼치곤 한다. 젊은 시절에 미처 내 눈에 차지 않았던 다른 시들도 읽을 때마다 새롭다. 촌스럽게 느껴졌던 노란색도 얼마나 다정다감하게 느껴지는지. 난 그때마다 시집에 새겨진 시인의 이름을 손끝으로 쓰다듬어본다.

그러니 이제야 말할 수 있겠다. 세상에 쓸모없는 책은 없다. 좋은 책과 더 좋은 책이 있을 뿐이다. 더불어 그 시절 말들의 정류소에 고여 있던 언어들은, 이 세상에서 단 한 명쯤에게는 승천하는 꿈의 전령이 되어주었을 거라고 믿는다. 어느 비 오는 새벽, 내가 어머니와 잠시 재회한 것처럼 말이다.

그리고 지난주, 많은 시간을 이격하여 남자에게서 편지가 왔다.

H님께

생전에 지원 씨로부터 말씀 많이 들었습니다. 그해 여름에 H님께서 주신 편지로 인해 살아서는 못 볼 줄 알았던 지원 씨와 해후할 수 있었습니다. 지원 씨와 함께 본 밤바다, 그리고 병실에서 함께 본 화집들은 영원히 잊지 못할 것입니다. 참으로 고맙다는 말을 전하고 싶었지만 그동안 기회가 없었지요. 그런데 저 역시 이제 병실에서 거의 막바지에 다다른 날들을 보내려니 더 이상 늦춰서는 안 될 거란 생각에 용기를 내었습니다. 진심으로 감사드립니다.

동봉한 사진은 어린 시절 고향에서 함께 자랄 때의 지원

씨입니다. 부디 간직해주세요. 그리고 항상 다복하세요. 이것으로 처음이자 마지막 인사를 드립니다. 만약 다음 생이 있어 인연이 된다면 그때 은혜를 갚겠습니다. 이만 총총.

편지에는 중학생 교복을 입은 여자아이가 커다란 플라타너스의 잎을 모자처럼 머리에 대고 한쪽 눈을 찡그리고 있는 흑백사진이 함께 들어 있었다. 초롱초롱한 생기와 함께 장난기 섞인 표정. 어머니에게도 이렇게 발랄한 시절이 있었다니 금세 눈시울이 붉어져왔다.

이 사진을 평생 간직했을 남자. 어떤 과학자들이 조심스레 얘기하듯 만약 우리와 평행하는 우주가 있다면, 그 세계에서는 어머니와 다정하게 노년을 보냈을지도 모르는 남자. 그해 여름, 내가 삽십대 중반에 맞는 삶의 지혜를 펼쳐 관공서의 공문처럼 건조한 낱말을 써서 편지를 보낸 남자. '이지원 님이 8월 10일 오후 2시~3시, H미술관 윈슬러 호머의 그림 앞에 있습니다. 괜찮다면 나와주세요'라거나 '8월 30일 오후 7시~익일 오전 6시까지 이지원 님이 병실에 혼자 있습니다'라는 메시지를 읽은 남자.

만약 내가 뒤섞인 말들을 대할 때 약간만 더 성숙했다면 어땠을까. 이를테면 옻칠을 한 상자에서 편지를 발견한 때. 혹은 가끔 본가에 들러 어머니 몰래 상자를 확인하던 몇 번의 기회. 그때 내가 꺼낸 말들에 다정다감한 이름표를 붙여줄 순

없었을까.

　그러나 나는 비겁하게도 어머니의 마음을, 그리고 동생들의 마음을 모른다고 핑계를 댔다. 즉, 나는 체온이 담긴 손길을 내밀지 않을 것이다. 만약 그 시절로 돌아가 이십대에 서른 살의 지혜를 가졌다면, 혹은 서른 살에 마흔 살의 지혜를 가졌더라면.

　자책 속에서도, 어머니와 남자가 그림 앞에서 잠시 행복했다니 작은 안도감이 들기도 한다. 그리고 생각한다. 그러니까, 사람은 죽으면 누구나 다른 차원으로 건너간다. 그리고 레테의 물을 건너기 전, 한 번의 애절한 춤을 추고 이승, 혹은 이번 우주에 대한 모든 것을 잊는다. 이런 깨달음이야말로 불혹의 나이를 앞서는 지혜인 것일까. 혹은 우주가 가끔 보여주는 자애로운 지혜의 언어일까.

　말이 어떻게 생겨났는지 모른다. 그러나 간절함을 전하고 싶은 누군가가 있었기에 말은 탄생했을 것이다. 무심코 털어놓은 진심의 문장들, 머뭇머뭇 눈빛으로 보내는 침묵의 말들, 비 내리는 새벽 다녀간 흔적으로 남기는 꽃잎의 언어들, 고통과 상흔을 달래는 손짓들. 밤의 로비에서 누군가의 해후를 빌어주는 기도들. 잠시 말들의 정류소에 거주하고 있다가 이윽고 시간과 공간을 초월하여 마음을 전하는 나와 당신들의 가여운 언어들.

작가노트

　말들의 정류소에 고여 있다가 시간과 공간을 초월하여 현
현하는 문장들.

우리가
디스코를
출 때

진보경

해석의 오류

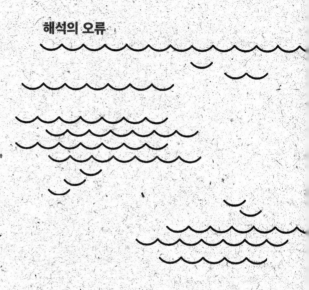

2009년 『서울신문』 신춘문예에 단편소설 「호모 리터니즈」
가 당선되며 작품 활동을 시작했다. 소설집으로 『게스트하
우스』가 있다.

흑백사진 속 단발머리 여자아이는 벌거벗은 인형을 안은 채 울고 있다. 아니, 우는 시늉을 하고 있다. 주저앉은 자신의 다리 사이에, 카메라와 마주 보는 방향으로 인형을 돌려 앉힌 다음 제 손을 포개어 눈을 가리고. 앞을 보지 못하는 인형의 양 다리는 허공을 향하고, 위로 올라간 한쪽 팔은 비정상적인 각도로 꺾여 있다. 그들 뒤로 담장을 타고 오르는 덩굴이 괴기스러워 보인다.

　나는 스크린에 띄워놓은 존 버거의 사진을 가리키며 아이들에게 물었다.

　"어떤 느낌이 들었나요? 이 상황에 대해 자유롭게 상상해 보세요."

"인형 옷을 빼앗겨서 아이가 울고 있어요."

열여섯 다인이가 손을 들고 말했다.

"그럼 인형의 눈은 왜 가렸을까?"

"빡쳐서요."

여덟 명의 아이들이 동시에 웃음을 터뜨렸다. 나는 입술에 검지를 가져다 대며 '쉿' 소리를 냈다.

"우와, 쌤. 비속어 쓰면 벌점 몇 점이다요?"

열일곱 서희가 묻자 옆에 앉은 아이가 책상을 두드려대며 외쳤다.

"어차피 다인이 다음 주에 출소하잖아."

"애들아, 조용!"

내가 자리에서 일어나도 활화산 같은 분위기는 가라앉지 않았다. 이대로 있다간 교실 스피커에서 부장 선생님의 목소리가 흘러나올지 몰랐다.

"민지가 말해볼까?"

어쩔 수 없이 비장의 카드를 꺼냈다. 합숙 생활을 하면서 서열문화 같은 게 존재하는지는 모르겠지만 이곳에서 가장 나이가 많은 열아홉 살 민지의 말과 행동에 아이들은 민감하게 반응했다.

"애들아 조용히 하자!"

민지가 구조 요청을 받아들였다.

"앞에 뭔가, 무서운 게 있는 것 같아요. 그래서 인형의 눈을 가리고, 자기도 눈을 꾹 감고 있어요."

쿡쿡거리는 잔음이 잦아들었다.

자길 버리고 떠나는 누군가를 보고 싶지 않아서예요.

오 년 전, 열다섯 살 예지는 그렇게 말했다.

청소년보호처분 6호 시설인 이곳에서 나는 상처 입은 아이들의 마음을 예술로 치유하기 위해 매주 금요일 세 시간씩 수업을 진행한다. 모두가 거리를 두고 지내야 했던 오랜 시간이 지나고 오 년 만에 다시 오게 된 여기에 당연히 예지는 없지만, 어쩐지 난 아직 그 애와 함께 있는 것만 같았다.

쌤, 저는 진짜 쌤밖에 없어요.

잠깐의 쉬는 시간이 지나고 2교시 수업을 시작했다. 아직 자리로 돌아오지 않은 아이들을 찾으러 지킴이 선생과 나는 복도와 화장실을 수색해야 했다.

빈자리가 채워지자 아이들에게 켄트지와 크레파스와 색종이와 끈 등을 나눠주었다.

"작품의 주제는 '그리운 얼굴'이에요. 그림을 그린 다음 끈이나 종이를 이용해 입체적인 표현을 해보세요."

몇몇 아이들이 바로 연필 스케치를 시작했다. 보고 싶은 사람이 없는데 어떡하느냐는 질문에는 자신의 얼굴을 그리라 말했다. 이어서 3교시에는 그 인물에게 편지를 쓰게 할 것이다. 대부분 엄마를 그렸고, 할머니와 형제자매와 친구 순이었다.

예지가 그린 여자의 눈은 동공 없이 텅 비어 있었다. 모딜리아니의 그림처럼. 이 수업에서는 아이들이 만들어낸 작품의 의도나 이유를 묻지 않는다. 까만 눈동자를 그려 넣으라고 강요하지 않는다. 예지가 그렸던 얼굴의 눈동자는 어디로 가버렸을까. 어째서 서로 마주 볼 수 없는 얼굴을 그린 걸까. 열세 살 이후로 엄마 얼굴을 그린 적이 없는 나는 그 이유를 알것도 같았다.

지킴이 선생이 출입문을 열어주었다. 이곳에는 도어록이 유리문 안쪽에 설치되어 있다. 때문에 이 문을 나설 때는 밖으로 '들어가는' 느낌이 든다. 넓은 운동장도 산책로도 아이들에겐 출입 금지 구역이다. 체육 활동이나 자체 행사가 있을 땐 교문을 걸어 잠근 다음에야 나올 수 있다.

십 분 정도 늦을 거라는 선미의 메시지가 단체 대화방에 올라와 있었다. 나는 전철역을 향해 재촉하던 걸음을 늦췄다. 장갑을 끼지 않은 손이 시렸다. 지은이 메시지를 읽지 않아서인지 선미의 문자 옆에 '1'이 그대로였다. 핸드폰과 양손을 코트 주머니에 찔러 넣었다. 코끝에 닿는 바람이 조금 습하게 느껴졌다. 예보에 없던 눈이 내릴지도 모른다는 생각이 들었다. 이런 날, 오래전 친구를 만나는 일이 달갑지 않았다.

경복궁역 개찰구를 나오는데 '넌 언제쯤 오냐'는 선미의 메시지가 왔다. 나는 '곧 도착'이라 보내놓고 역내 화장실을 찾아 두리번거렸다. 소변을 보고 화장도 다듬고 천천히 걸어 올라가면 선미가 올 시간에 비슷하게 맞출 수 있을 것 같았다. 먼저 와서 기다리고 있을 지은과는 도저히 둘만 있을 자신이 없었다.

한복 차림에 외투를 걸치고 거니는 사람들이 여럿 보였다. 그들은 돌담을 배경으로 사진을 찍거나 이야기를 나누며 느긋하게 걸었다. 도로변에 빨간색 관광버스들이 즐비했다. 고궁 산책은 지은의 의견을 받아 선미가 전달하는 식으로 결정되었다. 열다섯 살 딸내미의 버킷 리스트를 들어줘야 한다는데, 그런 건 자기 가족끼리 하는 게 더 좋지 않나, 그런 생각을 했지만 별다른 대안도 없기에 잠자코 있었다. 그걸 무언의 동의로 받아들인 선미가 약속 시간과 장소를 대화방에 공지했다.

아침을 굶은 터라 뱃속이 꿀렁거렸다. 식사는 저녁 여섯시 홍대 앞 횟집을 예약했다고 들었는데. 커피숍을 지날 때 초콜릿 음료라도 한잔 사 마실까 망설이다 그만두었다. 내 것만 들고 가자니 민망했고 친구들 의견을 물어 음료 캐리어를 드는 것도 내키지 않았다.

약속 장소인 매표소 앞에 아는 얼굴은 보이지 않았다. 나는 핸드폰을 꺼내 새로 온 연락을 확인했다. 선미와 지은이 아닌 예지에게서 새 메시지가 와 있었다. 머릿속이 뜨거워지는 느낌과 함께 이마를 타고 땀이 흘러내렸다. 내 몸 어딘가에 숨은 스위치를 누른 것처럼 갑자기 나타나는 갱년기 증상에 짜증이 솟구쳤다. 브래지어 안쪽까지 땀이 찼는데도 추워서 진저리가 쳐졌다. 돌담 아래서 댄스 챌린지를 하는 사람들이 깔깔거렸다. 앞에서 그 모습을 찍던 사람은 내가 지나갈 때까지 기다렸다가 '한 번 더!'를 외쳤다.

쌤, 저 언제까지 기다려야 해요?

지난주 만남 이후 예지는 매일 서너 통씩 메시지를 보내왔다.

이백만 원은 내게도 큰돈이었다. 계속 살 거면 보증금을 올려달래요. 예지는 단숨에, 그걸 내게 말했다. 이 아이는 집주인의 말을 듣고는 곧바로 나를 떠올렸을 것이다. 핫초코 음료를 호로록거리는 예지에게 해줄 말을 고르느라 멀리로 보낸 시선이 허공을 맴돌았다. 저처럼 사는 스무 살은, 많지 않겠죠? 예지의 목소리가 갈라졌다. 어느덧 눈가가 빨갛게 물들어 있었다. 울지 마. 울지 마, 예지야. 방법을 찾아보자. 나는 되도록 냉정하게 말했다. 아직은 기대를 갖게 하면 안 되었다. 훌쩍이던 예지가 갑자기 걸려온 전화를 받더니 생글거리며 일어섰다. 쌤, 저 남자 친구 만나러 가야 해요. 나는 반으로 접은 오만 원 지폐를 예지의 손에 쥐여주고 가볍게 포옹했다. 밥 잘 챙겨 먹고 다녀. 예지의 머리칼에서 옅은 담배 냄새가 났다.

"오래 기다렸어?"

선미 목소리에 뒤를 돌아보니 지은과 그녀의 딸까지, 모두가 한복 차림으로 나란히 서 있었다. 댕기 머리의 지은 모녀는 연분홍 저고리에 각각 보라색과 하늘색 치마를 입었고, 선미는 빨간 저고리와 청록색 치마에 반묶음 머리였다.

"오랜만이네."

나는 지은에게 인사말을 건네며 그녀의 어린 딸에게 손을 흔들어 보였다.

"안녕? 네가 엘리구나. 엄마 많이 닮았네."

둥근 턱과 굵게 쌍꺼풀 진 눈이 찍어낸 듯이 같았다. 고개를 돌리던 지은은 햇살 때문인지 한쪽 눈을 찡그렸다.

"너 빨리 여기 좀 갔다 와라. 결제는 다 해놨으니까 가서 이름만 대고, 마음에 드는 디자인 골라 입어. 단발머리라 너도 나처럼 반묶음으로 해주실 거야."

선미가 명함 한 장을 건네고는 내 등을 떠밀었다. 분명 내가 거절할 것을 알고 자기들끼리 미리 선수를 친 거라 했다. 십 분 정도 늦는다는 선미의 메시지를 지은이 읽지 않았던 건 그들이 함께 있었기 때문이다.

스태프가 머리 손질을 하는 동안 나는 거울 속 낯선 내 모습을 물끄러미 바라보았다. 한복을 입어본 지가 얼마 만이더라. 결혼식 때 폐백실에서였으니 이십 년쯤 지난 듯했다. 그날 시어머니는 대추를 한 움큼 던지며 내게 말했다. 이제부턴 다복하게 살아라. 나를 엄마라 생각하고.

그날 지은은 육아를 핑계로 선미 편에 축의금 봉투만 보내왔다. 경제 호황기였던 그때에도 오만 원이 기본이었는데, 축하 문구도 없이 제 이름만 작게 적어 보낸 흰 봉투 안에는 삼만 원이 들어 있었다. 당연하다고 여겼다. 그때로부터 일 년쯤 전의 일 때문에 우린 거의 절교한 거나 다름없었으니까. 축의금을 보내온 것만도 의외였다.

이렇게 살 수도 없고 이렇게 죽을 수도 없을 때* 온다던 서른이었다.

서른 살이 되다니, 나에게 서른이 오고야 말다니. 당혹감과 센티멘털의 감정 기복에 휩싸여 우리는 더 자주 술을 마셨고 여행을 다녔고 사람들을 만났다. 똑같은 짓을 하고 다녀도 이십대와 삼십대는 스스로에게도 타인에게도 다르게 인식되는 것 같았다. 이상한 상실감까지 더해졌다. 사회생활을 하면서 알게 된 사람들보다 고등학교 동창인 지은과 선미를 더 자주 보게 된 것도 오랜만에 느낀 동질감 덕분이었던 것 같다.

고등학교를 졸업하고 곧바로 대학에 갔던 지은은 미대 석사까지 이수하고 거의 반백수로 지냈지만 부모님의 지원으로 별걱정 없는 날들을 보내고 있었고, 삼수 끝에 지방대를 졸업한 선미는 친척이 연결해준 중소기업에 다니며 주말엔 사진 동호회 사람들과 어울리곤 했다. 나는, 고졸 사원으로 십여

* 「삼십 세」, 최승자.

년 다닌 직장을 때려치우고 그동안 모은 돈으로 대학입시 준비를 하고 있었다.

서로에게 남자 친구가 생기면 자연스레 합석도 했는데, 유난히 지은에게 그런 경우가 많았다. 그녀의 취향은 주로 작가 지망생이나 아마추어 작곡가, 무명 배우처럼 평범하지 않은 사람이었다. 어차피 결혼은 아빠가 정해주는 사람과 하게 될 거라는 게 이유였다. 지은의 아버지는 지금은 사라지고 없는 원목 가구를 만드는 회사를 경영했다. 우린 알지도 못하는 브랜드의 가방과 액세서리를 두르고 다니며 인생무상을 입버릇으로 달고 살던 지은은 서른이 되던 그해, 지겹도록 맞선을 보러 다니면서도 부모님 몰래 만나던 남자 친구, 지금은 엑스남편이 된 그를 경호원처럼 대동하고 다녔다. 우직하고 말수가 적었던 그가 어느 날 내게 따로 연락을 해왔다. 함께 모인 자리에서 음악 취향이 같다는 걸 알게 되었고, 그즈음 내한 공연 계획이 잡힌 록그룹 콘서트에 함께 가지 않겠느냐는 제안을 하려고 전화를 걸었다 했다. 지은이도 같이 가나요? 내가 묻자 그는 아니요, 라고 답했다. 지은이는 시끄러운 음악 질색하잖아요. 내가 머뭇거리는 이유를 알아챈 그가 말했다. 더 생각해보시고 연락 주세요. 아 맞다, 오늘 홍대에 인디밴드 공연 보러 가는 건 어때요? 약속 시간과 장소를 말하는 그의 목소리가 살짝 떨렸던 건 나만의 착각일 거라 생각했다.

결국 록그룹의 내한 공연에는 동행하지 못했다. 그날 밤 홍대 라이브카페를 나온 시간이 이미 새벽 한시였고, 시끄러운 주변 분위기 때문에 그가 지은의 전화를 받지 않은 게 화근이었다. 연인의 추궁 끝에 그는 나와 함께 시간을 보낸 사실을 털어놓았다.

나는 당연히 그분이 네게도 말한 줄 알았지. 내 변명이 끝나기 전에 지은의 날 선 목소리가 날아왔다. 넌 왜 말 안 했는데?

자신의 마음을 들여다보고 인정할 만큼 성숙하지 못했던 당시의 나는 지은과의 관계를 멀리 두는 것으로 그 일을 마무리했다. 지은의 해결 방법은 조금 놀라웠다. 지금 생각해도 홧김에, 즉흥적으로, 무모하게 결정했다는 확신이 들 정도로. 갑자기 그 남자와의 결혼을 선언했고 부모님의 반대에 보란 듯이 임신으로 맞섰다. 그들의 결혼식에 나는 감기 몸살을 핑계로 선미 편에 축의금만 보냈다.

딸을 낳고 삼 년쯤 지나 지은은 이혼했다. 그러곤 이듬해 산티아고 순례길에서 만난 한국계 미국인과 일 년쯤 교제하다가 시카고로 떠났고, 그곳에서 재혼했다. 그녀에게는 둘째 딸인 엘리가 지금의 남편에겐 셋째 아이라고 들은 것 같다. 지은이 거기서 옷가게를 하다가 한국식 레스토랑으로 전업했다고도 했고 그걸 또 접고 무언가를 시작했다고도 했다. 선미가 가끔 전하던 소식은 어느 순간부터 끊겼는데 나는 그 이유를 굳이 알려고 하지 않았다. 이번 귀국은 지은 아버님의 팔순 기념 가족 모임 참석이 목적이라 했다.

남편 일정 때문에 일주일 정도 머물 예정이라던데, 한번 봐야지? 야, 우리가 어떤 친구냐!

전화기 너머 주변이 소란스러웠고, 그래서인지 선미의 목소리는 평소보다 톤이 높았다. 대학 동기 모임이 끝나고 집으로 돌아가는 길이라고 했다. 12월엔 식당 예약도 힘들고 각자 스케줄이 빡빡하니 올해부터 11월에 송년회를 한다는, 나와 별 상관없는 말이 이어졌다. 어쨌거나 십 년 넘게 연락도 없이 지낸 사이인데, 앞으로도 그렇게 살아갈 게 빤한데, 지은과 내가 친구라고 할 수 있을까. 그런 생각을 하며 선미의 말들을 흘려보냈다.

대여점에서 고른 아이보리색 손가방에 핸드폰과 지갑을 넣었다. 어깨에 걸친 코트 앞섶을 모아 쥐고 종종걸음으로 매표소 앞에 도착했다. 돌담을 배경으로 셋은 사진 촬영에 한창이었다. 손에 디지털카메라를 든 열다섯 아이의 얼굴이 조명을 받은 듯 빛났다.

오 년 전, 지금의 엘리와 같은 나이였던 예지에게도 버킷리스트 같은 게 있었을까. 수업 계획안을 짤 때 나는 그 주제가 닳고 낡아서 아이들이 흥미를 느끼지 않을 거라는 결정을 내렸다. 대신 '이곳을 나가면 가장 먼저 무엇을 할지' 계획을 세우고 역할극으로 연결하는 시간을 가졌다. 그때 예지는 공룡 분장을 했던 것 같은데, 왜 그랬는지 그 이유까진 떠오르지 않는다.

가방에서 진동하는 핸드폰을 꺼냈다. 이름을 확인하는 순간 진동이 멈췄다. 나는 콜백을 하지 않고 방해금지모드 설정 화면을 열었다.

열다섯의 예지는, 무기력하고 우울해 보이는 대개의 눈빛들과 달리 적의와 억울한 감정이 밴 시선으로 나와 아이들을 쳐다보곤 했다. 말수도 가장 적었고 어떤 활동이든 대충 끝내거나 시도조차 하지 않고 책상에 엎드려 있기 일쑤였다. 어느 날엔가, 나는 조심스럽게 다가가 그 애의 어깨를 흔들어보았다. 만지지 마요! 예지가 거칠게 밀쳐버린 책상이 앞으로 고꾸라졌다. 예지, 손예지! 교실 스피커에서 부장 선생님의 목소리가 울렸다. 너 그러면 또 벌점 들어간다. 선생님, 예지 교무실로 올려 보내세요. 예지는 바닥에 떨어진 그림을 주워 북북 찢어버리고는, 자신을 데리러 온 선생님 손에 붙들려 나갔다.

나는 산산이 찢긴 텅 빈 눈동자의 여자를 퍼즐처럼 맞춰 책상 위에 올려두었고, 그날 이후로 예지는 내게 말문을 열어주었다.

자, 이제 일회용 종이컵으로 눈 덮인 마을을 만들어볼 거예요. 끝이 뾰족한 원뿔형 종이컵들을 거꾸로 쌓아 동화 속 장면을 연출하는 동안 예지는 내 곁에 붙어 앉아 조잘거렸다. 우리 엄만 미국에 있어요. 아빠랑 헤어지고 그리로 돈 벌러 갔대요. 그래서 연락이 안 된다고, 할머니가 그랬어요. 근데 할머니는 제가 엄마 얘기만 꺼내면 그년이 미친년이라고 욕을 해서, 그 소리가 죽도록 듣기 싫어서, 집을 나와버렸어요. 아는 언니랑 지하방에 같이 살았어요. 화장실이 밖에 있어서, 저녁을 많이 먹지 않았어요. 그 언니가, 누구한테 뭘 좀 전해주라고 심부름을 시켰어요. 가방 들고 약속 장소로 갔어요. 언니가 말해준 암호를 대는 남자한테 가방을 주려는데, 경찰들이 뛰어왔어요. 몰라요. 가방 안에 뭐가 있었는지. 진짜로 난 몰랐어요. 할머니가 면회 와서 엄마 욕을 또 한바탕 하기에 나도 할머니한테 쌍욕을 해버렸어요.

가방 안에 무엇이 들었는지 모른다는 말을 할 때 예지는 기껏 쌓은 종이컵을 무너뜨렸다.

개인적인 내용은 어떤 것도 나누지 마세요.

원장의 당부가 아니었어도 나는 그들의 과거와 현재에 대해 알려고 하지 않았을 것이다. 법적인 처분을 받았다는 것은 누군가에게 해를 끼치고 상처를 주었다는 뜻이고, 피해자가 아닌 가해자의 심리를 치유하기 위한 수업이라는 것에 복잡한 감정을 품고 있었기 때문이다. 수업 때마다 한두 명 정도 결석하는 애들이 있었는데, 신경정신과나 산부인과 관련 진료를 받으러 간다는 말을 들었다.

열두 번의 수업을 마치고, 마지막 인사를 나눌 때 몇몇 아이들은 울먹거리며 매달렸다.

쌤, 다음 주에도 그다음 주에도, 아니 계속 여기 나와주면 안 돼요?

쌤, 한 번만 안아주세요.

저 여기 나가면 쌤한테 전화해도 돼요?

아이들의 불가능한 요구를 간신히 떼어놓는 데에도 부장 선생님의 도움이 필요했다. 그녀가 등장하자 아이들은 굳은 표정으로 소지품을 챙겨 교실 밖으로 나갔다.

현관 출입문을 나설 때 뒤에서 부르는 소리가 들렸다. 예지가 달려와 안겼다.

"잘 가세요, 쌤."

여기 애들도 그렇지만, 대개 문제를 일으키는 아이들은 가정환경이 원인인 경우가 90프로 이상이에요. 편부모나 재혼 가정 아니면 방치되는 가정에서 자라는 아이들…… 회의 시간에 원장이 했던 말이 떠올랐다. 나는 이면지를 꺼내 주변을 살피며 내 전화번호와 짧은 당부를 적어 예지에게 건넸다.

여기 나가서 잘 살아야 해. 이런 곳에선 다시 만나지 말자. 그리고 살다가 어른이 필요한 일이 생기면, 쌤한테 연락하고.

궁 안을 돌며 지은은 딸아이 사진 찍는 일에만 집중했다. 근정전과 엘리가 한 프레임에 들어오도록 여러 번 자리를 옮겨가며 셔터를 누르더니 회랑 쪽에 아이를 세워놓고 뒷모습과 옆모습 그리고 앞모습을 차례로 담았다. 그러곤 바로 경회루 쪽으로 걸음을 옮겼다. 선미와 나는 그들의 뒤를 따라다니며 간간이 서로 사진을 찍어주거나 둘이 셀카를 찍었다.

"저렇게 예쁠까?"

"그러게. 주변에 친구들 봐도 그렇고. 우린 애가 없어서 모르는, 부모만의 어떤 감정이 있는 것 같긴 해. 수민아, 너 쟤네 뒤따라 한번 걸어가봐."

선미가 핸드폰 카메라 어플을 켰다.

"어, 눈이다. 잇츠 스노잉."

댕기 머리 엘리가 외쳤다. 작고 포슬포슬한 눈송이가 가볍게 날리기 시작했다.

한복 대여 시간이 다 되어 우리 일행은 옷을 갈아입고 근처 카페를 찾아 삼청파출소 뒷골목으로 들었다. 굵어진 눈발이 머리카락에, 얼굴에, 옷에 내려앉았다. 진짜, 저는 쌤밖에 없어요. 잊을 만하면 예지 목소리가 귓가를 스쳤다. 할머니나 아빠한테 연락해보는 건 어떨까? 나의 권유에 예지는 중얼거리듯이 욕설을 내뱉었다. 차라리 장기를 팔지, 죽어도 그렇게는 하기 싫다고 했다. 이백만 원을 구해 이번 문제를 해결해주면 다음엔 더 큰 문제를 감당해야겠지. 세상의 모든, 아이를 두고 떠난 엄마들이 원망스러웠다.

"여기, 핸드드립커피 전문점이래."

선미가 손가락으로 가리킨 곳은 이층짜리 작은 벽돌 건물이었다. 내부가 좀 어두워 보여서 망설였지만 더 돌아다닐 기운이 없었다. 다행히 이층은 통창으로 바깥 풍경이 환하게 내다보였다. 나와 선미는 탄자니아와 과테말라 커피를, 지은 모녀는 아이스티를 주문했다. 저녁을 먹으려면 아직 두 시간이나 남았다. 더는 배고픔을 참고 싶지 않았다. 나는 일층 카운터로 다시 내려가 조각 케이크 두 개를 주문했다.

화장실에 다녀온 지은이 자기 남편에게 전화를 걸었고, 엘리와 내가 케이크를 다 먹어갈 즈음 그가 왔다.

"해브 어 굿 타임. 즐거운 시간 보내세요."

따뜻한 차 한잔 마시고 가라는 선미의 권유에 그는 양손을 휘휘 저으며 웃었다. 분명 웃고 있는데 어딘가 이상해서, 나는 그의 얼굴을 계속 올려다보았다. 눈은 그대로였고 입만 웃는 이상한 표정을. 엘리를 데리고 계단을 내려갈 때까지 그의 시선은 지은에게 한 번도 가닿지 않았다.

"와, 지금부턴 아빠와 함께하는 버킷 리스트?"

선미도 분위기를 눈치챈 듯 흰소리 했다. 나는 아까부터 계속 울려대는 핸드폰을 가방에서 꺼냈다. 거절 버튼을 차마 누르지 못해 의자 위에 엎어두었다.

"안 받아?"

지은이 입안에 넣고 굴리던 얼음을 와그작거리며 물었다.

쌤, 저 어떡해요? 그냥 고시원 같은 데로 옮길까요? 아니면 남친이 자꾸 자기 오피스텔로 들어오라는데, 어떡하죠?

두 시간 전에 받은 메시지에도 답을 못하고 있었다. 마땅한 해결책이 나오기 전까지는 전화를 받을 수 없었다. 사실 가장 좋은 해결책은 거절하는 것뿐이었다. 연락을 차단해 예지와의 관계를 끊어내도 그만이었다. 그 애의 고민을 받아줘야 할 의무는 내게 없었다. 그렇게 한다면 그 애는 예전처럼 자신을 내던져 쉽게 돈 버는 일을 택할 게 뻔했다. 작년 여름 고깃집 알바를 하다가 손님 옷을 태워 먹는 바람에 해고는 물론 옷값까지 물어내게 되었을 때도, 올봄 중절수술 비용이 모자란다며 울고불고할 때에도, 모른 척해야 했을까. 자주 그랬다면 일찌감치 선을 그었을 테지만 예지는 잊을 만하면 연락을 해왔다. 일 년에 서너 번, 대개 이삼십만 원 정도면 끝날 일이었다.

"이제 밥 먹으러 가자. 아니, 술 마시러."

지은이 코트를 들고 일어났다. 선미가 테이블을 정리하며 말했다.

"저녁부터 엔차까지 지은이가 쏜댄다."

"엔차?"

"2차, 3차, 4차, 엔차."

"부정 정수, 엔!"

선미가 예약한 식당은 횟집이 아니라 스시 뷔페였다. 나는 말 그대로 광어나 우럭 같은 회와 매운탕을 술과 함께 먹는 자리라 예상했고 지은은 오마카세 식당인 줄 알았다 했다. 안내받은 자리는 창가 쪽이었지만 군데군데 '예약석' 팻말이 테이블 위에 세워져 있었다.

"여기 되게 유명한 데야. 회랑 스시 종류도 많고 신선해서 가성비 최고 맛집."

"술은 맥주랑 와인뿐이네."

지은이 외투를 의자에 걸치며 한마디 했다. 저렇게 미소 띤 얼굴로 얄미운 말을 많이 했었지. 오마카세를 가고 싶었으면 자기가 예약을 하든가…… 새삼 떠오른 감정의 기억으로 나는 그녀를 빤히 건너다보았다. 엘리가 가고 나서 분위기가 조금 바뀌었는데, 아이에게 집중되었던 관심과 시선이 우리 세 사람 사이를 핑퐁처럼 오가고 있었다.

"뭐야, 너 술 다시 마셔? 설마 위스키나 소주를 원해?"

"됐다. 2차 가서 마시지 뭐. 얼른 먹고 사람들 몰리기 전에 일어나자. 금요일이잖아."

지은에게 술을 다시 마시느냐는 선미의 질문이 생소했다. 그녀가 언제 술을 끊었었나. 둘만 아는 어떤 시절을 공유하는 게 당연한 걸 알면서도 언짢았다. 나는 자리에서 일어나 턱짓으로 푸드존을 가리켰다.

"빨리 먹고 나가자며."

일곱시가 지나면서 매장은 거의 만석이 되었고, 얼마 뒤엔 대화를 나누기 어려울 정도로 시끄러워졌다. 테이블 맞은편에 앉은 지은과 선미의 목소리를 들으려고 상체를 앞으로 숙이다가 소매에 샐러드 소스가 묻었다. 물티슈로 문질러 번진 자국을 보며 나는 이제 그만 여기를 나가자고 말했다. 정신없

는 분위기 덕분에 예지 생각을 잠시 잊을 수 있었다. 핸드폰
은 잠잠했다. 입구 카운터에서 계산을 마치고 화장실에 다녀
오겠다는 지은을 기다리는 동안 나는 선미에게 작은 목소리
로 물었다.

"쟤 있잖아. 첫째 딸이랑은 연락하고 사니?"

"아, 그러게. 엑스 남편이 잘 키우지 않겠어? 아기 때 육아
도 그 사람이 더 잘했잖아. 뭐, 다른 여자랑 재혼해서 같이 살
수도 있고. 모르겠다. 그런 걸 요새 묻지 않는 분위기라 조심
스러워."

2차는 연남동 쪽으로 걷다가 발견한 일식 주점이었다. 내
가 메뉴 리스트에 표기된 '오뎅'을 손가락으로 가리키며 '어
묵이지, 여기 사장님 국어 성적 알 만하네'라고 하자 지은이
카운터 쪽을 돌아보며 '야, 좀 조용히 말해' 하면서 미간을 찌
푸렸다. 그러더니 '그렇다면 어묵탕에 소주를 마시자'고 말했
고 선미는 '이런 곳에선 사케를 마셔야지'라며 옥신각신하다
가 내게 의견을 묻기에 알바생을 불러 두 가지 다 주문해버렸
다. 이런 의미 없는 말씨름과 시시한 농담을 주고받는 동안
나는 좀 신이 났던 것 같다. 사케와 소주를 번갈아 예닐곱 잔
쯤 마셨고, 선미가 화장실을 가도 지은과 둘이 있는 게 어색
하지 않았다. 어쩐지 그 옛날 청춘의 시절로 돌아간 것 같은
느낌마저 들었다. 시카고에선 무슨 일을 했어? 엘리는 공부
잘한다며? 따위의 말까지 늘어놓았다. 긴장도 언짢은 기분도

나른하게 풀려 편안한 마음으로 문득 다시 떠오른 질문을 꺼내놓았다.

"너, 그 아이 소식은 듣고 있니? 이름은 기억 안 나는데······"

"누구?"

지은은 눈을 동그랗게 뜨고 오른손으로 턱을 괴고는 내 눈을 응시했다. 그윽하고 깊은 눈을 마주 보며 나는 다시 물었다.

"전남편이랑 낳은 아이 말이야."

"수영인가, 수연인가?"

화장실에서 돌아온 선미가 거들었다. 입가에 미소를 띠긴 했지만 눈동자를 빠르게 굴리며 나와 지은을 번갈아 살폈다.

"아······"

푸우, 하며 지은이 입바람을 불었다.

"어떻게 살고 있는지 연락은 하니? 소식이라도 전해 듣고 있냔 말이야."

"그 사람도 재혼했겠지."

지은은 낮에 궁 앞에서처럼 한쪽 눈을 찡그렸다.

"재혼했어도, 아빠랑 살지 할머니나 다른 친척이랑 지낼지, 그건 모르는 거잖아."

"그 사람, 애한테는 끔찍해서 아마 잘 키워줄 여자 골랐을 거야."

너를 끔찍이도 아끼는 네 아빠랑 행복하게 잘 살아. 더는 나한테 연락하지 말고. 열세 살 때, 이모를 조르고 졸라서 어렵게 만난 엄마도 내게 비슷한 말을 했었다.

"너 좀 웃긴다. 그게 왜 궁금한데?"

지은의 입꼬리가 한쪽으로 올라갔다.

선미가 테이블 위로 손사래를 쳤다.

"야, 뭐야. 3차나 가자."

우리는 전철역 쪽으로 걷다가 횡단보도를 건넜다. 저녁 무렵 잦아들던 눈발이 다시 날리고 있었다. 아까보다 더 굵은 눈송이였다. 어디로 갈 건지 정하고 가자는 선미의 말에 지은은 까르륵거리며 웃기만 했다. 오래전 라이브카페가 있던 건물을 지나 후미진 골목으로 들어섰다. 지은이 멈춰 선 곳은 클럽 앞이었다. 지하로 향하는 계단에 발을 딛는 순간 선미가 팔을 낚아채듯 잡아끌었다.

"야, 여긴 우리 못 들어가는 데야."

"뭐? 와이 낫? 나 춤추고 싶은데."

"안 돼. 여긴 못 들어가."

같은 말을 반복하는 선미의 손을 뿌리치며 지은이 쏘아붙였다.

"오늘 내가 쏜다고 했잖아. 그래서 내가 가고 싶다는데, 왜 안 돼?"

이상한 논리라고 생각하며 나도 지은의 소매를 붙잡았다.

"춤추고 싶으면 딴 데로 가자. 여긴 우리 들여보내주지도 않아."

"야, 너네 둘이 계속 똑같은 말만 한다. 나도 알아. 젊은 애들 노는 데잖아. 근데, 내가 내 돈 내고 놀겠다는데, 왜 안 돼? 한국은 이래서 안 되는 거야."

돈만 있으면 다 된다고 생각하는 네가 더 이상해. 나는 목구멍으로 솟아오르는 말을 꾹꾹 누르며 그녀를 잡았던 손을 놓았다.

"오랜만에 너희들이랑 춤 좀 추고 싶단 말이야. 우리 그랬잖아. 옛날에, 젊었을 때."

"얘 안 되겠다. 택시 부르자."

선미가 골목 바깥쪽을 고갯짓으로 가리켰다.

"야, 내가 이래 봬도 홍대 구공학번이야. 이 동네 안 가본 술집이 없다고!"

지나가는 사람들이 우릴 쳐다봤다. 지은이 무어라 중얼거리며 바닥에 침을 뱉었다. 이러다간 다른 사람과 괜한 시비가 붙을지도 몰랐다. 나는 지은의 등을 토닥이며 선미에게 눈을 찡긋거렸다.

"알았어. 춤추러 가자. 여기 말고 더 좋은 데가 있어."

선미는 고개를 갸웃거리면서도 지은의 팔짱을 끼고 방향을 돌렸다. 나는 큰길 쪽으로 앞서 걸으며 노래방 간판을 찾았다. 사실 굳이 찾지 않아도 될 정도로 많았는데, 그중 가장 고급스럽게 보이는 곳을 골랐다. 카운터에 카드를 내밀면서 제일 큰 방과 맥주를 주문했다.

열 명 넘게 서서 노래를 불러도 될 만큼 넓은 방이었다. 지은이 춤을 추기에 충분했다.

"여기선 네 마음대로 춰도 돼."

선미가 두꺼운 노래책을 집어 들었다. 나는 테이블을 벽 쪽으로 밀어 무대를 더 넓혔다.

"디스코 메들리, 그런 거 찾아주면 되겠지?"

"뭐냐, 촌스럽게."

지은이 노래책을 빼앗았다. 앞으로 넘기고 뒤로 넘기기를 반복하더니 리모컨으로 숫자를 입력했다. 짧은 반주 다음에 곧바로 노래가 시작됐다.

"마법 같았지 웬 위 디스코 웬 위 디스코."

팬데믹이 한창일 때 박진영이 원더걸스 출신 선미와 듀엣으로 발매한 곡이었다. 지은은 소파에 기대앉아 노래를 불렀다. 춤추고 싶다고 난동 부릴 때는 언제고. 노크 이후 문이 열리고 알바생이 맥주 세 캔과 새우깡을 담은 나무 쟁반을 두고 나갔다.

선미가 탬버린을 흔들며 지은의 손을 이끌었다. 둘은 함께 서서 어설픈 춤동작을 이어나갔다. 노랫소리와 웃음소리가 뒤엉켰다.

맥주 캔을 땄다. 가방에서 핸드폰을 꺼냈다. 다음 주 건강검진 예약 문자 말고는 안 읽은 메시지가 없었다. 아홉시 무렵 이후로는 부재중 전화도 끊겨 있었다. 예지는 지금 뭘 하고 있을까.

"넌 아까부터 왜 자꾸…… 핸드폰이랑 밀당하냐?"

노래를 끝낸 지은이 소파에 털썩 기대어 앉았다. 마이크에서 끼익, 날카로운 소리가 울렸다.

"응, 아니야."

"아니긴 뭐가 아니야. 너 뭐 애인이라도 생긴 거?"

선미가 새우깡을 우물거리며 물었다.

"야, 혹시 그…… 예지?"

"예지가 누군데?"

내가 연락을 피하는 대상이 그 아이란 걸 알고 있는 선미는 미처 말릴 틈도 없이, 내게서 들은 만큼의 예지 이야기를 풀어놓았다. 지은이 마이크를 끄고 맥주 캔을 내게 건넸다.

"야, 씨, 너무 영악한데?"

지은은 날 보며 고개를 옆으로 까딱여 보였다. 바통을 이어받을 사람에게 보이는 제스처. 갸웃거리는 것 같기도 하고 목을 푸는 동작 같기도 하지만 선미와 나는 알았다. 이제 다음 얘기를 하라는 뜻인 걸.

미러볼이 돌아가는 어두운 방에서 선미와 지은은 내 얘기가 끝날 때까지 간간이 맥주를 홀짝였다.

"착한 척 좀 그만해."

이대로 계속 갈 순 없는데, 어떻게 마무리를 해야 할지 모르겠다는 내 말에 지은의 입에서 튀어나온 말이었다.

"너 안 착한 거 너도 알잖아. 네가 그러는 거, 다른 이유 때문이라는 것도."

지은은 한마디씩 끊어 쏘아붙였다. 묘하게 빛나는 그녀의 눈빛을 나는 똑바로 마주 보았다. 미러볼 빛이 반사되어 눈이 시렸다.

"야, 얘 취하면 이러는 거 알잖아. 네가 이해해라. 지은이 넌 그만하고."

선미가 팔을 뻗어 우리 둘 사이를 휘젓듯이 흔들어댔다.

나는 허리를 바로 세우고 앉아 되물었다.

"내가? 내가 왜? 무슨 이유로?"

"모르지. 적어도 너 자신한테 인정받기 위해서라든지."

언제부터 나를, 이렇게나 구체적으로, 분석하고 있었을까.

"너 옛날부터 그랬어. 진짜 몰라? 내가 말해줘?"

손끝 발끝이 차가워지는 느낌이 들었다. 계속 앉아 있으면 무슨 얘길 들어야 할지 몰랐다. 나는 소파 끝에 있는 코트와 가방을 챙겨 일어났다.

이렇게 가면 안 된다며 선미가 가방을 빼앗았다.

"네가 뭐가 아쉬워서 그깟 어린애한테 놀아나겠니? 너도 걔 속마음 알고 있잖아. 모른다면 바보 멍청이고. 네가 누구 눈치 보고 도덕성 따지고 그런 애니? 너 되게 이기적인 애야."

어우 야아, 하면서 선미가 말리는 시늉을 했다. 지은이 무슨 말을 하고 있는지는 선미도 나도 알았다.

약속된 시간이 다 되었다는 멘트와 함께 갑자기 조명이 환해졌다. 이어서, 즐거운 시간 보내셨느냐며 안녕히 가시라고도 했다. 선미가 인터폰을 들고 시간 연장을 요청했다.

"너 그때도 사실, 그 남자가 좋아서는 아니었잖아. 그냥 내거 중에 뭐라도 하나 빼앗고 싶어서였지."

선미가 입을 막고, 크게 뜬 눈으로 나와 지은을 번갈아 쳐다보았다.

"이 말은 꼭 해야지 싶었다. 널 계속 보든, 더는 안 보든."

왜 그 말을 꼭 하고 싶었는지를 헤아릴 겨를도 없이 내 머릿속은 바쁘게 돌아갔다. 내가 착한 척하기 위해 예지를 도와주는 거라니. 지난 오 년 동안 어떻게 당해왔는데, 기껏해야 선미에게 대충 얘기한 게 전부인데. 그렇게 해서 내게 돌아오는 게 뭐라고. 왜 내 진심이 이렇게 더러운 취급을 받아야 하지?

지은이 마이크를 들었다. 리모컨 버튼을 눌렀고 반주가 시작되었다. 나는 핸드폰 시계를 확인했다. 예지에게서 새 문자 메시지가 와 있었다.

쌤, 저 그냥 노래방 알바나 할까 봐요.

지은이 노래를 부르자 선미가 탬버린을 집으며 내 눈치를 살폈다. 이럴 거면 지들끼리 놀지 날 왜 불렀을까. 나는 노골적으로 선미를 째려보았다.

여기 아이들이 하는 말을 다 믿지는 마세요. 때론 자신을 포장하기 위해서, 때로는…… 그러지 않으면 본인들 상황을 받아들이기 힘들어서, 종종 거짓말을 하니까요.

예지가 제 엄마 그림을 박박 찢고 불려 나간 날 원장은 수업일지를 정리 중인 내게 그렇게 말했다. 아무리 그래도 십대 중반 아이들이 그런 마음일 리야, 했지만 그것이 의도가 아닌 본능이라는 부연 설명에 나는 고개를 끄덕일 수밖에 없었다.

"마법 같았지 웬 위 디스코 웬 위 디스코."

지은이 마이크를 들었다.

저걸 또 부르나. 지겨웠다. 반복되는 노래. 아무리 본능이라지만 왜 내게만 쏘아대는지 모를 예지의 거짓말. 진실을 더럽히는 지은의 궤변까지.

나는 다시 가방을 들고 일어섰다.

선미가 문밖으로 따라 나왔다.

"이대로 가면 어떡해?"

"나 먼저 간다. 나중에 연락하자."

"지은이 이혼했대."

선미가 안쪽을 흘깃거리며 말했다. 반주가 흐르는 동안 지은은 눈을 감고 몸을 흔들어댔다.

"아버지 팔순 모임에 참석하려고 세 식구 함께 귀국했지만 며칠 뒤에 남편과 딸만 시카고로 돌아간다더라."

나는 팔목을 쥐어 잡힌 채 선미를 따라 노래방 안으로 들어왔다.

우리는 서로 말없이 맥주를 마셨고, 노래를 불렀고, 춤을 쳤다.

테이블 위 핸드폰이 진동했다. 같은 기종에다 둘 다 엎어놓아서, 지은의 폰인지 내 폰인지 알 수 없었다. 선미와 지은은 화면 속 뮤직비디오 춤을 따라 추느라 계속 웃음을 터트렸다.

"야, 한 번만 더 하자. 이번엔 진짜 완벽하게 출 수 있을 것 같아."

선미가 같은 곡을 다시 눌렀고, 둘은 깔깔거리며 자세를 가다듬었다.

"펭귄처럼 손 모양을 이렇게. 그렇지. 무릎은 구부려서 옆으로, 다시 손을 깍지 껴서 옆으로 발을 구르듯이 움직이고."

"뭐 해? 얼른 나와."

지은이 내 어깨를 붙잡아 일으켰다. 핸드폰이 또 진동하기 시작했다. 나는 양손으로 전화기 두 개를 집어 들고 되도록 멀리, 디근자 소파의 안쪽 자리로 던져버렸다.

존 버거의 소녀와 인형 사진은 관람자의 삶의 경험과 가치관에 따라 해석이 달라졌다. 십대 여학생은 인형에게 입힐 옷이 없어서 아이가 울고 있는 거라 했고, 여배우는 자기가 울고 있는 것을 보이고 싶지 않아 인형 눈을 가린 거라 했다. 언니에게 인형을 빼앗기기 싫어서 그렇다는 추측도 있었지만 정신과 의사는 인형을 대신해서 아이가 울고 있다고 말했다. 은행가의 입에서는 요즘 아이들이 버릇이 없어 그렇다는 말이 튀어나왔다.

진실은 아주 단순했다. 영국의 시골 마을, 꼬마 소녀는 인형을 가지고 놀고 있었다. 어떨 땐 상냥하게 어떨 땐 잔인하게. 한번은 인형을 먹는 시늉까지 했다.

* 제목 '우리가 디스코를 출 때'는 2020년 8월 발매한 박진영과 선미 듀엣의 디지털 싱글 「When We Disco」에서 차용했습니다.

작가노트

어느 한 시절, 몰랐던 나를 찾아 잠시 길을 떠났습니다.

밤을
쓰다듬는
손

채현선

숨바꼭질

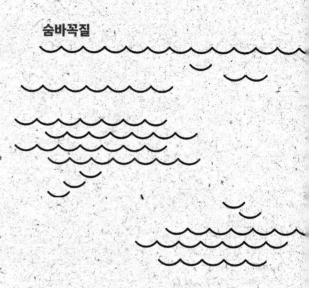

2009년 『조선일보』 신춘문예에 소설 「아칸소스테가」가 당
선되며 작품 활동을 시작했다. 소설집으로 『마리 오 정원』,
장편소설로 『207마일』이 있다. '7인의 작가전 5차'에 장편
소설 『별들에게 물어봐(『207마일』)』를, '7인의 작가전 7차'
에 네 편의 단편소설 모음 『이야기해줄까』를 연재했다.

1

숨바꼭질이다.

스물네 평 아파트는 넓지도 좁지도 않다. 그가 그렇게 말했
고 나도 같은 생각이다. 누구든 몸을 숨기기에는 넓지도 좁지
도 않지.

"잡히면 죽는다?"

대답이 돌아올 리 없다.

회사를 그만둔 게 이유일까 짐작만 할 뿐 말해주지 않았으
니 알 수 없다.

그가 없어지기 시작했다. 하루에 한 번에서 세 번으로 다섯

번으로 횟수가 늘었다. 이제는 머리카락 하나 보이지 않는다. 그때 알아챘어야 했던 건가 생각을 한다. 반나절 없어졌다 돌아왔던 순간에 이유를 물어야 했을까 후회한다. 그는 그다음 날 완전하게 모습을 감춰버렸으니까.

그가 없어지기 얼마 전부터 나는 날마다 기억할 수도 없는 꿈을 꾸었다. 불쾌하지 않은 꿈이라 여기지만 선명하게 잡히는 것은 없다. 한밤에 깨어나 더듬어보면 그는 없고 온기가 사라진 베개나 시트 자락만 잡혔다. 사람은 눈이나 마음이 아닌 손가락이 기억하는 모습으로 남는 게 아닐까. 마르고 갸름한 턱과 까끌까끌하게 감각되던 수염과 옅은 숨의 온기 같은 것들이 여전히 손끝에서만 맴돌고 있다.

고양이처럼 살금살금 욕실 쪽으로 몸을 낮춰 걷는다.

조용히 걷는 게 숨은 사람에 예의를 갖추는 것일 테니 그렇게 한다. 욕실 문손잡이를 단단히 움켜쥐고 하나, 둘, 셋, 열어젖힌다.

"잘 숨었네. 키가 그렇게 큰데 몸은 어떻게 구긴 거야?"

아무 소리도 나지 않는다. 없어지고 찾고, 벌써 육 개월째다. 찾아야지. 욕실에서 아이 방에서 다용도실에서 베란다 구석에서 표정 없는 얼굴로 나타나고는 했으니까.

남편은 완전히 모습을 감추기 전에는 잠만 잤다. 오로지할 수 있는 게 그것뿐이라고 말하는 듯한, 깨지 않고 이어지는 잠이었다. 먹지도 웃지도 울지도 않는 그의 옆에서 딸아이는 스케치북에 그림을 그렸다. 조그만 손으로 잠든 아비의 얼굴을 만지고 손을 잡고 유치원에서 배운 노래를 귓가에 들려주었다. 달콤한 솜사탕 같은 노래도 소용없이 그의 잠은 깊었다. 하루가 지나고 다음 날 어스름해질 때까지 깨어나지 않고 죽은 듯 잤다. 나는 한번씩 다가가 숨을 쉬고 있는지 가슴에 얼굴을 가만히 대고 확인했다. 낮은 숨소리를 듣고 나면 이불을 뒤집어쓰고 약간은 어두컴컴한 그 안에 있었다. 입술이 마르고 심장이 빠르게 뛰었다. 목덜미로 올라오는 묘한 기운을 덜어내고 난 후에야 이불 밖으로 나왔다. 하루는 그런 식으로 지나갔다.

"그릇들이 비껴나며 내는 소리가 좋아. 그런 소리를 들으며 잠에서 깨는 게 마음에 들어. 뭔가 기적 같잖아."

"그릇이 비껴나는 소리?"

"건조대에서 몸을 포개고 있다가 자기들도 모르게 덜컥, 비껴나. 어떻게 설명하겠어, 세상의 그 모든 일들을."

몸을 흔들거나 소리를 내 깨우는 것은 아이나 나였지만 그는 몰랐다. 가까이 앉아 내 얼굴을 빤히 바라보는데도 어느 한쪽이 허물어진 눈동자로 허공을 떠다녔다. 어느 날에는 막막한 눈빛으로 검붉게 번져가는 해의 자취를 지켜보았는데, 뒷모습이 조금씩 굳어가는 석고상 같았다.

그는 아이가 그린 그림에서도 잠을 잤다. 삐뚤빼뚤 그림 속에 이불을 덮고 길게 누워 있는 그와, 그의 손을 잡고 있는 아이와 내가 있었다.

"어디 있니?"

베란다의 세탁기 속을 들여다보고 주방과 거실 소파 밑을 뒤져도 없다.

아랫배에 싸한 기운이 돌며 통증이 인다. 그가 보이지 않아도 생리는 하루도 어기지 않고 몸으로 찾아든다. 생리가 터지고 나서야 아랫배를 묵직하게 누르던 통증은 사라지고 가슴이 단단해지기 시작할 거였다. 한밤에 깨어난 그가 갑자기 내 가슴을 움켜쥐기라도 하면 나는 화들짝 놀라며 소리를 질렀다. 이상하지. 어떤 일들의 그리움은 몸의 감각으로 온다. 힘이 빠진 그의 마른 손이 옷 속에서 빠져나가며 남기곤 했던 감촉이 되살아나 몸이 떨려왔다. 오래 얼굴을 보지 못했고 몸을 만지지 못했다. 손끝에 감각되던 기억으로 시간이 흘러간다.

문이 닫히는 소리에 뒤를 돌아보았다. 욕실 문고리에 걸린 수건이 좌우로 흔들리고 있다. 살금살금 걸어가 다시 욕실 문을 밀어젖힌다. 아무도 없는 공간이 덩그러니 있을 뿐이다.

그와 나에게 스물네 평짜리 아파트 안은 정말 넓지도 좁지도 않은 곳일까. 열어젖힌 욕실 문 앞에 선 채로 남편의 이름을 부른다. 어딘가에서 금방이라도 토해지듯 걸어 나올 것만 같다.

2

그는 골목 끝에 있는 '미미식당'이란 곳에 자주 갔다고 했다.

이야기를 듣는 내내, 내가 없는데도 혼자 시간을 보내는 장소가 있을 거라 생각하니 마음이 뾰족하게 일어섰다. 나는 일주일에 두 번 공방으로 출근해 생활소품에 그림을 그렸고, 그때마다 그는 퇴근 후 들러 밥에 술을 곁들였다 했다. 그러고선 집으로 돌아와 미미식당의 상세한 위치와 일어난 일들과 주인 남자의 손짓이라든지 말투라든지 그런 것들을 내게 들려주었다.

"주인 남자 배가 얼마나 큰지 몰라. 고래 같다니까."

이렇게, 이렇게, 하며 일어서서 허리 뒤로 손을 짚으며 배를 앞으로 쑤욱 내밀어 보였다. 아무리 부풀려도 마른 몸의 그는 고래가 될 수 없다. 나는 바람을 빵빵하게 넣으려 애쓰는 그를 보며 까르르 웃음을 터뜨렸다.

"그럼 당신은 고래 뱃속에 앉아 있는 거겠네."

내 말에 그가 뒷목을 긁으며 희미하게 웃었다. 그날부터 내게 미미식당 주인 남자는 고래였다. 떠올리면 익숙한 곳처럼 그곳의 밤 풍경이 눈앞에서 몸을 불리며 일어섰다.

식당의 미닫이 출입문이 열리고 손님들을 따라 성긴 눈발이 들이친다. 한밤의 어두운 골목으로 식당의 불빛이 길게 가로지른다. 둥글고 커다란 배의 주인 남자가 앙증맞은 고양이나 강아지 그림이 그려진 에이프런을 두르고 식당을 누빈다. 삶의 굴곡이 그대로 내려앉은 뒤태로 음식을 만들고 손님 테이블로 내오는 장면은 아무래도 좀 푸근하게 그려질 수밖에 없다.

내 머릿속 장면 속에서 그는, 비나 눈이 내리는 풍경을 조용히 바라보다 뜨끈한 국물을 떠 넣고 술잔을 오래 만지작거린다.

그랬어야 한다.

내가 찾아갔을 때 그곳에 미미식당은 없었다.

24시간 환하게 불을 밝힌 편의점이 있었다. 혹시나 싶어 골목을 쓸고 있는 할머니에게 물었더니, 있다가 사라진 것이 아니라 오래전부터 편의점이었다고 했다.

편의점 문을 밀고 들어가자 안을 밝힌 불빛이 충분히 따뜻해 몸이 떨려왔다. 달콤한 과자 냄새가 가득해서 잠시 멍하게 서 있었다.

"이봐요, 뭐 해요?"

계산대 앞에서 정신이 나간 듯 서 있는 내게 주인으로 보이는 나이 지긋한 남자가 물었다. 퉁명스러운 목소리와 잘 어울린다 싶은, 햇빛에 오래 노출돼 피부가 갈라지고 색이 바랠 대로 바랜 늙은 고래 같은 모습이었다. 거대한 배가 숨을 쉴 때마다 오르내려 보는 내가 다 숨이 찼다. 미간이 찌푸려진 얼굴, 여긴 왜 왔느냐는 것 같은 불만 가득한 눈동자, 귀찮지만 어쩔 수 없이 해결해야 하는 숙제를 대하는 듯한 오만하고 무례한 사람이라는 생각이 들었다. 무얼 해도 기분이 상할 거였으므로 눈앞의 고래와는 아무것도 하고 싶지 않았다. 물음에 대답하지 않은 채로 서둘러 밖으로 나왔다.

나를 바라보던 번들거리는 남자의 눈동자가 따라오는 것 같아 자꾸 뒤를 돌아보며 걸었다. 골목과 골목을 걷고 되돌아 나왔다. 이상하게 길은 끝도 없이 나타났다. 오른쪽으로 난 모퉁이를 돌면 좀 전에 선택하지 않았던 왼쪽 모퉁이를 가진 골목이 나타났다.

미미식당이 아니라면, 무엇보다 예배당을 찾아야 한다는 생각으로 골목 사이를 뱀의 유령처럼 끝없이 미끄러졌다. 하지만 그가 위안을 얻는, 골목 끝에 있다던 예배당 따위도 없었다. 모퉁이를 돌고 돌며 골목 끝까지 가보아도, 어느 곳에서도 예배당을 비추는 불빛은 나타나지 않았다. 주인 남자와 농담을 주고받으며 술잔을 기울였다는 미미식당에서 나와 집으로 오는 버스를 타기 전에 꼭 들렀다는 예배당을 나는 이렇게나 찾을 수 없는데, 그는 어디에서 기도를 했던 걸까. 어느 곳의 평온한 자리에 무릎을 대고 눈을 감고 손을 모은 채로 상처받은 마음을 덜어냈을까. 그런 순간의 그가 자신에게 건넸던 건 위로였을까 책망이었을까.

나는 왜 이상하다고 생각하지 못했을까.

이야기 속의 미미식당은 그가 다니던 출판사 부근도 아니

고 집과도 정반대 동네에 있었다. 그는 거짓말을 못하는 사람
이다. 돌멩이가 몇 개 있는지 물의 결을 따라 몸을 흔드는 수
초가 어떻게 생겼는지 들여다보이는 우물 같았으니까. 융통
성 없이 곧이곧대로 움직였기에 늘 곤란을 겪고는 했다. 보이
는 그대로일 수밖에 없는 투명한 세계였다. 내가 상상할 수
없는 다른 게 있을 리 없다. 장면들, 눈을 감지 않아도 부드럽
게 일어서는 몸의 소리와 체취 같은 것들이 선명한 힘으로 나
를 흔들었다.

유치원에서 데려온 아이를 거실에 내려놓는다.

강아지처럼 깡충깡충 뛰어다니는 아이를 붙잡아 세웠다.
요즘 부쩍 애앵, 하는 소리를 내곤 해서 달래고 어르며 옷을
갈아입히고 머리를 다시 묶어주어야 한다. 오늘은 기분이 좋
은지 빗이 머리에 닿을 때마다 까딱까딱 고개를 끄덕이며 노
래를 부른다. 거실 창으로 스민 겨울 햇빛이 조그만 머리통에
금빛 테두리로 내려앉았다.

주방에 들어서니 식탁에 우유팩이 놓여 있다. 입구가 열린
채다.

"몇 번을 말해. 마시고 냉장고에 안 넣으면 상한다니까."

그는 자신이 집 안에 있음을 흔적들로 알리고 나는 그런 그
를 확인한다. 그가 남긴 자국들은 곳곳에 있었다. 양말 한 짝,
방금 전 벗어놓아 아직 땀 냄새가 나는 속옷, 렌즈에 찍힌 지
문을 닦지 않은 안경과 서류 가방과 바닥에 흘린 과자 부스러

기와 식탁의 얼룩 같은 것들로 이곳에 있다.

아이를 씻기려 욕실로 들어서자마자 초인종이 울렸다.

"잠깐만 그대로 있어. 엄마 금방 올게. 알았지?"

아이는 대답 없이 고개만 끄덕인다. 그가 없어진 후 노래를 부를 때 빼고는 도통 입을 열지 않는다. 유치원에서는 곧잘 종알거리는 것 같은데 집에만 오면 입을 닫아건다. 보이지 않는 그가 이유 아닐까 짐작할 뿐 다그쳐본 적 없다. 여섯 살 마음에도 상처라는 이름으로 무언가 고여 있겠지.

택배는 그의 앞으로 온 거였다.

강우재. 이름을 손으로 찬찬히 쓸었다. 며칠째 바람에 섞여 휘몰던 눈이 그쳤는지 창밖이 고요해졌다.

택배 상자를 뜯어보니 망원경이 들어 있다. 왜 이런 물건을 샀는지 짐작할 수 없다. 새것도 아닌 모양인지 렌즈에 흠집이 가득하다. 눈을 대보니 서재 안의 사물들이 일그러지며 빙빙 돌 뿐이다.

베란다로 나와 망원경에 눈을 대고 이리저리 각도를 조절하고 나자 눈에 들어오는 것들이 있다. 흠집 가득한 렌즈가 제 역할은 하는지 사방의 나무들과 집들과 먼 곳의 산 등 풍경들이 뿌옇지만 바로 앞의 것처럼 가까웠다. 방향을 옮겨 건너편 베란다에 초점을 맞췄다. 쪼그려 앉아 몸을 잔뜩 움츠린 채 담배를 피우는 여자가 보였다. 여자의 입에서 나온 하얀 연기가 겨울의 한낮 속으로 천천히 흩어졌다. 조리개를 조절해 당기는 순간 바닥에 담배를 비벼 끈 여자가 엉덩이를 툭툭 털며 일어섰다.

나는 망원경을 내려놓으려다 말고 다시 붙잡았다. 동그란 렌즈 속에 두 팔을 벌린 여자가 선명하게 고여 있었다. 바람이 머리카락을 함부로 흩트리며 여자를 휘감았다. 그녀가 손을 흔들었고, 바닥에 앉아 망원경으로 보고 있던 나는 엉거주춤 일어섰다. 여자는 웃고 있었다. 아이 같은 말간 웃음이었다. 분명 내 쪽을 향해 손을 흔들고 있다. 그녀의 눈이, 천진한 표정이 모든 걸 말해주는 듯하다. 몸 어딘가에 커다란 구멍이 뚫려 있는 사람 같았다. 그녀도 구겨진 옷으로 여기저기 구석진 곳 어디론가 없어지는 사람일지 모른다. 알 수 없다. 내게 손을 흔드는 여자를 보며 마음 한쪽이 무너지는 감정을 무어라 설명할 수 없다.

여자가 두 팔을 벌린 채 난간에 기대섰다. 너무 위험하지 않은가 소리라도 질러야 하나 싶지만 여자와 나는 목소리가 닿지 않는 먼 거리에 있는 사람들이다. 내게 인사를 건네려는지 다시 손을 흔들었다. 이어 허공으로 몸을 날렸다. 소리를 지를 새도 없이 순식간에 벌어진 일이다.

베란다 난간을 단단히 붙잡고 아래를 내려다보았다. 이리저리 눈앞이 흔들려 초점을 잡을 수 없었고 속이 메스꺼웠다.

여자는 없어졌다. 처음부터 없었던 것처럼 흔적도 없이 주차장 바닥이 깨끗했다. 어지럼증에 이은 환영인가, 한숨이 나왔다. 한동안 난간에서 물러서지 못하고 아이들이 와아 하며 지나는 풍경을 보았다. 멀리 개 짖는 소리가 들려왔다. 희미하지만 높고 날카로운 음인 걸 보면 작은 강아지가 분명했다. 왁자한 아이들 소리보단 개소리가 낫다. 겁먹은 쥐 같은 얼굴로 골목을 돌아다니는 지저분한 아이들 따위는 질색이다.

개 짖는 소리가 멈추자 사방이 무섭도록 고요해졌다.

이렇게 적막한 오후 속에 홀로 서 있는 것은 좀 너무한 일 아닌가. 건너편 난간에서 손을 놓고 허공으로 몸을 날렸던 여자는 어디로 간 걸까.

3

"우재 씨, 우재 씨 크게 불렀는데 뒤도 안 돌아보고 가버리더라. 못됐더라고."

전화를 받자마자 미정이 말했다. 말을 툭툭 던지는 습관을 왜 고치지 않는 것일까 생각하며 건성으로 대답했다. 배려가 없는 건 나이를 먹어가도 변하지 않는 모양이다.

"걸음은 왜 또 그렇게 빠르니. 어쨌든 이상했어. 왜 그런 거 있잖니. 뭔가를 보고 있는데도 눈동자가 허깨비 같은 거. 집에 무슨 일 있는 건 아니지?"

비슷한 이야기를 며칠 전에도 들었다. 사촌 언니의 꽃집에 그가 들렀다고 해서, 핏 하고 웃었더랬다. 안으로 들어오지도 않고 가게 밖 차양 아래의 테이블에 십여 분 앉아 있더니 어느 순간 없어졌다고. 하지만 다시 생각해보니까 우재 씨인지 아닌지 사뭇 헷갈린다고도 했다. 나는 이야기를 들으며 그의 소식보다 사촌 언니가 내뱉은 사뭇이라는 말에 붙들렸다. 사뭇이라니. 그런 말도 있었나. 분명 예전에도 들었을 텐데 낯설기만 했다.

미정이 전화기 속에서 마른기침을 해대더니 목을 가다듬는다.

"그렇게 부르는데도 독하더라. 한 번도 안 돌아보더라니까. 그렇게 안 봤는데, 무시하나…… 사람 참 묘하게 못됐더라. 우재 씨였어, 분명."

그럴 리 없다. 그는 집 안에 있고 밖으로는 절대 나가지 않았다고 확신한다. 흔적들이 모든 걸 말해주고 있으니까. 아무리 고요히 움직여도 사람은 어떤 식으로든 자국을 남기는 법이니까. 다만 어딘가에 숨었다가 인기척이 없으면 살금살금 걸어 다니며 작은 고양이처럼 움직이고 있을 뿐이다. 구석에 구겨진 채로 울고 있을지도 모른다. 다정하지만 그만큼의 질량으로 여리고 섬세한 사람이었다.

그가 집 안에 있다는 걸 확신하면서도 미정의 말 쪽으로 자꾸 기울어졌다. 우리 가족에게 일어난 일을 말해주고 싶지 않다. 서로 집 안에 숟가락이 몇 개 있는지 저 밑바닥까지 알고 지내는 사이더라도 분명 보여주고 싶지 않은 서랍 몇 개씩은 있는 거라고. 그런 서랍들을 저 밤의 어둠 속에 감추고 사는 게 사람이란 걸 모르지 않는다.

가스레인지 위의 곰솥에서 달그락거리는 소리가 났다. 뼈와 뼈가 서로 부딪고 깨져 뭉근해지는 시간이었다. 당면과 달걀, 송송 썰어낸 파를 넣고 잘게 찢은 양지살을 얹은 뽀얀 국물에 밥을 말아 먹는 걸 아이도 그도 좋아해서 자주 뼈를 우린다. 두번째 우려내는 중이고 다시 찬물을 부어 한 번 더 같은 과정을 지나야 한다. 가스레인지 불을 중불로 줄이고 거실로 나왔다. 거실 창 앞에 허물처럼 떨어져 있는 청바지가 보였다. 그의 껍데기 같아서 멈칫했다. 청바지 뒷주머니에 들어 있는 냅킨을 꺼내 만지작거리고 나서야 마음이 가라앉는다. 점심시간에 쓴 냅킨은 사내 식당 쓰레기통에 버리고 오라고 아무리 말해도 별반 달라지지 않았다. 주머니를 뒤지지 않고 세탁기에 넣었다가 나머지 옷가지에 온통 휴지 찌꺼기들이 들러붙은 적도 있다. 생각해보니 그의 잘못이나 실수에 너그러웠던 적이 없지만, 그는 매번 다정했다.

"당신을 좋아해."

"왜?"

"이유를 다 붙일 수는 없어. 좋아하는 건 그냥 좋아하는 거야. 하지만 그런 식의 질문을 하는 당신을 좋아해. 무람없고 바보처럼 웃어. 세상의 모든 이야기는 사랑의 상처에서 자라

나. 누군가의 마음이 누군가의 마음을 사랑해 생겨난 이야기들일 뿐이야."

그가 미간을 살짝 찌푸리며 말했고, 이해하지 못했으면서도 나는 더 이상 묻지 않았다. 그의 뒤편으로 석양이 지고 있었다. 골목 저 끝에서부터 어둠이 내려앉기 시작했다. 그런 날의 장면들은 힘이 세서 어지럼증처럼 갑자기 끼어들어 머릿속을 헤집는다.

"정말 소중한 사람에게는 소중하게 대해주지 그랬니? 그것 말고는 다른 방법이 없어!"

전화기에 대고 소리치듯 말했다.

"어?"

나는 내 목소리에 놀라 입을 틀어막았고, 미정은 한동안 말없이 있다가 그대로 전화를 끊었다. 뼈들이 뒤척이는 곰솥에서 우우웅 하는 소리가 계속 이어졌다. 휴대폰을 탁자에 놓고 주방 쪽으로 돌아서는데 눈앞이 빙그르 돌았다. 다른 방법이 없다. 이렇게 잠시 비틀거리며 선명하지 않은 눈앞의 풍경들을 견딜 수밖에. 소파에 누웠다. 창밖에서 자동차가 빗길에 미끄러지는 소리를 냈다. 아니다. 눈이 오는지도 모르겠다. 감은 눈꺼풀 속에서 푸른 불꽃들이 사납게 일렁였지만 몽롱하게 밀려오는 잠을 이길 순 없다. 불면의 밤을 지나면 잠은 한낮에 불쑥 쏟아진다.

거실 바닥에 달라붙는 발바닥이 저기서 다가왔다가 반대편

쪽으로 내달리는 소리가 들렸다. 잠결이지만 맨발이 찰박거리는 소리가 선명하다.

후다닥 소파에서 내려와 거실 바닥에 엎드렸다.

바닥에 찍힌 발바닥들을 본다. 나와 아이의 발자국을 지우면 나머진 그의 것이다. 나는 집 안에서도 늘 양말과 슬리퍼를 신는다. 답답하다며 양말도 슬리퍼도 신지 않아 맨발인 그의 것을 찾기로 하자. 가슴 언저리가 뻐근해졌다. 벽에 붙어서 걸었던 그는 이제 집 안 어디든 자유롭게 오갈 수 있게 된 걸까. 저 수많은 발자국의 기호들 속에서 단박에 그를 건져 올릴 자신이 없다. 뻐근한 가슴으론 무엇도 더 이상 할 수 없겠다, 묘하게 그런 생각으로 몸을 일으켰다. 한번 터진 마음은 좀처럼 멈출 수 없다. 생각을 하지 말자 하는데도 생각은 미끄러지고 더 미끄러지며 결국 미미식당 골목 이쪽과 저쪽을 내달리기 시작한다. 마지막에 닿은 것은 그가 앉아 있는 미미식당의 테이블이다. 나는 어느새 테이블 옆에 서서 술잔을 내려다보고 있다.

"마음이 붙들리면 어쩔 수 없어."

나를 올려다보며 그가 말했지만 나는 술잔에서 눈을 떼지 않는다. 술잔 속에서 출렁거리는 술의 빛이 지독하게 아름다워 보기만 해도 마음이 붙들린다니, 향기가 얼마나 좋은지 한잔에 한잔을 더하고 계속 더하지 않고는 견딜 수 없을 정도라니, 세상에 그런 게 어디 있나. 하지만 내가 아는 그는 맑은 우물 같은 사람이다. 내 풍경 속에서 미미식당이 있는 골목길 끝에는 아주 커다란 나무 한 그루가 서 있다. 세상 끝의 나무처럼 거대한 나무였다. 바람이 불 때마다 나무에 매달린 마른 나뭇잎들이 스스스 소리를 내며 춤을 춘다. 그도 나처럼 스스스스 춤추는 나무를 올려다보았을까. 거대한 생명 앞에서 무슨 생각을 했는지 묻고 싶지만, 미미식당에 앉아 아름다운 술 빛이 담긴 술잔을 든 그는 나를 올려다보며 말갛게 웃을 뿐이다.

정말 그랬을까.

자다 깨어 숨죽여 우는 소리를 들었던 날이 여러 번이었다. 모른 척했다. 울 수밖에 없는 일이라면 울게 돼야 한다고 나 자신에게 속삭였다. 내가 해줄 수 있는 유일한 일이라며 눈을 꼭 감은 채로 고요히 우는 그를 가만, 버려두었다. 밤이 내린 세상을 손끝으로 더듬으며 이쪽에서 저쪽으로 옮겨 다니는 그를 내버려두면 예전으로 돌아올 거라고. 눈을 꼭 감고 숫자를 세면 환한 봄빛 같았던 일상을 다시 살 수 있을 거라고. 어둠 속에서 그의 손을 잡아 내가 있는 자리를 알려주기만 하면 지금과는 다른 날들을 마주할 수 있을 거라고.

4

그의 마지막 모습을 기억한다.

공방에서 돌아와 보니 그가 스케치북 위에 서 있던 날이었다.

나를 보고는 어정쩡한 자세가 되었다. 무언가를 그리고 있었던 모양인데 말하지 않을 테니 묻지 않았다. 대신 조그맣게 웃어주었다.

"아빠 뭐 해?"

그가 서둘러 스케치북을 덮었다. 아이가 곁에 바짝 붙어서 배시시 웃었다. 그와 아이는 외모나 성격이 많이 닮았다. 외출하면 사람들은 단박에 아이 얼굴에서 그를 찾아냈다.

"숨은그림찾기. 맞아. 숨은그림찾기 같은 거야."

아이가 고개를 갸웃했다.

"엄마, 아빠가 숨은그림찾기 한대."

시장 봐온 것들을 식탁에 올려놓는 내게 쪼르르 달려와 안기며 말했다.

"그래. 아빠는 다시 아기가 되고 싶은가 봐."

아이의 정수리에 입을 맞추자 겨울 햇살 냄새가 끼쳐왔다. 재채기가 나올 정도로 매콤하고 아찔했다. 그는 다시 벽에 기대서 있었다.

봉지에서 시금치를 꺼내 다듬고 씻었다. 시금치는 뚜껑을 열고 데쳐야 독소가 휘발된다. 맞는 건가. 무엇이든 정확하거나 분명한 것만은 아니니까. 시금치를 넣을 된장 국물이 자박자박 자갈밭 밟는 소리를 내며 끓었다.

무섭도록 조용한 일상이 이어졌다.

매일이 달라서 하루도 같은 날이 없었다. 때론 어떤 노래처럼 잔잔하고 익숙하게 하루가 흘러가기도 하는 나날이었다.

아침에 일어나보면 그가 벽에 바짝 붙어 서 있었다. 걸음도 벽에 붙어 걸었다. 벽과 벽 사이를 스며들듯 천천히 옮겨 다녔다. 불안한 눈동자는 아니라서 즐거운 놀이를 하는 아이처럼 보이기도 했다. 벽에 선 채로 잠이 든 그에게 다가가 얼굴을 쓸어내리면 눈을 뜨고 아무것도 실리지 않은 눈빛으로 나를 보았다. 시간이 흐를수록 벽에서 떨어지지 않으려 했고 발밑에 서너 장의 이불을 깔아 하루를 보냈다. 몸 어딘가에 커다란 구멍이 뚫려 있는 사람 같았다. 구겨진 옷으로 여기저기 구석진 곳 어디든 머물러 있을 거란 생각이 들었다.

바닥에 눕지 못하게 되자 나와 아이는 그의 발치 가까이에서 잠을 잤다. 그는 벽에 붙어 밥을 먹었고 우리는 그를 올려다보며 밥을 먹었다. 잠에 겨워 스르르 바닥으로 주저앉으면 손을 잡아끌어 옆에 눕혔다. 불에 덴 듯 바닥에서 일어나 다시 벽에 붙어 섰다. 벽과 그의 몸 사이에는 조그만 틈새도 없는 듯했다. 벽을 쓰다듬으며 어두운 밤을 건너는 그는, 이미 읽었지만 다시 읽어야 하는 책 같았다. 날마다 새로운 문장이 일어서는 낯선 세계였다.

아침마다 아이는 작은 입술을 오므리고 노래를 불렀다. 표정 없는 얼굴로 아이를 바라보는 그의 눈 속에 깜깜한 밤의 그림자가 있었다. 나는 낮고 긴 의자에 앉아, 노래 부르는 아이를 어루만지고 뒤통수와 머리카락에 입을 맞췄다. 내 입맞춤에 아이가 까르르 웃었다.

어떤 때는 그가 예전의 모습으로 돌아오기도 했다. 아무렇지 않게 웃고 말하고 밥을 먹었으며 나란히 앉아 텔레비전을 보았다. 우리와 함께 바닥에서 한 이불을 덮고 잠들었다. 그러다 며칠씩 벽에 서 있었다. 반복되고 교차하는 일상 속에서 그와 틈새가 넓어져갈 때마다 "지금 이 순간만 지나고 나면 괜찮을 거야. 그거면 되잖아." 그의 목을 그러안고, 그의 귀에, 내 마음에 속삭였다. 그가 손을 들어 내 머리를 쓰다듬고 어깨를 붙잡았다. "모퉁이를 돌면 비슷해 보이지만 어딘가 조금씩은 다른 길이 나타나. 새로운 골목이 눈앞에 펼쳐지는 거야. 입체 그림책처럼 나무와 낮은 지붕의 집들이 빠르게 일어서. 바람이 불어. 나는 그 풍경 속을 걷는 게 좋아." 내 말에 대답이라도 하듯 그가 말간 표정으로 말했다. 내 어깨를 붙잡은 손이 작게 들썩이는 게 느껴졌다. 아주 가벼운 손, 공기처럼 가벼운 손이었다.

갠차나. 갠차나.

아이가 혀 짧은 소리로 노래를 불렀다. 작고 사랑스러운 입술의 시간이었다. 그의 모습을 본 것은 그날이 마지막이다.

아무것도 하지 않고 아무것도 기다리지 않는다.

아무것도 하지 않는 내 손은 생기가 빠져나가버린 식물처럼 쭈글쭈글하다. 나뭇가지 같은 모습으로 하루하루를 살고 있는데도 꽤 잘 지내고 있다는 생각이 들었다.

그를 꿈속에서 다시 보았다. 창창한 햇빛 속을 가로질러 가는 뒷모습이 눈앞에서 일렁거렸다. 물오른 싱싱한 생물 같은 모습을 향해 손을 내밀었다. 그의 등이, 바닥에 그려진 정오의 짧은 그림자가 온전히 손안에 들어왔다.

욕실에서 세수를 하고 나오는데 리모컨이 발끝에 채여 저만치 밀려난다.

또 볼륨을 낮추고 텔레비전을 보다 없어진 모양이다. 그가 흘린 소파 밑의 과자 부스러기들을 걸레로 훔쳐내고 리모컨을 집어 다시 테이블에 놓았다. 습관은 달라지지 않아서 과자 부스러기를 흘리고 양말을 벗어 아무데나 던지고 몸의 자국으로 이곳저곳에 옷을 흘리는 일을 계속 목격하는 중이다.

서재를 청소하다 책상 밑에서 종이 상자 하나를 발견했다. 함께 쓰는 공간이니 내가 모르는 물건이 있을 리 없지만 누가 봐도 그의 상자, 그만의 상자였다. 얼마나 열고 닫았는지 종이 상자 모퉁이가 다 해져 있다. 항상 이상한 기념품들을 모았던 그의 자취방, 무언가 가득 차 있지만 쓸쓸한 공기가 떠돌던 곳이었다. 문학을 전공했다기에 책으로 가득한 방을 기대했지만, 하나같이 낡고 오래되고 어디 한 곳이 깨지거나 허물어진 것들의 고요한 무덤 같은 풍경이 있을 뿐이었다. 그의 방 안에서는 매번 어깨가 움츠러들었다. 통째로 방 하나를 차지한 건 아니지만 결혼 후에도 기이한 것들을 모으는 일은 달라지지 않아서 신혼 때 거의 매일 싸웠다. 나는 버리고 그는 버렸던 것들과 비슷한 것들을 다시 모으는 일을 반복했다. 아이가 태어나자 그는 한순간에 자신이 가진 모든 이상하고 기이하고 어딘가 일그러지고 떨어져 나간 물건들을 버렸다.

상자 안을 들여다보았다. 공룡 대백과사전과 날이 무딘 만능 칼 세트, 줄자, 자동차 광택제와 기다란 망원경과 휴대폰 배터리와 어디에 쓰는 것인지 알 수 없는 잡동사니들이 들어 있다. 이렇게 작게나마 자신의 공간을 갖고 있을 줄 몰랐다. 그의 숲을 지켜주는 아내가 아니었던 걸 조금 후회한다.

상자를 다시 제자리에 두고 책꽂이를 마른걸레로 닦아나간다. 머릿속을 헤집는 것들을 밀어내는 방법으로 청소만 한 게 없다. 서재 벽 한쪽 면에 기다란 나무 패널을 올려 만든 책꽂이는 그가 유일하게 고집했던 세계였다. 자신의 일부인 쓸모없는 물건들을 버렸으니까, 이 집에서 한쪽 벽만큼은 자기 것이라고도 했다. 좋은 소설을 쓰겠다는 말을 입버릇처럼 달고 다니더니 출판사 취직 후에는 좋은 책을 만들겠다는 말을 달고 다녔다. 어쩌면 그건 자신을 향한 위로이자 기도 같은 말이 아니었을까. 책들은 각자 표지가 달랐지만 책꽂이에 꽂혀 있으면 모두 똑같아 보였다. 누군가 손을 뻗어 수많은 책들 사이에서 하나의 책을 건져 올리고 페이지를 펼치고 문장과 문장 사이의 숨은 의미를 발견하는 일이 얼마나 어려운 일인가, 한 번도 꺼내 들지 않은 책들의 가지런한 질서의 풍경을 나는 아득해진 채로 올려보았다.

책꽂이 가장 위 칸의 책과 책 사이에 숨어 있는 스케치북 하나가 보였다. 스프링이 둥글게 휘어지고 가장자리가 닳아 부슬부슬하게 표면이 일어선 스케치북을 꺼내 펼쳤다. 표지를 넘기고 페이지를 넘겨나간다. 스케치북 속엔 그가 서툰 솜씨로 그린 그림들이 있었다. 이런저런 감상을 적은 짧은 글귀와 나무와 바위와 비 오는 풍경 같은 건 한눈에 봐도 읽혔지만, 후반부의 손과 발과 얼굴과 가슴과 기다란 다리 같은 건 아무리 들여다봐도 읽히지 않는 난해한 문장이었다. 한 장에 하나씩 그의 몸 일부가 있었다. 마지막 장에선 그를 닮은 얼굴이 나왔다.

스케치북의 그림을 한 장씩 뜯어 바닥에 나열했다. 모두 열두 조각의 페이지들을 맞대자 그의 모습이 보였다. 숨어 있는 그의 문장들은 책에서 벗어나고 분리되어서야 나는 읽어낼 수 있게 된 걸까.

거실로 나와 그가 밤마다 쓰다듬으며 어둠을 건너던 벽을 바라보았다.

서재 바닥의 그림들을 가져와 그가 서 있던 벽에 하나씩 붙여나가기 시작했다. 면과 면이 맞대어지고 선과 선이 만나서 그가 되었다. 벽에 붙은 얼굴을 손으로 쓸었다. 세모꼴 턱과 까끌까끌하게 감각되던 수염과 뾰족하게 솟은 코와 얄따란 입술이 닿았다. 옅은 숨의 온기가 배어나 손끝에서 감돌았다. 그림 옆으로 다가가 나란히 선 후 그의 하얀 손에 내 손을 얹었다. 건너편 벽의 거울 속에 그와 내가 손을 잡고 있는 모습이 들어 있다. 어쩌면 그는 이런 장면을 얘기해주고 싶었을 거라고 나는 생각을 한다. 벽과 벽을 손으로 더듬어나가며 이렇게 내 손끝에 닿으려 했을지 모른다고.

　갠차나갠차나갠차나.

　거울 속 그림의 그가 아이처럼 입술을 모으고 노래를 불렀다. 동그랗고 붉은 입술의 순간이었다. 겨울의 희미한 햇볕이 점점 기울어지는 오후가 지나가고 있었다.

　갠차나. 갠차나.

　나도 아이의 노래를 부른다. 내가 기억하는 것은 이 부분뿐이지만 아이가 그랬듯 솜사탕처럼 포근포근하게 부풀려보려 고개를 높이 쳐든다. 내 목소리가 작은 개가 짖는 소리처럼 희미하지만 높은 음표들을 그리며 퍼져나간다.

　거실 창 앞에 누워 있던 아이가 작은 소리로 칭얼거린다.

　덮어준 담요를 발치께까지 밀어내더니 겨울 햇살이 스며든 창 쪽으로 돌아눕는다. 식물을 실내에 놓아두면 환한 햇살 쪽으로 몸의 방향을 튼다지. 아이가 저렇게 오랜 낮잠을 자는 것은 처음이다. 그를 닮아 뒤통수가 동그랗다. 신생아실에서 보자마자 아이를 뒤집어 뒤통수를 확인했다. 그런 나를 보고 그와 신생아실 간호사들이 쿡쿡 웃었다. 머리를 묶을 때마다 납작한 뒤통수가 불만이었던 나와 달리 동그래서 다행이라는 생각을 몇 번이나 했더랬다.

그의 옆에 선 채로 거실 창 앞의 아이 쪽으로 천천히 손을 뻗어나간다. 머리쯤을 쓰다듬자 내 손이 닿기라도 한 듯 아이가 잠시 몸을 뒤친다.

다시 눈이 내리기 시작했다. 바람이 지나며 창의 세상을 후드드 흔들었다.

"좋은 날씨야."

맞은편 거울 속에서 구겨진 종이 같은 모습의 그가 말했다. 거울 속 눈동자가 여전히 가깝지 않지만, 그가 어떤 마음인지는 알 수 있을 것 같다. 바람이 귓가에서 작게 흔들리다 멀어졌다. 그에게 향했던 고개를 돌려 거실 창으로 펼쳐지는 풍경을 구경했다. 먼 곳에서 구름이 천천히 흘러가는 날이었다.

가스레인지 위의 곰솥에서 뼈들이 요란하게 부딪는 소리를 낸다. 솥에서 새어나온 습한 기운이 거실을 메워나가기 시작했다. 곰국이 하얗빛으로 뭉근하게 우러나면 가장 맛있는 국물의 시간에 다다랐음이다. 날마다 그는 밤이 내린 벽 모퉁이들을 쓰다듬으며 없어지는 중이고 나는 찾고 아이는 노래를 부

른다. 누구든 몸을 숨기기에 스물네 평 아파트는 넓지도 좁지
도 않은 크기인가 곰곰 생각을 한다. 고래처럼 크고 둥글지는
않지. 그가 열두 조각의 몸으로 이곳에 있으니 나쁘지 않다.

우리는 더듬거리며 밤을 건너가는 중이다.

세상의 모든 K

표명희

성, 그리고 K

2001년 창비신인소설상을 수상하며 작품 활동을 시작했다. 소설집으로 『3번 출구』『하우스메이트』『내 이웃의 안녕』 『아무 일도 없었던 것처럼』, 청소년소설로 『오프로드 다이어리』『어느 날 난민』『개를 보내다』 등이 있다. 오영수문학상, 권정생문학상, 신격호 샤롯데문학상을 수상했다.

"너도 같이 갈래?"

수진의 말을 듣는 순간 나는 카라얀을 떠올렸다. 느닷없는 연상이었다. 한 번도 그를 본 적도 없고 그가 나를 알 리도 없는, 세계적 지휘자를 떠올리게 하는 그 이름의 주인공은 수진의 시동생이었다. 독일 유학 시절 만난 현지인과 결혼한 수진은 남편이 한국의 대학에 자리를 잡아 이곳에 정착하면서 남편의 고향은 주로 방학 때만 찾아 머물렀다. 시부모가 돌아가신 뒤로는 왕래가 뜸해지더니 코로나까지 겹쳐 이번 방문은 사 년 만이라고 했다. 그 길에 동행하지 않겠느냐는 제안이었다. 내 여건도 한몫했다. 코로나에 잔디 문제까지 겹쳐 골프장 개장이 한 달 더 미뤄진 것이다. 절호의 기회를 수진이 먼저 간파했다.

그동안 수진의 시댁에서 있었던 일도 이번 방문을 재촉한 요인이었다. 막내 시동생이 삼 년 전 교통사고로 대수술을 하고 난 후 장애 판정까지 받은 상황이었다. 수진의 남편 밀러는 잠시나마 돌봄 봉사를 하고 차후의 동생 문제를 가족들과 의논하기 위한 여행이기도 했다. 사고 난 동생이 카라얀도 아니었다.

카라얀이란 이름을 내가 처음 접한 건 오래전, 밀러의 고향 집을 수진과 함께 다녀온 친구들 얘기를 통해서였다. 여고 동창 네 명으로 이루어진 일명 '포걸' 멤버가 그들이었다. 우리 사이에서는 '걸 그룹의 원조'로 통하는 그 모임은 같은 동네, 같은 학원, 그것도 어린 시절 피아노학원에서 시작해, 여고 시절 외국어 전문학원까지 같이 다닌 특별한 인연으로 이루어졌다. 한동안은 카프카와 카뮈, 제인 오스틴 같은 명작소설 독서 모임도 병행하며 모임의 격을 높이기도 했다. 문과 여학생 절반은 별 고민 없이 어문학과로 진학하던 시절이었다. 국문과와 영문과를 선두로 불문과, 독문과, 혹은 일문과와 중문과를 적성보다는 성적에 맞춰 대학을 정해 가던······

졸업 후 A와 B는 각각 다른 대학으로, 수진과 나는 같은 학교에 진학하면서 스무 살 시절은 우리 둘이 가장 가깝게 지냈다. 하지만 수진이 유학을 가면서 상황이 달라졌다. 아니 그전에 이미 판이 바뀌어 있었다. 나 역시 유학 문제를 진지하게 고민하던 3학년 겨울방학 때였다. 부도로 잠적했던 아빠가 한 달 만에 뇌졸중 환자로 나타나더니 불행은 쓰나미처럼 온 집안을 덮쳤다. 겨울방학이 끝나기도 전에 정원 딸린 집은 채권자에게 넘어가고 식구들은 커팅 칼에 잘린 피자 조각처럼 원판을 벗어나 뿔뿔이 흩어져야 했다. 엄마는 아빠가 입원한 병원으로, 남동생은 군대로, 여동생은 외할머니 집으로…… 당장 생활비를 벌어야 했던 맏딸인 나는 기숙사 딸린 일을 택하느라 골프장 견습 도우미로 나섰다. 유학은커녕 졸업도 장담하기 어려운 형편에 처한 것이다.

포걸 멤버는 나만 빼고 비슷한 길을 갔다. 수진이 독일로 유학을 떠난 일 년 뒤 A가 스위스로 유학을 갔다. 국내파였던 B가 석사 논문 끝낸 기념으로 유럽 여행을 하면서 그곳에서 유학 중인 수진과 A를 만나 셋이 뮐러의 고향집까지 찾았고 그 여행은 수진이 결혼한 후에도 몇 차례 더 있었다. '알바생' 아니면 직장인으로 이삼십대를 오롯이 보내야 했던 나에게 그런 여행은 '그들만의 리그'였다. 포걸 멤버로서의 정체성도 희미했지만 나는 그들 속에 꿋꿋이 머물렀다. 셋의 여행이 화제에 오를 때면 나는 조용히 듣기만 하는 유령 멤버였다. 그건 골프장 도우미 일과 별반 다르지도 않았다. 그들 이야기 속 단골 등장인물이 수진의 시동생인 일명 '카라얀'이었다.

"정말 카라얀을 닮았다니까."

"난 카라얀과 빌리 밥 손튼을 합성하면 그런 얼굴이 될 거라고 봐."

"빌리 밥, 뭐⋯⋯?"

"왜 있잖아. 코엔 형제가 만든 영화. 「그 남자는 거기 없었다」에 나온 주연배우."

"아, 그 하얀 가운의 이발사 아저씨! 그러고 보니 카라얀의 지적 날카로움에 이발사의 일상적 고독이 묻어나는 것 같기도 하네."

낯선 배우 이름과 영화, 그리고 A와 B가 주워섬기는 세련된 단어의 조합에 나는 아무런 이미지도 떠올리지 못한 채 그저, 성격 좋아 보이는 수진의 남편 뮐러와 그의 동생 카라얀은 전혀 닮지 않았나 보다, 라고 생각했을 뿐이다. 뮐러는 체구도 얼굴도 한국으로 귀화한 미국인 의사 인요한과 비슷한 이미지였다.

카라얀 이야기는 그 뒤로도 빈번하게 오갔다.

"친구 시댁에서 쇼팽의 녹턴을 들을 줄이야. 난 전문가는 아니지만 그래도 카라얀의 연주는 유명 피아니스트랑 하나도 다르지 않더라고."

"맞아. 그 정도면 세계를 무대로 누벼야지 어떻게 교회 지휘자에 머물고 있지?"

A는 카라얀이 교회 소속 지휘자라는 사실을 납득하지 못한 채 수진에게 답을 구하듯 쳐다보았지만 수진은 어깨만 으쓱할 뿐이었다.

"나도 이해가 안 가. 카라얀이 교회 소속이라니."

죽이 잘 맞는 A와 B의 대화 속 카라얀은 비운의 천재 예술가였다.

"중세에는 궁정 악사보다 교회 악사가 더 지위가 높았을걸."

내가 비운의 천재를 구하려는 듯, 별 근거도 없는 말을 불쑥하고 나섰다.

드라이아이스 번져가듯 분위기가 갑자기 싸해졌다. 뜬금없는 중세적 얘기에다 유령 멤버인 내가 대화에 끼어들었다는 사실 자체가 낯설어서인지 다들 한동안 눈만 멀뚱거렸다. 카라얀과 일면식도 없는데다 그때까지 나라 밖 구경도 한 번 해보지 못한 나의 알량한 소견은 뜨악한 분위기에 금세 밀려났다.

"큰 무대에 설 만큼 실력도 인정받았다며. 근데 왜 연줄이 없었나? 그 나라도 성공하려면 우리처럼 결국 백그라운드야?"

A의 단골 레퍼토리가 수진을 향했다. 유럽 박사 학위로도 학교에 자리를 못 잡는 이유가 A에게는 너무도 분명했던 것이다. 수진은 '글쎄'라며 이번에도 어깨만 으쓱해 보였다.

"정말 미스터리지? 빚어놓은 듯한 외모에 유머 감각, 예술적 재능까지 갖추고 어떻게 아직도 혼자래?"

어떤 날은 카라얀의 사생활에 초점이 맞춰졌다.

"성 정체성이 남다른 거 아닐까?"

돌이켜 보면 그런 얘기가 오갈 때만 해도 다들 앞날에 대한 꿈도 환상도 쨍쨍하던 삼십대였다. 가끔 나는 A와 B가 카라얀을 두고 내심 경쟁 관계는 아닐까, 의심한 적도 있었다. 하지만 아무리 그가 원조 카라얀 급 외모와 실력을 갖췄다 해도 둘은 수진처럼 인종과 국경을 넘어선 연애를 할 깜냥은 못 된다는 게 내 생각이었다. 돈 많은 부모의 그늘 아래 자란 그들은 전형적인 '현실 순응형'이었다. 진로도 부모 뜻에 따랐을 뿐 스스로의 선택은 아니었다. 그건 나도 마찬가지였다. 달랐던 건 계속 부자인 부모와 하루아침에 길바닥으로 나앉게 된 부모, 그 차이였다. 어느 경우가 자식에게 더 도움이 되는지는 시간이 가면서 헷갈렸다. 유럽 유학이나 박사 학위 취득이 골프장 도우미로 나서는 것보다 나아 보인 시기도 한때였다. A와 B는 혼기 놓치고 그들 표현에 따르면 '덤핑 처리'식 결혼으로 박사 학위 가진 전업주부가 되었다. 그들이 원치 않는 가사일에 허우적거릴 때 나는 회사에서 꽤 잘나갔다.

"캐슬, 그러니까 성에 초대받아 간 것 같았잖아. 쇼팽의 녹턴을 들으며 와인을 마시고 테라스에서 눈 덮인 알프스산을 바라보고…… 친구 시댁에서 그런 판타지를 경험하다니."

"수진의 시댁은 '시-월드'가 아니라 '시-토피아'였지."

결혼 후 A와 B의 관심은 카라얀에서 수진의 '시댁'으로 옮겨가 있었다.

"혜수 넌, 이런 기분 이해 못할 거야. 결혼생활이란 고농축 희로애락의 화학적 결합의 산물이라고나 할까."

A가 박사다운 장황한 비유로 전업주부의 고달픔을 토로했다.

"맞아. 경험이 받쳐주지 않는 건 절대 이해 불가의 세계라고."

B와 A, 둘이 잡은 손은 단단한 성벽이 되어 그 세계에 얼씬도 못한 나를 자연스럽게 성 밖으로 밀어냈다. 그것이 그들의 눅눅한 현실을 위한 일종의 위안이라면 나는 포걸 유령 멤버로서 그 정도는 감수할 수 있었다. 거덜 난 집안의 '맏딸 가장'으로 남들 눈에 안쓰럽게 비쳐왔던 내가 어느 날 고학력 전업주부인 그들에게 갑자기 상대적으로 빛나 보이는 데 대한 부러움이거나 질투의 다른 표현일 수도 있을 거라고 치부하면 그만이었다.

"혜수만 그런가? 수진도 이해 못할걸. 수진은 'K 며느리' 아니잖아."

그들은 이번에는 'K'로 결속해 수진마저 열외 취급했다. 수진은 늘 그렇듯 엷은 미소가 다였다. 나와 달리 소외나 피해의식 같은 건 원래 없는 친구였다. 철학 전공자답게 시선이 지구의 자전축만큼 살짝 기울어 있어 세상을 보는 눈이 남달랐다. 그렇다고 비현실적이라 할 만큼 허황하지도 않은, 남들과 결을 달리하면서도 이해와 공감 능력이 빼어났다. 포걸이 오래 유지된 데는 수진의 그런 자질에다 완충형 입지도 한몫했다. 수진은 A와 B처럼 K 며느리는 아니었으나 그들과는 결혼과 고학력자라는 교집합이 있었고 나와는 부양 의무를 가진 맏딸이라는 공통점이 있었다. 더 결정적인 건 우리 둘이 한때 가졌던 공범 의식 아니었을까.

난 우리 아빠가 빨리 죽어버렸으면 좋겠어. 서른두 살 생일을 맞은 날, 내가 그런 말을 했을 때 수진은 놀라기는커녕 하얀 생크림 케이크에 박힌 빨간 양초에 조심스럽게 불을 붙여주고는 그 소원을 빌며 촛불을 끄라며 기꺼이 공범이 돼주었다. 훗날 수진이 암 환자인 엄마를 돌봐야 했을 때, 그녀도 나와 같은 반응을 보였다. 상상 살인! 그 짜릿한 순간적 해방감, 그 후의 긴 죄의식이 어쩌면 그 시간을 견디게 해준 힘이었는지도 몰랐다.

수진만큼이나 걸 그룹을 유지시킨 일등공신은 카라얀이었다. 이십 년 넘도록 그는 꾸준히 대화 속에 등장했다. 유령 멤버인 나보다 그가 포걸에서는 더 존재감이 있었다. '너도 같이 갈래?' 수진한테서 그 말을 듣는 순간 반사적으로 그를 떠올린 건 극히 자연스런 일이었다. 그가 아니었더라면 수진의 제안을 내가 그렇게 선뜻 받아들일 수 있었을까.

"한 달 예정인데, 일주일만 뮐러 고향집에 머물고 나머지는 우리 둘이서 자유롭게 여행 다니면 돼. 뮐러는 집에서 동생을 돌봐야 하거든. 난 혼자 여행은 한 번도 해본 적이 없어서 너랑 같이하면 재미도 있고 편할 거 같아서."

여행 목적도 나와의 동행 이유도 분명했다. 수험생 학부모인 A와 B는 여행은 꿈도 꾸지 못할 처지였다. 연장된 나의 휴가도 더할 나위 없는 조건이었다. 그뿐인가. 그 나라 말부터 문화 예술 전반을 꿰고 있는 수진과 함께하는 건 최고의 여행 가이드와의 동행이었다. 가장 아닌 가장 역할로 삼십 년 가까이 식구들 생계를 책임져왔던 내게 해외여행은, 그것이 전 국민의 일상으로 자리 잡은 지금도 여전히 남의 이야기였다. 더 늦기 전에 첫 테이프라도 끊는 게 어때. 수진의 권유도 일찍부터 있어왔다.

영원히 헤어날 수 없을 것 같던 악몽도 끝은 있었다. 서비스업으로 시작한 나의 첫 사회생활은 조금씩 터널을 벗어났다. 회사의 배려로 대학 졸업장을 손에 쥘 수 있었고 서른 초반에 클럽하우스 매니저 자리에 올랐다. 당시에는 골프장의 황금알 요직이라 할 수 있는 부킹 담당을 거쳐 본사 간부직까지 오르면서 나의 이력은 사내에서 성공 스토리로 꼽힐 정도였다. 업무상 유럽 출장 기회도 적지 않았지만 그것만큼은 끝까지 사양했다. 고소공포증을 핑계 삼았지만 그것이 결정적이유는 아니었다.

같이 떠나자. K는 자신만만한 눈빛이었다. 그가 수집한 정보에 따르면 독일어와 불어, 둘 다 쓰는 지역이라 각자 자기공부를 할 수 있다고 했다. 두 나라의 경계 지역인 슈트라스부르크라는 도시가 그곳이었다. K는 바이마르 헌법을 공부할계획이었고 불문학 전공인 나는 번역가가 되는 게 꿈이었다. 인접한 꿈의 영역이 우리를 결속시켰는지 마음의 결속이 그런 꿈을 낳았는지, 순서는 분명치 않아도 앞날을 약속할 만큼

공유하는 세계가 확고했다. 오빠가 먼저 가서 자리부터 잡아. 나도 일단 졸업은 해야지. 내 생각을 존중해주어 K가 먼저 그곳으로 떠났다. 기회도 흐르는 물 같은 것이란 걸 그때는 몰랐다. 그의 제안에 선뜻 따라나섰더라면, 아빠 회사의 부도가 반년만 늦었더라면, 나는 내 길을 갈 수 있지 않았을까. 오랜 꿈도 K와의 약속도 유예된 시간 앞에서 구름처럼 흩어져갔다.

"시어머니마저 떠나셨으니 지금은 네 형제만 남았어."

출발 전 수진은 내게 그곳 가족들 상황을 설명해주었다. 수진보다 열두 살 연상인 띠동갑 남편 뮐러가 장남, 그 아래로 세 명의 남동생이 있었다. 뮐러와 바로 아래 동생 막스만 결혼했고 나머지 두 동생은 독신이라고 했다. 셋째가 우리 사이에서 '카라얀'으로 불리던, 수진과 동갑인 시동생이고 사고당한 막냇동생이 요한이었다. 뮐러와 수진 사이에는 아이가 없고 막스는 대학생 아들을 둔 이혼남이었으니 시댁 가족을 통틀어 여자라곤 수진이 유일했다. 그동안 막내인 요한을 돌봤던 이는 막스 부자와 카라얀, 세 남자였다. 그들은 잠시나마 자신들을 돌봄 의무에서 해방시켜줄 맏형 뮐러가 한국에서 오기를 손꼽아 기다리고 있다고 했다.

*

"카라얀이 자동차로 마중 나와 있을 거야."

248

프라이부르크 중앙역에 내리기 직전 수진이 내게 귀띔해주었다. 열차에서 내려 승강장을 걸어가는 내내 카운트다운이라도 하듯 긴장되었다. 이십 년 넘도록 포걸 대화에 등장했던 인물을, 난생처음 나선 이국땅에서 드디어 보게 되는 것이다. 수진의 제안을 받아들인 순간부터 이 여행의 목적이 내겐 그를 만나기 위한 것처럼 돼버렸다. '팬심'도 아니고 이십 년 동안 이야기 속에만 머물던 사람의 실체를 접한다는 호기심도 아니고, 그렇다고 오십 줄에 접어든 나이에 친구의 동갑내기 시동생, 그것도 외국인인 그를 이성으로 여기는 건 더더욱 아니었다. 낯선 고객들에게 맞춤형 서비스를 하는 일을 평생 직업으로 살아온 나였건만 이상하게도 마음을 졸이는 이유의 실체를 나도 알 수 없었다. 철로를 따라 이어지는 사람들 물결 속에서 저 멀리 누군가가 우리를 향해 손을 흔드는 게 보였다. 그에 답하듯 수진과 밀러도 힘껏 손을 흔들며 그곳을 향해 빠른 걸음으로 다가갔다. 나는 일정한 거리를 둔 채 천천히 수진 부부 뒤를 따랐다. 거리가 좁혀질수록 상대의 모습도 조금씩 선명해지더니 수진과 밀러가 가방을 놓고 성큼 다가서는 순간 그의 모습이 또렷이 잡혔다. 수진 부부와 차례로 포옹하는 그는 그동안 숱하게 들어왔던, 그리고 이십 년 전 사진으로 딱 한 번 보았던 카라얀 이미지는 아니었다. 키 크고 통통한 체구의 백인 남자는 무엇보다 너무 젊었다. 그와 먼저 인사를 나눈 수진 부부가 내게 다가와 그를 소개했다.

"조카 하인즈. 이 집안의 유일한 후손인 막스 아들이야."

수진이 그를 내게 소개했다. 카라얀은 급한 사정이 있어 대신 조카가 마중 나왔던 것이다.

나는 반갑게 그와 인사를 나누었지만 내심 맥이 빠지는 건 어쩔 수 없었다. 살집 많은 체구에 곱슬 금발과 선량해 보이는 인상의 젊은 조카는 수진의 남편 밀러와 닮아 있었다. 대학 졸업 후 취업 준비생이라는 수진의 사전 설명은 그새 과거가 돼 있었다.

"최종 합격했어요. 10월에 떠나요. 미국 지사로 발령이 났거든요."

자동차에 오르자 조카는 취업 관련 희소식부터 전했고 수진 부부의 축하 인사가 연신 따랐다. 여고 시절 두 학기 배운 내 독일어 실력으로는 그들 대화를 대충 감만 잡는 정도였고 수진이 그때그때 우리말로 핵심만 추려 전해주었다.

"아빠는 계획대로 내일 알프스로 떠날 거라 등반 준비로 정신없어요. 여행에서 돌아온 다음 막내 삼촌 문제와 관련해 가족회의가 있을 거구요."

조카의 미국행이 축하로 끝날 문제가 아니라는 건 다들 잘 알고 있었다. 수진 부부의 도착에 맞춰 그들은 돌봄 문제와 관련해 몇 가지 계획을 세워놓은 것 같았다. 역에서 이십여 분 거리인 고향집에 당도하기까지 그간 집안 사정과 환자 돌보기에 관한 세세한 얘기가 일사천리로 오갔다.

"막내 삼촌은 케어 프로그램 다 끝나면 다섯시 반쯤 셔틀버스로 집에 와요. 아빠도 그 시간에 맞춰 오실 거고요. 저는 취업 관련 서류 때문에 지금 바로 프랑크푸르트로 가야 해서요."

여행 가방을 집 마당에 내려준 조카는 거기까지가 자신의 역할인 모양이었다.

"참, 캐런은 언제 와?"

밀러는 서둘러 운전석으로 향하는 조카를 돌려세웠다.

"한집에 살아도 캐런 얼굴 보기 힘들어요. 요새는 문자로 용건만 주고받아요. 오늘도 급한 일이라고만 했지 사전 설명도 없이 저한테 역으로 마중 나가라고 한 거였어요. 저하고도 얼마 전…… 다퉜거든요."

조카는 머뭇거리다 마지막 말을 덧붙였다.

"친구처럼 지내던 너희가 다퉈?"

밀러가 놀라 되물었다.

"삼촌도 요한 돌보면서 이곳 생활 해보시면 알게 될 거예요."

조카는 의미심장한 미소와 함께 대꾸했다.

"멀리 간 건 아니겠지, 캐런?"

"캐런은 아빠처럼 여행 좋아하는 성격도 아니잖아요. 급한 일 끝나면 수진 숙모한테 연락할 거예요. 캐런은 수진 좋아하니까."

그제야 나는 대화 속 캐런이 카라얀임을 알았다.

조카가 떠나자 마당에는 손님격인 우리 셋만 여행 가방과 함께 남았다.

"시댁 와서 이런 쿨한 분위기는 처음이네."

수진은 의외로 홀가분해했다. 고향집에 올 때마다 친인척들로 시끌벅적 요란했던 집안 분위기가 실은 부담스러웠다고 했다. 하지만 뮐러는 고향집에 온 기분이 영 안 난다며 서운해했다.

어느 집에나 있을 불편한 가정사 따윈 뒤로한 채 나는 친구들 얘기에 숱하게 나왔던 뮐러의 고향집을 올려다보았다. 엷은 오렌지색 박공지붕에 하얀 벽으로 된 삼층 건물은 뮐러의 할아버지 시절, 그러니까 130년 전에 지어진 집이라고 했다. 일층부터 삼층 다락방까지 크고 작은 창문들에는 유럽풍 나무 덧창이 달려 있었다. A와 B의 대화에 나오던 '캐슬' 분위기는 아니었지만 넓은 정원과 마당 딸린 저택은 나름의 격과 정취가 배어 있었다.

현관문 앞에 먼저 올라선 뮐러는 조카가 알려준 대로 건물 창턱을 더듬어 열쇠를 찾아냈다. 크고 단단해 보이는 청동 열쇠를 열쇠 구멍에 꽂고 이리저리 돌리며 한참 씨름을 하고 나서야 겨우 문이 열렸다.

"이놈의 나라는 왜 이리도 변칠 않는지, 원."

뮐러가 짜증을 내며 현관문을 밀쳤다. 터치 몇 번에 간단히 열리는 우리 식 디지털 도어 록에 그도 익숙해진 모양이었다.

"한국 할아버지 다 됐어."

수진이 나를 돌아보고 웃으며 한마디 했다.

그러고 보니 뮐러도 이제 정년퇴직이 코앞인 나이였다.

실내는 어둑했다. 삐걱거리는 마룻바닥을 밟으며 조심조심 걸음을 옮겨놓았다. 좁고 어둑한 복도를 지나 거실로 들어서자 의외의 광경이 우리를 맞았다. 거실 창으로 눈부신 정원이 펼쳐졌던 것이다. 정원 감상을 위해 실내는 일부러 극장 객석처럼 어둑하게 해놓은 것 같았다. 생동감 넘치는 초록 세상은 자세히 들여다보니 무성한 잡초에 나무도 화초도 어지러이 뒤엉켜 있었다.

"정원이 아니라 정글이네."

수진이 한마디 했다.

"우리 정원, 원래 이렇지 않았어요. 요한이 사고만 안 당했어도 이렇게까지 엉망이지는 않았을 텐데. 어머니도 요한도 정원 가꾸는 일이 취미였거든요."

뮐러가 설명을 덧붙였다. 그는 잘 다듬어진 정원을 손님에게 자랑하고 싶었겠지만 나는 이 방치된 정원이 마음에 들었다. 카펫처럼 부드러운 잔디로 덮인 그린이나 페어웨이 같은 인공미 넘치는 골프장 조경은 내겐 공장의 컨베이어벨트나 다름없었다. 이 집에 오면 으레 그래야 한다는 듯 우리는 어둑한 거실에 서서 한동안 묵묵히 정원을 감상했다. 수진의 휴대폰이 울리기 전까지……

"아, 캐런!"

수진이 반갑게 전화를 받았다. 우리 사이에 늘 카라얀으로 존재했던 그가, 수진에 의해 '캐런'으로 바뀌어 불리자 그렇게 낯설 수 없었다. 오랜 울타리가 흔들리는 느낌이랄까……

"캐런, 지금 슈트라스부르크에 있대요. 잘하면 오늘 밤 늦게, 아니면 내일이나 올 수 있을 것 같다네."

수진이 뮐러에게 통화 내용을 알렸다.

슈트라스부르크…… 전설의 아틀란티스가 수면 위로 불쑥 솟아올라 내 앞에 버티고 선 느낌이었다. 뮐러의 고향인 이 프라이부르크는 남쪽으로는 스위스, 서쪽으로는 프랑스와 맞닿아 있어 동네 마실 나서듯 자전거로 두 나라 국경을 쉽게 넘나들 수 있는 곳이었다. 슈트라스부르크도 이웃 동네인 만큼 충분히 있을 법한 일이지만 그래도 우연의 일치로는 공교롭기 그지없었다. 생존에 최적화된 내 기억의 뇌세포가 세계지도에서 까맣게 지워버린 그곳, 하필이면 슈트라스부르크라니……

*

"여기 삼층은 우리 집인 셈이야. 시어머니가 각 층을 자식들에게 유산 분배하듯 나눠 주셨거든."

삼층에 오르자 수진이 말했다. 일층은 수진의 시어머니가 막내아들 요한과 함께 썼고 이층은 제일 먼저 결혼한 막스 부부, 삼층은 뮐러와 수진 부부 몫으로 정해준 것이라고 했다.

층마다 현관문이 따로 나 있는 독립된 구조인 것도 그제야 이해가 되었다.

"아들이 모두 네 명이잖아."

나는 카라얀이 빠진 걸 에둘러 지적했다.

"아, 그에겐 베를린에 있는 아파트를 주셨지. 활동무대가 베를린이니까. 이 나라 어머니도 열 손가락 중 유난히 아픈 손가락이 있나 봐. 셋째 아들은 늘 특별 대우였어."

그 특별 대우의 후광을 내가 누리기라도 하듯 마음이 편해졌다.

"그나저나 피아노가 어떻게 층마다 하나씩 다 있지?"

고개를 갸웃하며 내가 물었다. 각 층 거실에 피아노가 한 대씩 있는데다 일층 현관 쪽 작은방 피아노까지 하면 모두 네 대였다. 아무리 음악의 본고장이라 해도 일반 가정에 명품 피아노가 네 대인 건 놀랍다기보다는 의아했다.

"우리 시어머니의 각별한 음악 사랑, 아니 자식 사랑의 결과라고 봐야지."

수진은 캐런을 피아니스트로 만들기 위해 애쓴 시어머니 이야기를 들려주었다. 네 살 때부터 피아노에 소질을 보인 아들에게 카라얀이란 별명을 붙인 이도 시어머니였다는 것, 다른 아들이 캐런 피아노에 손을 못 대게 하려고 피아노를 한 대씩 다 사주었다는 것하며 명품 피아노 살 돈을 마련하느라 조상 대대로 내려온 넓은 포도밭을 다 팔아야 했다는, K 학부모 교육열 무색케 할 얘기까지 나왔다.

다락방으로 이어지는 계단 앞에 놓인 그랜드 피아노가 캐런 전용이었다. STEINWAY. 브랜드명이 명문가의 문장처럼 황금빛을 발하며 피아노 정중앙에 자리하고 있었다. 우아하면서도 기품 있는 외양이 명품다웠다. 포걸 멤버들 이야기 속 파티 장면을 떠올리며 나는 앞으로 천천히 다가갔다. 후면부가 긴 디자인의 대형 피아노는 위에서 내려다보면 연주자 머리가 하나의 점으로 보일 것 같았다. 검게 빛나는 우아한 곡선의 외양이 무색하도록 피아노 표면에는 먼지가 보얗게 앉아 있었다. 테라스를 거쳐온 햇살이 피아노 한쪽 실루엣을 바닥에 그려놓았다. 연주를 앞두고 긴장한 피아니스트처럼 나는 그 선을 조심스레 넘나들며 거실을 둘러보았다.

"여기서 와인 파티를 하며 카라얀이 쇼팽을 연주했다는 거지?"

오래전 친구들 이야기를 나는 현실로 옮겨놓았다.

"아니. 캐런은 사람들하고 어울리면서 피아노 치는 그런 성격 아냐."

수진이 고개를 가로저었다.

단단한 벽에 부딪친 느낌이었다. 기억 속 이야기들이 뒤죽박죽 혼란스러웠다. 카라얀의 연주 실력에 관한 이야기를 나는 친구들이 그의 연주를 직접 들었다고 해석했던 것일까. 항의하듯 내 생각을 수진에게 따져 물어보고 싶었으나 이내 그만두었다. 내 생각의 오류를 지적하듯 거실 한쪽을 차지한 낡은 오디오가 눈에 잡혔다. 앰프에서 턴테이블까지 완벽한 시스템의 구식 오디오…… 어쩌면 그들은 저 오디오 음향 시스템으로 녹턴을 감상했을 수도 있었다. 가까이 다가가 살펴보니 언제 마지막 손길이 닿았을까 싶도록 그곳 역시 먼지가 보얗게 앉아 있었다. 빛을 발하던 추억의 공간이 재고 창고처럼 보이기 시작했다.

"이제 그만 내려갈까?"

수진의 말에 나는 선선히 그녀 뒤를 따랐다. 계단을 내려서는데 뒤에서 희미한 피아노 선율이 따라붙는 느낌이었다. 흘끗 돌아보니 피아노 앞에 누군가가 앉아 있었다. 놀라 발을 헛디딜 뻔했다. 난간을 붙잡으며 간신히 중심을 잡은 다음 다시 찬찬히 거실을 올려다보았다. 피아노 바디의 측면과 후면의 이중 곡선이 테라스에서 흘러든 햇살과 어우러져 부드럽게 물결치고 있었다. 그 이중의 곡선이 날개, 아니 연주하는 피아니스트의 어깨를, 건반 위를 날렵하게 날아다니는 손가락을 연상시켰다. 테라스 창에서는 마침 정원의 나무들이 바람에 격하게 흔들리고 있었다. 쇼팽의 연습곡 「겨울바람」 한 대목을 풍경으로 펼치면 꼭 저런 모습일 것 같았다. 홀린 듯 그 풍경을 바라보던 나는 한참 만에 뒷걸음질로 천천히 계단을 내려왔다.

"혜수 넌, 이 방을 쓰는 게 낫지 않겠어?"

일층으로 내려오자 수진은 내게 현관 쪽 방을 권했다. 환자가 기거하는 층인데다 현관에 가깝다는 사실이 마음에 걸렸지만 막스 부자가 쓰는 이층이나 수진 부부 거주용 삼층에 비하면 그나마 일층이 독립된 공간으로 보였다.

"캐런도 낮엔 다락방에 머물다가, 밤엔 여길 침실로 썼대."

그 한마디에 망설임은 말끔히 사라졌다. 방을 다시 찬찬히 둘러보았다. 새소리와 오후의 햇살이 나란히 여닫이창으로 흘러들었다. 로라 애슐리풍 벽지에 장롱과 책장, 침대는 앤티크 분위기 물씬 나는 묵직한 갈색 톤이었다. 창 아래쪽에 자리한 피아노 위에는 유명 음악가들 사진이 놓여 있었다. 내가 알아볼 수 있는 사람은 글렌 굴드와 호로비츠, 쇼팽 정도였다. 아무리 훑어봐도 캐런으로 여겨질 만한 사진은 없었다.

"쇼팽도 글렌 굴드처럼 무대 공포증이 있었대."

수진이 낯선 사실을 알려주었다. 철학 전공이었던 수진은 이곳에서 음악사로 바꾸어 박사 학위를 받은 클래식 전문가였다. 하이데거와 음악이 무슨 연관성이 있는지 몰라도 음악으로 넘어가기 전까지 수진은 오랫동안 하이데거에 빠져 있었던 기억이 났다. 한 번도 내가 그 일에 대해 물었던 적이 없었다는 사실도……

*

식탁은 4인용, 아니 6인용이었다. 정사각형 식탁 양쪽의 날개처럼 접힌 부분을 펼치니 바로 6인용으로 변했다. 식탁에 자리한 인원은 모두 다섯 명, 한국에서 온 우리 셋과 뮐러의 바로 아래 동생인 막스와 환자인 막냇동생 요한이었다. 조카의 귀띔대로 요한을 태운 케어 프로그램 센터의 셔틀버스가 다섯시 삼십분에 정확히 도착했고 막스는 요한보다 십 분 일찍 귀가했다.

그들이 오기 전, 우리는 빈집의 주인이 되어 저녁 준비를 서둘렀다. 여독을 풀 시간도 없이 도착과 함께 뮐러의 임무가 시작된 것이다. 환자에게 몇 년간 묶여 있었던 다른 가족들에겐, 그동안 돌봄 의무에서 면제돼 있었던 장거리 여행객의 앞뒤 사정을 헤아려줄 이유도 여유도 없어 보였다.

저녁 준비는 생각보다 간단했다. 독일식 저녁이 그런 것인지 이 집 식구들 저녁 식단이 원래 그런 것인지, 손이 가는 요리는 샐러드가 유일했다. 요리를 좋아하는 뮐러가 샐러드를 만들고 수진은 커피와 차를 내렸고 나는 식탁 세팅을 맡았다.

"5인용이면 돼. 캐런은 어차피 식사 시간에 못 올 테니……"

"자동차 사고로 못 온다던 골프 멤버가 그린에 바로 나타난 경우도 있었어."

나는 수진의 조언을 무시하고 6인용으로 세팅했다.

식탁에는 수진과 내가 나란히 앉고 건너편에 두 시동생 막스와 요한이 자리 잡았다. 앞치마를 두른 뮐러는 싱크대 가까운 자리에 앉았다. 뮐러 건너편 카라얀 자리는 세팅만 된 채였다.

삼 년 전 교통사고를 당한 요한은 대 수술을 받고 난 뒤 꾸준한 재활 프로그램을 거쳐 혼자 거동할 수 있는 단계까지 왔으나 손놀림이나 말은 어눌했으며 가끔 사리 판단에 착오가 있다고 지금껏 그를 가장 많이 돌봐온 막스가 설명해주었다. 오십 줄에 막 접어든 요한은 귀 주변 머리가 희끗희끗했고 이마에서 왼쪽 귀에 이르는 부위에 수술 흔적으로 보이는 절개선 흉터가 또렷이 남아 있었다. 빵에 버터를 바르거나 샐러드를 덜어 접시에 담는 것 정도는 손수 해결했지만 손놀림이 서툴러 그의 식탁 앞자리는 이내 야채나 빵 부스러기로 지저분해졌다.

막스는 서양인치고 키는 작았으나 등산이 취미인 만큼 건강한 혈색에 다부진 체격이었다. 뮐러와 전혀 닮지 않은 그는 다음 날 알프스를 오르게 될 거라는 기대에 들떠 식사 내내 등반 이야기였다. 젊은 시절 대기업 엔지니어로 일했다는 그는 설산의 매력에 빠져 히말라야 등반도 세 차례나 했다는 것. 마지막 히말라야 등반에서는 동료의 조난 사고로 한 달이나 늦게 돌아오는 바람에 결국 회사와 가정 둘 다로부터 퇴출당했다고 했다.

"욕심이 과했어. 산과 결혼했으면 속세의 인연은 만들지 말아야 했는데 말야. 캐런처럼 피아노를 택했으면 평생 음악을 마누라 치마폭으로 여기고 살아야 하는 것처럼."

신기하게 카라얀 얘기만큼은 내게도 또렷이 들렸다.

"그래서 캐런이 피아노와 함께 행복하긴 했나?"

뮐러가 큰형답게 책임감 있는 목소리로 되쏘았다.

"어머니 욕심이 지나쳤지. 어릴 적 우리는 다들 캐런을 위해 존재하는 자식들이었잖아. 못 말리는 왕자병 그거, 우리야 피붙이니 감수했던 거지. 예술가가 자기 재능을 특권으로 알면 예술은 막 내린 거 아냐."

막스가 시니컬하게 되쏘았다.

왕자병, 특권…… 카라얀에 얽힌 기억이 그들 형제에겐 피해의식인지 몰라도 내겐 위안으로 다가왔다.

"그게 문제의 전부는 아니었지. 온실에 너무 가둬놓았어. 피아니스트가 무대 공포가 있으면 어떡하냐고."

카라얀의 성장 과정에 얽힌 이야기가 하나씩 흘러나왔다. 무대 공포증은 처음 듣는 이야기였다. 포컬 모임에서도 한 번도 나온 적이 없었다. 수진이 쇼팽의 무대 공포증을 언급하기 전까지……

식사 시간 내내 나의 눈길은 카라얀의 빈자리에 머물렀다. 가지런히 놓인 은빛 포크와 나이프가 날카롭게 빛을 발할 때마다 그의 그림자가 어른거렸다. 쫑긋 세운 귀를 연상시키는 냅킨 모서리는 그가 사람들 얘기를 엿듣기라도 하는 것처럼 보였다. 넌더리 나는 우리 집 얘기 말고 손님 당신 얘기나 한 번 해보시지. 그가 나를 부추긴다. 가족에 얽힌 얼룩진 사연이야 어느 집인들 없을까. 하지만 결코 털어놓고 싶지 않은, 털어놓아서는 안 되는 비밀도 그중엔 있다. 모든 걸 이루고 돌아온 K를 끝내 만나지 않았고, 삼십 년 가까이 골프장을 누비면서도 골프를 배우지 못했고, 숱한 해외 출장 기회에도 비행기에 오를 수 없었던 이유……

그래? 가해자가 어떤 사람인데? 딸의 사고 소식을 전해 들은 아빠는 처음엔 벼랑으로 떨어진 표정이더니 이내 구원의 밧줄을 부여잡은 듯 기대에 찬 눈빛이었다고 엄마는 아빠의 심리 변화까지 전했다. 대한민국 상위 1퍼센트의 사람들만 즐길 수 있는 레저가 골프이던 시절, 아빠도 한때는 그 부류에 속했으니 그 세계를 누구보다 잘 알고 있었을 것이다. 그 시절, 그 세계에서 캐디란 직업이 어떤 성격인지도……

딱! 타격 소리와 함께 푸른 허공을 향하던 하얀 공, 그럴 때마다 내 눈길은 으레 공을 쫓아 푸른 하늘을 향하게 마련이었다. 희고 단단한 그 작은 공이 푸른 하늘이 아니라 하늘을 탐하는 내 눈을 강타할 줄이야. 경쾌한 금속성 소리와 함께 이내 나의 왼쪽 눈에 번쩍 번개가 내리꽂히면서 내 몸이 둥실 하늘로 날아오르는 느낌이었다. 구름에 오른 줄 알았더니 현실은 구름보다 더 하얀 침대 시트 위였다. 너무 걱정 마. 겉으로는 아무 문제없대. 합의만 잘하면 잃은 것 이상의 보상이 따를 거야. 가해자는 물론 회사에서도 파격적인 대우를 생각하고 있으니…… 수술 후 회복실에서 매니저는 위로와 회유를 적절히 섞어 말했다. '실명'이라는 충격적 사실 앞에 나는 한동안 아무런 생각도 판단도 할 수 없었다. 구름처럼 하늘 저편으로 사라지고 싶었다.

눈이 좌우 두 개라 그나마 얼마나 다행이냐. 긴 시간 병마와 빚에 쪼들려온 아빠는 딸의 사고마저 기회로 여기는 몰염치를 감출 줄도 몰랐다. 아빠의 셈법에 대한 서운함은 오래가지 않았다. 생존을 위한 내 계산기도 이내 정상 작동하기 시작했다. 실명이긴 해도 겉으로는 멀쩡해 보이는 한쪽 눈으로 집안의 빚을 갚을 수 있는데다 직장에서 앞날까지 보장받는다면 밑지는 일도 아니었다. 회사와 가해자가 내민 당근은 나뿐 아니라 온 가족의 허기를 채워주고도 남았다. 차츰 나는 한쪽 눈으로 세상을 보는 데 익숙해져갔다. 하지만 뇌리에 새겨진 '장애'의 기억은 끝내 지우지 못했다.

"그나저나 캐런이 조카 사랑만큼은 유별났는데, 둘이 왜 다툰 거야?"

뮐러가 마중 나왔던 조카의 말이 생각난 듯 막스에게 물었다.

"난 캐런이 아들 가진 나를 질투하는 줄 알았는데, 내 아들의 젊음을 질투하는 것 같아. 여튼 이 집안에서 아무 문제없는 사람은 요한밖에 없어. 멀쩡한 인간들이 티격태격 말이 많지 정신줄 살짝 놓으면 이렇게 평화로운걸."

막스는 동생의 희끗한 머리를 어린애처럼 쓰다듬으며 말했다.

이야기가 다시 알프스로 옮겨가자 식탁 위로 청정한 산바람이 불어왔다. 대화가 이어지는 동안 나와 요한은 먹는 데 열중했다. 크림치즈를 먼저 바른 식빵에 블루베리 잼을 얹어 식빵을 반으로 접었을 때였다. 불쑥 요한의 손이 내 빵을 낚아챘다. 나는 순간적으로 손을 꽉 움켜쥐었지만 이미 빵은 그의 손에 옮겨가 있었다. 다른 사람들은 대화에 빠져 눈치를 못 챘지만 요한의 강탈 흔적은 내 손에 또렷이 남았다. 환자치고 요한의 악력은 셌고 동작도 빨랐다. 바구니에 빵이 그득했음에도 내 손에 남은 상실감은 꽤 오래갔다.

"난, 내일 새벽 일찍 출발해야 하거든."

식사가 끝나자 막스는 바로 자리를 떴다.

뮐러는 요한에게 식후 복용 약을 챙겨 먹인 다음 욕실로 데려갔고 수진과 나는 식탁을 정리했다. 깨끗해진 식탁 위에 여행 책자와 노트를 펼쳐놓더니 수진은 여행 계획을 다시 체크했다. 미리 짜놓은 동선에 설명을 덧붙이면서 수진이 내 의견을 물어오면 나는 선선히 고개를 끄덕였다. 수진의 결정에 따르는 게 당연하고 순리이기도 했지만 한편으로 내 관심은 이미 이 나라 여행에 있지 않았다.

"캐런은 내일 올 건가 보네."

수진이 벽시계를 올려다보며 하품을 했다. 요란한 디자인의 스위스풍 벽시계 바늘이 자정이 가까웠음을 알려주었다. 불쑥 튀어나와 외치는 뻐꾸기 소리에 놀라기 전 나는 서둘러 일어 났다.

*

"이 집에서는 요한이 제일 규칙적으로 생활해요."

일찌감치 아침 식사를 끝낸 뮐러가 환자와 함께 주방을 나서 며 말했다. 셔틀버스 시간에 맞추려면 서둘러야 했던 것이다.

식탁은 4인용으로 세팅돼 있었다.

"막스는 새벽 일찍 알프스로 떠났어."

식탁이 4인용인 이유를 알려주듯 수진이 말했다.

"캐런은, 아직 안 왔나 보지?"

카라얀을 캐런으로 바꿔 부르며 나는 그의 안부를 물었다.

"아, 캐런? 어젯밤 늦게 왔대. 일어나 보니 문자가 와 있더 라고. 지금 자고 있을 거야. 다락방에서."

뜻밖의 소식이었다.

"아침도 안 먹고?"

"원래 낮과 밤이 뒤바뀐 체질이라, 알아서 하겠지. 방치나 무관심이 그에겐 배려야."

수진의 말에 머리를 끄덕이며 나는 그녀에게 오늘 일정에 대해 물었다.

"은행 일도 있고 쇼핑할 것도 좀 있고 해서 아침 먹고 밀러랑 나가보려고. 같이 갈래?"

그 제안에 나는 선뜻 답을 못했다. 다운타운 구경도 좋을 것 같았지만 다락방에 잠들어 있는 카라얀을 생각하니 이 집을 포기하기 어려웠다.

"둘이 갔다 와. 난 피곤해서 좀 쉬어야겠어."

둘러댄 말이 거짓은 아니었다. 낯선 잠자리에 시차까지 겹쳐 전날 밤도 뜬눈으로 새우다시피 했던 것이다. 새벽녘에 잠깐 눈을 붙인 게 다였다.

수진과 밀러가 나가자 집은 더 넓고 커 보였다. 다락방의 카라얀을 떠올리니 집안이 그 옛날 포걸 멤버들 이야기에 나온 '캐슬' 분위기가 나는 것 같기도 했다. 왕자에게 마술을 걸어 다락방에 잠들게 해놓은 마녀라도 된 기분이었다. 나는 조심스럽게 빈집을 둘러보기 시작했다. 일층과 이층을 천천히 둘러본 다음 다락방으로 연결되는 삼층을 향했다. 긴장한 탓인지 나무 계단의 삐걱거림이 유난히 심했다. 한 계단 한 계단 딛고 오를수록 심장이 옥죄어들었다. 마지막 계단에 서자 그랜드피아노 건너편 구석 쪽에 다락방으로 향하는 좁은 통로가 드디어 보였다. 카라얀이 잠들어 있다는 곳…… 두근거리던 가슴이 갑자기 숨이 멎는 느낌이었다. 목적지를 코앞에

둔 마지막 계단에서 더는 발을 움직일 수 없었다. 목적지가 벼랑처럼 느껴지면서 현기증이 났다. 결국 나는 돌아섰다.

다시 일층으로 돌아오자 숨통이 틔는 기분이었다. 환자의 거주 구역인 일층 거실은 휠체어가 제일 먼저 눈에 들어왔고 피아노는 구석에 밀려나 있었다. 거실 가운데 놓인 소파에 앉아 마음을 진정시켰다. 차분해진 시선으로 정원을 다시 바라보았다. 웃자란 풀과 나무를 휘감아 오르는 넝쿨들, 크고 작은 나무들이 서로를 옭아맨 채 단단하게 엉겨 있었다. 나무 한 그루 한 그루의 배치는 물론 잔디 길이까지 정확하게 측정, 양육되는 골프장 조경에 비하면 이 무질서한 정원은 생명과 활기로 넘쳤다.

이용객들이야 부드럽고 완만한 초록 둔덕을 오르내리며 골프장 조경의 싱그러움과 드넓은 시야에 감탄하지만 스무 살 시절의 내게 그곳은 사막이나 다름없었다. 힘찬 스윙 소리와 딱! 하는 타격 음에 이어 하늘을 나는 공을 바라보는 일이 그나마 숨통을 틔워주었다. 하늘 높이 날아가는 공의 해방감에 넋 놓고 있으면 어느 순간 긴 드라이버가 후려치듯 한 번씩 나를 일깨웠다. 정신을 차리고 보면 현실은 어김없이 해저드 구역이었다. 모래 벙커나 덤불숲…… 거침없이 허공을 가르던 공은 기껏 그곳에 처박혀 있기 일쑤였지만 어떤 공은 감쪽같이 사라지고 없었다. 고객들 불평에 아랑곳없이 나는 그 사라진 공들을 축복했다.

수진 부부는 예상보다 늦게 귀가했다. 그들의 인기척에 놀라 깨어난 다음에야 나는 정원을 감상하다 잠에 빠져들었다는 것, 그 잠이 북극곰의 겨울잠처럼 미련할 정도로 길고 깊었다는 사실을 차례로 깨달았다.

"캐런이 우리가 있는 곳으로 왔더라고. 시내에서 만나 같이 점심 먹고 차 한잔했지."

수진이 밝힌 뜻밖의 이유에 나는 북극해의 얼음물 세례라도 받은 기분이었다. 각자 차지한 공간은 달라도 카라얀은 분명 이 저택에 나와 함께 있지 않았던가. 내가 잠든 사이 마법에서 풀려난 그가 다락방을 탈출했단 말인가, 아니면 또 다른 마녀가 나를 잠에 빠뜨려놓고 이 모든 술수를 부린 것인가. 얼떨떨하다 못해 머릿속이 멍해져왔다. 일생일대의 기회에 잠에 빠져 허우적댄 얼빠진 주인공이 바로 나라는 걸 차츰 깨닫게 되었다.

"그런데 왜 같이 안 왔어?"

그들이 나와 카라얀 사이를 훼방 놓기라도 한 듯 내 목소리는 따지는 투였다.

"아, 캐런? 베를린에 있는 자기 집으로 갔어. 우릴 보려고 잠깐 들렀던 거래. 다음 주에 다시 올 거야."

수진은 나의 항의성 물음을 눈치채지 못한 듯 무심히 대꾸하고는 이층으로 향했다.

나는 야릇한 배신감에 사로잡힌 채 수진 부부를 멀거니 바라볼 뿐이었다. 그들을 따라나서지 않은 게 실수였다. 빈집을 어슬렁대며 헛물이나 켜댈 일이 아니었던 것이다. 결정적인 순간에 뒷걸음질이나 하는 소심쟁이가 자신이라는 것도 깨닫지 못한 채…… 하긴 그들을 따라나섰더라도 결과는 다르지 않았을 것 같았다. 한 지붕 아래 있어도 만나지 못한 인연이 다른 곳에서 가능했을 리 없다. 마음을 가라앉히고 나는 스스로를 납득시키듯 되뇌었다. 카라얀, 아니 캐런은 더 이상 이곳에 없다.

*

라이프치히와 베를린을 거쳐 북해에 면한 도시 함부르크까지 갔다. 중요한 음악회와 공연이 열리는 도시를 따라 하는 테마 여행인 셈이었다. 공연 예술 관련 전문가인 수진과의 동행은 고급문화를 향유할 수 있는 둘도 없는 기회였지만 내겐 이차적 관심사였다. 수진을 그림자처럼 따르면서도 나는 뮐러의 고향집으로 돌아갈 날만 기다렸다. 성 안으로 들어가지 못하고 계속 그 주변만 맴도는 부조리한 소설 속 주인공이 바로 나였다. 카프카의 K…… 그러고 보니 카프카 소설 속 주인공 대부분이 'K'였던 것 같다. 자신의 이름 카프카에서 따온 이니셜인지도 몰랐다. K……! 그 이름을 나 자신에게 부여하고 나니, 소설에 그런 기능이 있나 싶도록, 덜 외로웠다.

바다를 낀 도시답게 함부르크는 물기가 많았다. 하루에도 몇 번이나 비가 뿌려 칠월임에도 외출 때는 긴 옷과 우산을 챙겨야 했다. 을씨년스러우면서도 가라앉은 분위기가 나는 싫지 않았다. 음악회가 열리는 콘서트홀 건물도 바닷가에 있었다. 건물은 선율을 연상시키듯 리드미컬한 곡선의 실루엣이 인상적이었다. 맨 꼭대기 층에 콘서트홀이 있었고 야외 라운지에서는 바닷바람이 거세게 휘몰아쳤다. 광풍. 말 그대로 미친 바람이었다. 몸을 내던지면 바다에 떨어지는 게 아니라 북극으로 날아가 빙산에 처박힐 것 같았다.

이 나라 젊은 피아니스트와 베를린 필과의 협연이 있는 날이었다. 수진이 미리 피아니스트에 대해 자세히 설명해주었지만 막상 연주가 시작되고 나니 이름도 기억나지 않았다. 연주회 내내 음악에 빠져 있는 수진과 달리 나는 무대 위 지휘자에게 관심이 쏠렸다. 무대에서 유일하게 등을 보이고 있는 사람이 그였다. 저 지휘자도 혹시 무대 공포증 때문에 연주자에서 지휘자로 옮겨간 경우는 아닐까. 연주가 끝나고 관객을 향해 돌아서야 할 때, 압도해오는 시선과 박수와 환호를 정면으로 받아야 할 때는 어떻게 될까. 시선 공포증이 있는 지휘자는…… 카라얀이 교회를 택한 것도 그런 이유 때문일까. 신의 품에서는 마음의 안정과 평화를 찾을 수 있어서……

"이 콘서트홀 실내 조명 멋지지?"

연주회 끝나고 나오는 길에 웬일로 수진이 먼저 말을 건넸다. 평소라면 그녀는 연주의 감흥에 사로잡혀 한동안 말이 없었지만 이번에는 자리바꿈이라도 한 듯 내가 계속 침묵 모드였다.

"우리, 프라이부르크로 돌아가는 날이 언제지?"

수진의 물음을 건너뛴 채 내가 물었다.

수진이 날짜를 꼽아보는 사이 휴대폰이 울렸다.

"아, 뮐러!"

남편 이름을 다정하게 부르며 수진이 전화를 받았다. 아침, 저녁 두 번의 통화가 어김없이 오갔다. 오전에는 식사 안부였고 저녁에는 경과 보고였다. 수진은 그걸 '습관'이라는 단어로 넘겼지만 단 한 번의 예외도 없다는 게 나로서는 놀라웠다. 콘서트홀 건물이 있는 항구에서 도심으로 향하는 다리를 다 건널 때까지 수진의 통화는 계속되었다.

"나 참. 그새 분란이 있었네."

평소보다 길었던 통화가 끝나자 수진이 말했다.

그날 남편과 카라얀 사이에 있었던 다툼이 전화의 주 내용이었다. 막내 요한을 재활센터에 보내놓고 뮐러가 집안 청소를 하던 중이었다고 했다. 늦게 일어난 카라얀이 주방 쪽 테라스에서 커피를 마시고 있어서 뮐러는 다른 곳부터 청소하고 다시 테라스로 돌아왔다는 것. 여전히 카라얀이 테이블을 차지하고 앉아, 이번에는 커피 아닌 맥주를 마시고 있더라는 것. 그래서 뮐러가 '형이 청소하는데 거들어주지는 못할망정 아침부터 웬 술이냐'고 카라얀에게 했던 잔소리가 도화선이 되었다는 것. 그 한마디에 카라얀이 화를 벌컥 내며 집을 뛰쳐나갔다는 게 사건의 전말이었다.

"그럴 만도 하지. 캐런은 지난 삼 년 동안 동생 뒤치다꺼리 하느라 얼마나 힘들었겠어. 뭘러야 기껏 열흘 남짓 봉사에 그런 잔소리를 해댔으니."

수진도 통화에서와는 달리 남편 아닌 시동생 편이었다.

"집을 뛰쳐나가면 어디로……?"

카라얀의 행방이 궁금해진 내가 물었다.

"베를린에 있는 자기 집으로 갔겠지."

수진의 무심한 대꾸가 북해의 새벽바람처럼 내 가슴을 휩쓸고 지나갔다. 가슴이 휑했다.

"이 집 형제들이 욱하는 성질이 좀 있어. 그래도 우애만큼은 각별해. 집안 문제도 형제애를 발휘해 자기들끼리 다 해결하잖아. 나는 안 끼워 넣고."

수진의 말은 귓등으로 흘려들으며 내 머릿속은 다시 일정 체크로 복잡해졌다. 자칫 카라얀을 못 만날 수도 있을 것 같았다. 베를린에 들렀을 때 박물관 섬을 들르지 않는 걸 수진이 '캄보디아 여행에서 앙코르와트를 빼놓은' 격이라고 했던 것처럼 카라얀 없는 내 여행도 그렇게 되기 십상이었다. 그렇다고 수진에게 그와의 만남을 부탁하고 싶지는 않았다. 오해가 두려워서도 아니고 자존심이나 체면의 문제도 아니었다.

그저 자연스럽게 만나고 싶었다. 우연인 듯 필연처럼……

*

마지막 저녁 식사는 6인용 식탁에서 이루어졌다. 첫날과 달리 빈자리는 없었다. 알프스 등반을 갔던 막스가 돌아왔고 그의 아들도 집에 와 있었다.

"캐런은 내일 올 거래요. 모레 요양원 알아보러 같이 가기로 했으니까."

직접 통화한 조카가 카라얀 소식을 모두에게 전했다. 온 가족이 모였을 때 매듭지어야 하는 문제가 남은 것이다. 그들 사이에 사설 요양원에 관한 이야기가 식사와 함께 본격적으로 오가기 시작했다.

카라얀이 온다는 내일은 나의 출국일. 6인용 식탁의 관점에서 보자면 아주 잘된 일이 아닐 수 없었다.

"혜수 이모, 어쩌면 프라이부르크 중앙역에서 캐런과 만날 수도 있겠어요."

나의 출발 시간을 물었던 조카가 뜬금없는 말을 했다. 난생 처음 산 로또 한 장을 놓고 당첨 확률을 따지는 얘기처럼 들렸다.

"나도 아까 캐런과 통화했는데, 혜수 네 얘길 했더니, 왜 이제 그 얘길 하느냐고 서운해하더라고. 그도 우리 포걸 멤버에 대한 기억이 각별했나 봐. 역에서 둘이 잠깐 인사라도 나누고 가는 건 어떻겠어?"

수진의 제안에 솔깃해하던 나는 이내 냉정을 되찾았다.

"다음에 기회가 있겠지."

짐짓 차분한 어조로 내가 말했다. 다음 기회는 없다는 걸 누구보다 잘 알고 있는 내가……

"알프스도 예전의 알프스가 아니더라고. 눈이 많이 녹아내렸어. 만년설도 조만간 옛날얘기가 돼버릴지도 몰라."

알프스 등반을 마치고 온 막스도 상쾌한 바람을 식탁에 몰고 오지는 못했다.

요한은 언제나처럼 빵에 버터만 듬뿍 발랐다. 그는 어린애처럼 유난히 버터를 좋아했다. 버터만으로 속을 채운 샌드위치를 만들더니 자기 접시에 차곡차곡 쌓아놓았다. 네 개, 다섯 개…… 그는 이렇게 한 번씩 환자 티를 냈다. 자신이 이 집을 떠나야 할 이유를 가족들에게 일깨워주기라도 하듯.

나는 요한의 접시에 쌓인 빵 가운데 하나를 집어왔다. 나와 눈이 마주친 그는 이전에 내 빵을 강탈해간 사실을 기억하기라도 한 듯 씨익 웃었다. 빵 틈으로 비집고 나오는 버터의 느끼한 고소함을 음미하며 나는 이 집을 떠날 사람들 순서를 떠올려보았다. 나부터 시작해 한 사람씩 순번을 매겨가고 있으니 이 집 정원이 밀림으로 변해가는 광경이 오버랩되었다.

*

프라이부르크 중앙역에 내린다. 공항으로 가는 열차로 환
승하기 위해서다. 대합실 전광판에는 이십 분 후 도착 예정으
로 나와 있지만 정시 도착을 기대하는 건 부질없다는 걸 경
험으로 깨우쳤다. 승강장에 막 도착한 열차에서 사람들이 쏟
아져 나오고 있다. 캐리어를 끌거나 백팩을 멘 여행객들, 회
사원, 어린아이를 동반한 젊은 부부, 노인들도 보인다. 다수
의 백인들 속에 아프리카인, 아랍인도 보이고 더러 아시아계
도 있다. 어쩌면 저 물결 속에 카라얀이 있을 수도 있다. 첫
날 수진 부부를 따라 승강장에 내려서던 때가 떠오른다. 카라
얀이 마중 나오기로 했어. 수진의 말에 긴장하며 걸음을 내딛
던, 하지만 첫 단추부터 어긋나던 기억의 승강장을 반대 방향
에서 거슬러 가고 있다.

휴대폰이 진동한다. 걸음을 늦추고 손가방에서 폰을 꺼내
려는데 뒤에서 어떤 남자의 음성이 또렷이 들린다.

"비테!"

고개를 돌리니 한 서양인 남자가 황급히 다가선다. 엷은 미
소의, 게르만족의 후예일 법한 건장한 체구의 남자다. 희끗한
그레이 컬러의 머리칼, 에메랄드빛 눈동자의 살집 많고 선량
해 보이는 늙수그레한 남자…… 이 남자가 카라얀일 것 같지
는 않지만 이십 년 후의 카라얀은 이런 친근한 노인의 모습일

수도 있지 않을까, 하는 생각이 스친다. 설령 그가 '제가 카라얀, 아니 캐런입니다' 하고 또렷이 말하더라도 나는 모른 척, 못 알아들은 척할 것이다.

"이스트 다스……"

그의 말보다 그가 치켜든 손의 물건이 먼저 내 눈에 잡힌다. '샘물.' 세종이 사랑하는 백성을 위해 손수 만든 한글이 또렷이 표기된 물병이다. 기내에서 챙겨와 여행 내내 백팩 밑바닥에 깔려 있던 걸 꺼내 작별 인사하듯 한 모금 마시고는 대합실 의자에 놓고 온 것이다.

선량한 인상의 게르만족 남자를 보며 나는 엷은 미소로 고개를 저어 보인다. 내 것이 아니라는, 아니면 빠뜨린 게 아니라 버린 것이라는, 상대로서는 정확히 무슨 의미인지 알 수 없는 제스처로 손을 저어 보이고는 가던 걸음을 재촉한다. 그게 페트병 아닌 황금 호리병일지라도 나는 돌려받지 않을 것이다. 손에 땀이 나게 쥐고 있던 바통조차 이제는 놓아야 할 때다.

끊임없이 성 밖을 맴돌던 K, 그는 결국 성에 들어가지 못한다. 성에 들어가는 것과 그 주위를 맴돌며 그 안을 꿈꾸고 상상하는 것, 어느 쪽이 더 성을 잘 아는 것일까. 알프스에 올랐던 이도 그렇게 말하지 않았나. 꼭대기에 올라서면 눈에 훤히 들어오는 건, 정상이 아니라 발아래 세상이었다고……

공항으로 가는 기차가 승강장으로 들어오고 있다. 휘어진 철로를 따라 부드러운 곡선을 그리며 열차가 미끄러지듯 다가온다. 성 밖을 맴돌던 무수한 K와 함께 나는 열차에 오른다.

카프카의 K는 성에 들어가지 못한다. 그 주위를 끊임없이 맴돌며 성을 동경하고 꿈꾸는 이들과, 성 안에 살고 있는 이들, 어느 쪽이 성을 더 잘 아는 걸까? 견고한 성곽을 두른 채 우뚝 솟은 저 성은 존재하긴 하는 걸까?

N번째
살인미수
사건

허택

자살

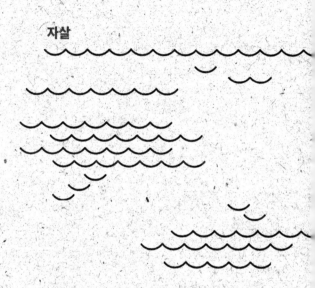

2008년 『문학사상』 신인상에 단편소설 「리브 앤 다이」가 당선되며 작품 활동을 시작했다. 소설집으로 『리브 앤 다이』, 『몸의 소리들』 『대사증후군』 『언제나 편하게』 등이 있다. 부산작가상, 이주홍문학상을 수상했다.

1

놈을 죽여야 한다. 크리스마스이브 아침이다. 며칠 전부터 캐럴과 찬송가가 거리마다 넘쳤다. '벌써 캐럴이 흘러나오네. 한 해가 벌써 넘어간다.' 한 해가 넘어가는 것을 느끼게 되는 노래다. 왠지 가슴이 찡하다. 연례 행사처럼 캐럴과 찬송가를 들으면서 놈을 몇 번씩이나 죽이려 했으나 실패했다. 가슴 치며 자괴감으로 괴로워했다. 언제나처럼 크리스마스이브에도 이기대 아침 산책을 한다. 칼바람은 하늘, 땅 그리고 바다를 휘젓는다. 나를 혹한의 공포로 몰아붙인다. 칼바람 맞으며 온몸은 살얼음 속으로 빠져드는 것 같다. 갯바위에 굉음을 쏟아내는 파도가 거칠다. 갯바위에 부딪히는 파도의 흰 포말은 나를 잡아먹으려 달려드는 야수의 혀 같다. 한 발자국, 한 발자국 야수 같은 파도를 피하면서 굉음과 칼바람을 뚫고 바위를 걷는다. 나는 칼바람을 느끼고, 굉음을 듣고, 야수 같은 파도를 본다. 건너편 해운대 초고층 빌딩들이 칼바람과 야수 같은 파도에 무너져 내리는 듯하다. 광안대교도 휘청거리는 듯하다. 칼바람이 저승사자처럼 휘몰아친다.

그때 카카오톡 문자음이 울린다. 서울에 사는 초등학교 동창 석이가 보내온 동영상이다. 삼 년 전부터 소식이 없어 궁금했던 석이다. 반갑다. 급하게 동영상을 튼다. 헨델의 오라토리오 「메시아」 작품번호 56 합창곡 '할렐루야'다. 웅장하고 장엄하며 성스러운 합창곡이다. 삭풍을 뚫고 합창곡은 힘차게 퍼진다. 굉음도 합창 속으로 스며든다. 합창단원들이 가슴을 울리는 연출을 했다. 저승사자 같은 삭풍도 합창의 온기에 부드러워진다. 나도 합창을 함께 부르며 힘차게 바위 위를 뛰어다닌다. 겨울 하늘에 석이의 어릴 적 천진한 웃음이 아른거린다. 우리는 천진난만하게 다대포 해수욕장에서 물장구치며 놀았다. 수평선에 노을이 드리워질 때까지 우리 웃음은 끝나지 않았다. 옛 친구에 대한 그리움이 솟구친다. 그러자 눈물이 터진다. 노래를 높이 부르며 뜨거운 눈물을 흘린다.

그때 나를 괴롭히고 웃음을 빼앗아간 놈이 갑자기 나타난다. 후회하며 한 해를 넘기고 싶지 않다. 놈은 계속 미련이 남는지 나를 힐끗힐끗 쳐다본다. 놈은 언제나 뻔뻔스러웠다. 내 눈초리가 비장해지자 체념한 듯 징그럽게 웃는다. 할렐루야, 할렐루야, 나는 함께 노래를 합창하며 주먹을 불끈 쥔다. 야수 같은 파도가 놈을 기다리고 있다. 합창곡이 클라이맥스를 향해 치달을 때 나는 목이 터져라 함께 노래를 부르며 놈의 멱살을 힘껏 잡는다. 놈은 의외로 반항하지 않는다. 얌전하게 눈을 감고 있다. 놈을 야수 같은 파도로 힘껏 밀어 넣는다. 놈은 굉음을 쏟아내는 파도 속으로 허우적거리며 사라진다. 합창곡이 끝나는 순간 내 주변이 숙연해진다. 잠시 굉음도 사라지고, 삭풍도 잔잔해진다. 어깨가 홀가분해진 나는 삭풍 속으로 조용히 스며든다. 발걸음이 산뜻하다. 가볍게 아침 산책을 마치고 집으로 돌아간다. 아내가 내 얼굴을 웃으면서 바라본다.

"놈을 또 죽였군요. 당분간 마음이 편하겠어요."

아내는 이미 알고 있었다는 듯 토마토 주스를 내게 건네며 말한다. 지난번에도 내 표정을 보고 이미 놈을 살해한 것을 알아차렸다.

"그녀만 나타나지 않으면 놈도 다시 살아나지 않을 텐데요. 쯧쯧쯧."

걱정 어린 말이었지만 행복한 웃음이 아내 얼굴에 가득하다.

"할 수 없지. 그녀는 반드시 나타날 것이고, 그때 또 놈을 살해해야지."

나는 이제 한 해를 무사히 마무리했다고 생각하며, 크리스마스를 즐겁게 맞이한다.

2

　'와장창, 쨍.'
　놈이 괴성을 지르며 커다란 벽면 거울에 크리스털 재떨이
를 던졌다. 벽면 거울이 와장창 깨지며 거울 조각들이 폭설처
럼 거실로 퍼졌다. 놈은 퍼지는 거울 조각을 맞고 괴성을 지
르며 발광을 부렸다. 놈은 괴물로 변했다. 아들은 거실 구석
에 움츠린 채 벌벌 떨면서 놈을 쳐다봤다. 아내도 나도 없었
다. 그녀와 놈만이 거실에서 서로 으르렁거렸다. 그녀도 놈에
게 패악을 부렸다. 그녀는 울부짖으며 탁자에 놓여 있던 책들
을 놈에게 던졌다. 거실은 결전의 아수라장 같았다. 거울 조
각은 거실 바닥에서 음흉하게 번쩍거렸다. 아늑한 집이 아니
었다. 아들이 더 이상 참지 못하고 그만하라고, 제발 그만하
라고 울부짖었다. 아들도 놈과 그녀처럼 괴물로 변했다. 그녀
가 괴물로 변한 아들을 보고 놀랐다. 놀란 그녀가 사라졌다.
그리고 아내가 나타났다. 깜짝 놀란 아내가 아들을 부둥켜안
았다. 둘은 부둥켜안은 채 울었다. 아수라장이 울음으로 가득
찼다. 놈은 두 사람 울음에 발광을 멈췄다. 놈도 뒷걸음치며
사라졌다. 거실은 엉망진창이었다. 나는 부둥켜안은 채 울고

284

있는 아내와 아들을 멍하게 쳐다봤다. 순간 사라진 놈을 죽이고 싶었다. 두 사람의 울음은 나를 나락으로 빠뜨렸다. 두 사람은 나를 아랑곳 않고 안방으로 들어갔다. 나는 날카롭게 반짝이는 거울 조각 위를 걸었다. 핏물이 선명하게 거울 조각과 거실 바닥에 퍼졌다. 핏물이 묻은 거울 조각 속에서 놈이 야차처럼 웃고 있었다. 아픔을 느낄 틈이 없이 놈을 잡으러 헤맸다. 놈은 피 묻은 거울 조각 속으로 비굴하게 웃으며 숨어 다녔다. 잠시 후 아내가 훌쩍이며 안방에서 나와 빗자루로 거울 조각들을 쓸어 모았다. 아들의 울음은 잠잠해졌다. 거울 조각에 숨었던 놈은 아내의 빗자루질을 따라 쓰레기통 속으로 사라졌다. 놈을 놓친 자책감에 가슴이 콕콕 쑤셨다. 울음을 멈춘 아내가 붕대와 연고를 나에게 건네줬다. 눈을 돌린 채. 나는 그녀가 어디 갔냐고 묻지 않았다. 아들이 어떻냐고도 물을 수 없었다. 조용하게 밤이 지나고 아침이 오길 기다려야 했다. 아내의 얼굴을 피해 슬그머니 문간방으로 들어갔다. 밤새 뒤척이며 놈이 언제쯤 왜 나타났는지 머릿속으로 추적했다. 두통만 심할 뿐 알아낼 수 없었다.

　새벽녘 잠시 새우잠을 잔 후 깼다. 몸을 뒤척이며 창살로 들어온 가을 아침 햇살을 실눈으로 바라봤다. 잔잔하고 아름다웠다. 두통은 심했지만 아침 공기는 햇살 속에 상쾌했다. 나를 느낄 수 있는 아침이었다. 거실로 나오자 아내가 보였다. 아침 햇살 속에서 아내는 흐느끼고 있었다. 아내 곁 아침 햇살은 싸늘했다. 아들은 방에서 보이지 않았다. 아내는 흐느끼며 아들이 남겨놓은 쪽지를 건넸다. 집을 나간다는 말이 쓰여 있었다.

'놈을 죽여야 했는데……'

후회가 휘몰아쳤다. 놈은 사라졌다. 도저히 찾을 수 없다. 아내의 슬픈 눈빛이 나를 나락으로 빠뜨렸다. 아내의 흐느낌이 들렸고, 눈물이 보였으며, 아픈 가슴이 느껴졌다. 나는 어젯밤 놈을 찾고 싶었다. 놈은 뻔뻔하게 사라졌다. 아내 곁에 그녀는 없었다. 다행이다. 아들의 마음이 내 가슴속에서 느껴졌다. 왜 그동안 아들이 보이지 않았지? 아들 앞에는 놈만이 얼쩡거렸고 아들을 괴롭히며 협박했다. 아내가 긴 한숨 끝에 내 손을 잡았다. 손끝에 온기가 느껴졌다. 눈물을 흘리며 서로를 바라봤다.

"아들이 보일 거예요. 마음으로 아들을 받아들이세요. 놈에게 아들을 맡기지 말고 아들이 원하는 예술대학에 보내세요."

아내가 뚜렷하게 보였고 나는 고개를 끄덕였다.

"우리 결혼기념일에 기타 치며 축하 노래 불러주던 아들이 기억 안 나요?"

아내가 흐느끼며 내 기억을 되살렸다. 삼 년 전 기타 치며 축하 노래를 부를 때 아들은 행복하고 사랑스런 얼굴이었다. 그때 나는 기타 소리에 빠져들며 아들을 대견스러워했다. 아들이 음악에 재능 있다는 게 놀라웠다. 아들과 나는 잠시 만났었다. 그때 아들이 뚜렷하게 보였다. 아들도 행복하고 사랑스럽게 웃었다. 다음 날, 놈이 다시 나타나서 아들을 전처럼 괴롭혔다. 아들에게 가야 할 길을 가라고 윽박질렀다. 사는 게 그렇게 쉬운 일인 줄 아느냐며 험상궂은 눈으로 아들을 닦달했다. 그때마다 그녀가 나타나서 왜 아들을 윽박지르고 협박하느냐고 따졌다. 놈은 당당하게, 아들을 사랑하기 때문이라고 말했다. 그건 사랑을 빙자한 아집이라며 그녀는 눈을 부릅뜨고 대들었다. 그녀와 놈의 싸움은 거의 매일 계속됐다. 아들은 놈의 횡포에 점점 작은 괴물이 되어갔다. 놈은 아들이 작은 괴물로 변하는 것을 알지 못했다. 놈은 대학시험 날짜가 다가올수록 아들을 더욱 궁지로 몰며 협박했다.

"기타는 취미로 즐기는 거지, 너의 일생을 책임질 수 없어. 세상은 야수들이 우글대는 정글 같은 곳이야. 내 말을 듣지 않으면 더 이상 아들이라 생각하지 않겠어."

아들이 의과대학에 불합격하자 재수를 강요했다. 기타를 창고에 숨겼다. 행복하게 기타 치는 아들은 보이지 않았다. 하루하루 집은 아수라장이 되어갔다. 놈이 워낙 살벌해서 나는 나타날 수 없었다. 아내만 자주 놈에게 눈물로 하소연했다. 아들의 마음을 받아들이라고. 놈이 아내에게 냉소를 짓자 아내 대신 그녀가 나타나서 놈과 험악하게 싸웠다. 대입 원서를 내는 날이었다. 아들은 괴물 같은 모습으로 놈에게 최후의 싸움을 걸었다. 놈은 폭발했으며 온 집안을 아수라장으로 만들었다. 아들은 결국 가출했다. 아내와 나는 당혹스러웠다. 아들이 갈 만한 곳을 이리저리 수소문했지만 찾을 수 없었다. 아내는 놈을 찾아내서 죽여야 한다고, 놈이 죽어야 아들이 나타난다며 나를 닦달했다. 왜 진작 놈을 죽이지 않았느냐고 원망했다. 놈 때문에 온 집안이 엉망진창이 됐다고 했다. 나는 눈물을 흘렸다. 눈물 사이로 어릴 적 아들이 어른거렸다. 재롱부리며 깔깔대던 아들이 보였다. 아들은 놈의 횡포에 그동안 힘든 나날을 보냈다. 놈의 횡포가 너무 심해서 나는 아들을 제대로 볼 수 없었다. 기타 음률에 빠진 아들의 행복한 모습이 보이지 않았다. 놈은 아들을 그의 욕망에 가둬버렸다.

며칠 후 찜질방에서 코로나로 신음하는 아들을 찾았다. 아들은 기진맥진한 상태였다. 나와 아내는 형편없는 아들의 몰골을 보고 가슴이 터지게 울었다. 아들이 보였다. 행복하게 기타 치는 아들의 모습이 그리웠다. 아내가 놈을 수색해서 잡아왔다. 아내는 놈이 숨어 있는 곳을 쉽게 찾았다. 그때마다 나는 아내에게 놀라곤 했다. 놈은 나 모르게 버젓이 활개 치고 다녔다. 늦가을 밤에 앓고 있는 아들 앞에서 놈을 죽였다. 놈은 아내와 그녀의 공격에 내 앞에서 무력한 모습을 보였다. 아내와 그녀 덕분에 쉽게 놈을 죽일 수 있었다. 하지만 아내는 또 언제 놈이 되살아날지 모른다며 걱정스럽게 나를 쳐다봤다.

3

아내는 그녀를 죽이지 않았다. 세월이 흐르면서 아내는 그녀를 온순하게 다루는 법을 알게 됐다. 결혼한 지 삼십 년이 넘으니까 아내와 그녀는 쌍둥이처럼 붙어 다녔다. 큰딸을 임신하기 전까지 그녀도 천방지축이었다. 놈과 그녀는 안하무인이었다. 사랑이라는 허울을 쓰고 세상을 그들만의 것으로 여겼다. 큰딸을 임신하자 그녀는 불안, 초조, 우울증까지 보이며 살쾡이처럼 예민하게 변했다. 그녀에게 몸속 태동은 날벼락 같은 놀라움이었다. 하지만 몸속 태동은 또 다른 그녀를 느끼게 했다. 그녀는 아내이기 이전에 엄마의 기분을 먼저 느꼈다. 불안하고 초조하던 얼굴이 근엄하게 변하곤 했다. 놈은 그녀가 엄마로 변하는 것을 깨닫지 못했다. 여전히 놈은 천방지축으로 행동했다. 아버지를 느끼라고 그녀가 촉구했지만 건성으로 흘려들었다. 결혼 후 그녀는 엄마와 아내로 변신했다. 큰딸을 출산했을 때 아내는 제왕절개를 거부했다. 엄마를 깊게 느끼고 싶다고 했다. 진통은 길었고 심했다. 놈은 잠시 아버지가 무엇인가 의문이 들었다. 놈은 아내의 진통 소리를 들으며 아버지와 남편이라는 게 무엇인지 잠시 생각했다. 하지만 남편과 아버지는 아리송한 말들이었다. 그래도 깊게 생각했다. 살면서 처음으로 느껴지는 남편이나 아버지라는 말은 어색하고 무거웠다. 잠시 어깨가 무거워지는 것을 느꼈다.

아내가 출산 후 뽀얗게 반짝였다. 그녀는 찾아볼 수 없었다. 그녀를 잃어버린 서운함이 느껴졌다. 아기를 안고 있는 아내는 엄마로서 자상했다. 셋째까지 출산하는 동안 아내는 그때그때 변했다. 아이들에게는 엄마로서 충실하게 생활했다. 하지만 놈과 만날 때 그녀는 여전히 앙칼지게 행동했다. 놈과 그녀는 만나면 으르렁거렸다. 그녀와 놈이 싸우는 꼴을 보면 언제 뜨겁게 사랑했는지 모를 지경이었다. 그녀가 간혹 나를 만나게 되면 놈을 죽이라고 엄포를 놨다. 아내는 자주 나를 다독이며 놈을 죽여야 한다고 구슬렀다. 간혹 눈물을 보이기조차 했다. 하지만 나는 삼십대까진 놈을 죽이는 법을 몰랐다. 나는 아버지로 변신했지만 아내만큼 그렇게 행동하지 못했다. 아내와 엄마가 함께 있을 때 그녀는 보이지 않았다. 아내는 그녀를 굳이 죽일 필요가 없었다. 아내는 갱년기 이전까지 그녀를 편안하게 받아들였다. 나는 간혹 힘없이 아내에게 물어봤다. 그녀를 죽이지 않고 아내와 엄마로서 함께 살아갈 수 있냐고. 아내는 살포시 웃으며 아이들이 찬찬(燦燦)히 보이고 내가 초라하게 보일 때 그녀도 온순해진다고 말했다. 하지만 그녀와 놈이 서로 죽이려고 치열하게 싸운 적이 있었다. 장렬한 전투였으며 결국 놈은 전사했다. 놈은 그녀에게 처음 죽임을 당했다. 놈이 주식투자에 빠졌을 때였다. 놈은 삼십대 말이었다. 삼십대 초부터 놈은 아내 몰래 주식에 빠지기 시작했다. 박봉의 월급에 무리하게 주식에 투자했다. 놈은 주식투자 때문에 핑계와 변명이 많아졌다. 은행 대출까지 받으며 놈은 주식에 미쳤다. 아내는 전혀 놈의 음모를 눈치채지 못했다. 아내는 착실하게 주택청약예금을 넣어나갔다. 아내는 엄마로서 알뜰했다. 시간 나는 대로 피아노 레슨을 하여 살림에 보탰다. 그녀는 간혹 피아노를 치며 아내를 잊곤 했다. 피아노 연주를 하면서 그녀는 놈이 이상하다는 것을 느꼈다. 그럭저럭 살림을 꾸려가던 아내는 놈의 이상한 행동들을 떠올렸다. 놈은 그녀에게 이 년간 생활비를 주지 않았다. 생활비는 거의 피아노 레슨비로 충당되고 있었다. 그녀와 아내는 왜 놈을 몰랐을까? 그녀는 놈이 그동안 거짓과 변명만 했다는 걸 깨달았다. 아내는 시댁에 급전이 필요해 은행 대출을 했다는 놈의 말을 믿었었다. 놈의 얼굴은 초췌하고 시커멓게 타들어 갔다. 안절부절못하면서 눈동자가 핏대로 충혈됐다. 그녀의 예감은 틀린 적이 없었다. 그녀는 놈을 추적했다. 놈이 주식에 중독된 것을 알았다. 그녀는 야차로 변했다. 은행 대출이 삼억이었다. 놈의 월급은 은행 대출이자로 거의 쓰였다. 그녀는 놈에게 싸움을 걸었다. 싸움은 치열했다. 한 달간 집안은 아수라장이 됐다. 아이들은 매일 울었다. 그녀는 놈을 죽이겠다고 결심했다. 그녀는 놈의 멱살을 잡고 이기대로 끌고 갔다. 놈은 힘껏 저항했지만 야차로 변한 그녀를 이길 수 없었다. 그녀는 나를 찾았지만 나는 그녀 앞에 나설 수 없었다. 그러자 그녀는 독기 품은 눈으로 나를 협박했다. 함께 놈을 죽이지 않으면 바닷속으로 아내를 빠뜨리겠다고. 나는 벌벌 떨면서 놈의 어깨를 잡고 그녀를 도왔다. 그녀는 버둥대는 놈을 두 손으로 힘껏 잡고 시커먼 이기대 바닷속으로 던져 넣었다. 그녀의 힘은 놈도 감당할 수 없을 만큼 엄청났다. 놈은 허우적거리며 이기대 밤바다 속으로 빠졌다. 놈이 바닷속에 빠지는 꼴을 보고 나는 벌벌 떨며 겨우 그녀와 마주할 수 있었다. 그녀는 나를 비겁하다고 힐책했다. 그때 아내가 보였고 아이들이 보였다. 아수라장으로 변한 집구석을 보니 울컥했다. 아내는 나에게 대출금을 상환하라며 2억5천을 줬다. 나는 손이 떨려 그걸 받을 수 없었다. 2억5천에는 아내의 땀이 서려 있었다. 나는 놈 때문에 전셋집을 전전하게 됐다는 것을 깨달았다. 나의 눈에 힘들어하는 아내가, 20여 평 전세 아파트에서 북적대는 아이들이 보였다. 놈 때문에 힘들어하는 가족이 선명하게 내 눈에 새겨졌다. 나는 결심했다. 놈을 죽일 거라고.

4

큰딸 결혼식 전날, 아내는 대견하다는 듯 내 등을 토닥거리며 위로한다. 놈을 잘 죽였다고. 딸을 행복하게 보내자고. 나의 마음에 슬픔이 가득했지만 사위와 행복하게 웃는 큰딸이 보였다. 아내가 서글프게 웃으며 넋두리를 털어놓는다. 큰딸 결혼이 그녀와 놈의 젊은 시절을 재생하듯 닮았다고. 놈과 그녀도 양가 집안의 반대에도 불구하고 뜨거웠다. 결혼 전에 큰딸을 가졌고 동거를 했다. 양가 부모들이 원망스러웠다. 나와 아내는 존재하지 않았다. 놈과 그녀는 부모들과 치열하게 싸웠다. 양쪽 모두 지치지도 않았다. 임신 사 개월째 됐을 때 장모가 그녀를 뚜렷하게 보기 시작했다. 장모는 긴 한숨 끝에 결혼을 허락했다. 놈과 부모는 여전히 싸움 중이었지만 결혼식을 올렸다. 양가 부모들도 왜 결혼을 반대해야 하는지 그 이유를 정확히 몰랐다. 그저 궁합이 맞지 않는다는 이유뿐이었다. 놈이 단명한다는, 그녀가 청승맞은 과부 팔자라는 단순한 이유였다. 하지만 그들 모두는 심각했다. 원수처럼 서로 으르렁거렸다. 양쪽 집은 거의 일 년 동안 아수라장이 됐다. 결혼 후에도 놈의 부모는 얼굴을 찌푸리고 그녀를 질시했다. 장인도 놈을 볼 때마다 언짢은 표정을 지었다. 그런 탓에 놈과 그녀의 신혼생활은 행복하지 못했다. 큰딸을 가졌을 때 그녀는 엄마로서 스스로를 깊게 느꼈다. 그녀로만 존재할 수 없었다. 아내는 태동을 느끼며 그녀 속에서 엄마를 깨달았다. 그때 잠시나마 아내는 그녀를 떠나보냈다. 손녀가 태어나자 양가 부모는 아내와 놈을 다정하게 받아들였다. 육십대였던 양가 부모는 손녀를 사랑스럽게 쳐다봤다. 하지만 나는 놈의 횡포에 움츠린 채 숨었다. 비굴했지만 놈에게 대항할 수 없었다. 큰딸이 흑인을 애인이라고 소개했을 때 놈과 그녀는 큰딸

을 질책하며 화를 냈다. 놈은 발광했고 그녀는 한 달가량 큰
딸을 보지 않고 드러누웠다. 흑인이라는 단순한 이유 때문에
큰딸 결혼을 반대했다. 큰딸이 임신하고 나타났다. 그녀가 깜
짝 놀랐다. 그녀는 큰딸이 엄마가 된다는 것을 깨달았다. 아
내는 엄마로서 그녀를 쫓아냈다. 아내는 큰딸의 울음과 웃음
을 봤다. 큰딸은 엄마가 된다는 두려움과 놀라움, 설렘 등 온
갖 감정에 휩싸였다. 아내는 큰딸을 돌봐야 했다. 결혼보다
는 큰딸의 임신이 아내를 긴장시켰다. 아내는 놈과 그녀의 결
혼 전이 떠올랐다. 아내는 긴 한숨을 쉴 수밖에 없었다. 큰딸
을 품 안에 껴안았다. 떨고 있는 큰딸의 어깨를 품 안에서 느
꼈다. 큰딸이 눈물 머금은 웃음을 지었다. 아내는 그녀를 쫓
아낸 것이 다행이라고 생각했다. 아내와 큰딸은 서로 웃으며
깊게 껴안았다. 아내는 엄마로서 큰딸을 다정하게 달랬다. 걱
정하지 말라고. 엄마가 이제는 도와주겠다고. 아내는 매일 놈
을 죽여야 한다고 다정하게 잔소리했다. 하지만 놈을 죽일 수
가 없었다. 놈은 포악해졌다. 나는 놈이 두려워 숨어 있어야
했다. 아내는 놈을 다루는 방법을 삼십여 년 결혼생활을 하는
동안 저절로 터득했다. 아내는 큰딸과 아들 그리고 막내딸과
함께 나를 설득했다. 우리가 도와주겠다고. 놈을 과감하게 죽
이라고. 큰딸의 가련한 모습을 보라고. 이제 살 만큼 살았으
니까 용기를 가지라고. 가족의 목소리는 우렁찼다. 그들의 목
소리가 뚜렷하게 들렸다. 나는 놈을 죽이려고 용기를 냈다.

5

갱년기에 접어들자 아내가 사라져버렸다. 그러곤 그녀가 집안을 점령했다. 그녀는 온 집안을 괴물처럼 휘어잡았다. 아이들조차 그녀를 두려워했다. 엄마가 없어졌다며 걱정하고 슬퍼했다. 그녀는 특히 놈에게 심하게 횡포를 부렸다. 나는 아내가 사라진 것을 처음 느꼈다. 그녀는 나날이 포악해졌다. 그녀는 놈을 거의 매일 괴롭혔다. 그녀의 얼굴은 야차보다 더 흉측하게 변했다. 놈도 점점 그녀를 무서워했다. 나는 왜 아내의 갱년기가 이런 식으로 찾아왔는지 의문에 빠졌다. 사는 동안 아내의 몸은 놈에게 무자비하게 시달렸다. 아내의 마음은 놈의 횡포에 지쳐버렸다. 아내는 놈에게 너무 많은 시간을 낭비했다.

스물여섯번째 결혼기념일 아침이었다. 놈은 결혼기념일인 줄 몰랐다. 평소처럼 은행에 출근하려고 서둘렀다. 하지만 아내는 아침 식사 준비를 하지 않았다. 그녀가 잠옷 차림에 부스스한 머리를 하고 거실 소파에 앉아 모닝커피를 마시고 있었다. 평소에 즐기지 않는 모닝커피를 마시는 그녀를 보고 놈은 깜짝 놀랐다. 놈은 아침 식사 투정을 했다. 그녀의 얼굴이 험악하게 일그러졌다. 그녀는 괴물처럼 덤벼들었다. 놈은 감당할 수 없었다. 놈은 그녀에게서 두려움을 느꼈다. 놈은 항복했다. 그리고 놈은 도망쳤다. 나는 그녀를 볼 수 있었다. 그녀는 놈을 쉴 새 없이 비난했다. 그날 밤늦게까지 집안이 엉망이었다. 막내딸이 나에게 전화했다. 나와 막내딸은 집 근처 김밥집에서 저녁 식사를 해결했다.

"엄마 왜 그래?"

막내딸은 걱정스레 나에게 물었다. 대학 새내기인 막내딸은 그녀를 본 후 당황했다. 막내딸이 서울의 종합병원에 근무하는 큰딸에게 전화했다. 엄마가 요즘 이상하다고. 오늘은 도저히 이해할 수 없는 행패를 부린다고. 큰딸이 이것저것 질문하더니 "오늘 결혼기념일이네"라고 말했다. 그리고 엄마가 갱년기에 접어들었다며 명쾌한 답을 줬다. 그런 후 큰딸은 놈이 나쁘다며 힐책했다. 나는 겨우 그녀를 깨달았다. 갱년기가 되면 공포스러울 정도로 아내가 변한다고 했던 주위 선배들의 말이 기억났다. 막내딸은 언니의 설명에 고개를 갸우뚱거리면서 나에게 그녀를 달래주라고 했다. 나는 세월 따라 변하는 아내의 모습을 찬찬히 깨달았다. 아내를 찾아야겠다는 결심을 했다. 큰딸은 대학 졸업 후 서울 종합병원에 근무 중이고, 아들은 군 복무 중이며, 막내딸은 갓 대학에 입학해 젊음을 즐기고 있었다. 아내는 갑자기 세월이 허탈하게 느껴졌다. 그녀로 되돌아가고 싶었다. 우리는 꽃다발을 사 들고 집 안으로 들어갔다. 아내는 젊은 시절 연주복을 입고 피아노를 연주하고 있었다. 막내딸이 엄마를 껴안으며 사랑한다고 말하자 아내는 갑자기 펑펑 울기 시작했다. 나는 죄인처럼 고개를 숙인

채 아내를 찬찬히 바라봤다. 화려하게 개인 연주회를 하는 게 그녀의 젊은 날 꿈이었다. 그 사실이 26년 만에 기억났다. 놈은 그 기억을 잃어버렸다. 그녀의 꿈을 잊고 있었다. 나는 아내를 되찾고 싶었다. 그녀의 꿈을 위로해주고 싶었다. 아내는 막내딸 품에서 흐느꼈다. 아내의 눈물이 또렷하게 보였다. 나는 놈을 원망했다. 놈이 얼마나 행패를 부리며 살아왔는지 깨달았다. 놈의 행패가 하나하나 기억났다. 아내에게 미안했다.

갱년기에 접어든 아내는 쉽게 돌아오지 않는다. 그녀만 매일 집안을 휘젓고 다닌다. 나는 아내가 그립다. 그녀에게 놈을 죽일 수 있다고 말한다. 하지만 그녀는 들은 척도 안 한다. 그녀에게 나는 다시 함께 사랑하자고 프러포즈한다. 그녀는 냉정하게 나조차 외면한다. 다시는 놈 같은 사람과 사랑하지 않는다고. 갱년기는 나를 공포로 몰아넣는다.

나는 그녀에게 이기대 산책을 함께하자고 한다. 처음에는 나를 째려보며 거절한다. 나는 꾸준히 그녀를 조른다. 그녀는 귀찮은 듯 허락한다. 우리는 거의 매일 산책을 한다. 이기대 산책을 하며 나는 아내의 행방을 묻는다. 그녀는 콧방귀만 뀌며 대답하지 않는다. 가을 해풍은 이기대를 평온하게 만든다. 그녀의 얼굴에 가끔 웃음이 보인다. 한 달 동안 이기대 산책을 한다. 계속 아내를 찾고 싶다고 애원한다. 가을 해풍에 밀어닥치는 파도 소리는 잔잔한 실내악 연주 같다. 마음이 잔잔해진다. 그녀는 찬찬히 기억을 더듬어보라고 말한다. 희미하지만 띄엄띄엄 놈의 횡포와 폭행이, 그리고 놈의 음모와 거짓이 기억 속에 되살아난다. 나도 모르게 그녀 앞에서 고개를 숙인다. 그녀와 아내의 폐경이 보인다.

6

나는 놈에게 짓눌려 살아왔다. 놈은 워낙 야비하고 이기적이었다. 나는 놈이 두렵기만 했다. 지방은행에 취업했을 때는 놈이 당당했던 젊은 시절이었다. 놈은 큰 꿈을 갖고 대학 졸업 후 몇 년간 대기업과 유명 은행에 지원했으나 번번이 실패했다. 놈은 평범한 중산층으로 살고 싶지는 않았다. 열등의식은 안 보이게 숨겨야만 했다. 쉬우리라 여겼던 지방은행도 야수들의 정글 같았다. 그곳에서도 잘해야 두번째거나 그 뒤로 밀려버렸다. 놈은 악착같이 발버둥 쳤다. 하지만 결국 허탈감과 열등의식만 커져갔다. 나는 놈의 그림자 뒤에 언제나 숨어 있었다. 놈은 야비하게 횡포를 부렸다. 놈은 일확천금을 노리듯 열등의식을 주식투자로 숨기려 했다. 놈은 주식의 유혹에 쉽게 빠졌다. 아내도 나도 아이들도 보이지 않았다. 어떻게든 그녀를 피해 주식투자에 몰두했다. 놈은 주식에 중독된 채 삼십대를 보냈다.

주식 중독은 무서웠다. 놈은 하루하루 롤러코스터를 타는 기분이었다. 오전, 오후가 어지럽게 돌아갔다. 심장이 뛰었다 멈췄다 하면서 피를 말렸다. 수시로 표정이 바뀌었다. 눈은 아예 색맹이 된 듯 빨간색과 파란색만 보였다. 열심히 주식을 공부하고 주위 전문가들에게서 정보를 구했지만, 놈도 결국 불쌍한 개미군단이었을 뿐이었다. 항암치료제를 연구, 개발하는 안티캔에 대한 정보를 얻었을 때 신기루를 만난 것 같았다. 주식 전문가인 선배와 정부기관에 근무하는 친구가 귀띔하는 안티캔 주식은 놈의 미래를 화창하게 만들 것 같았다. 과감하게 1억5천을 대출받아 공모주를 매입했다. 전문가들의 예측은 항암치료제가 성공하면 공모가의 15배로 뛸 가능성이 높다는 것이었다. 분홍빛 미래를 상상하니 매일 가슴이 두근거렸다. 처음은 예측대로 인기 종목이 되었고, 매스컴을 크게 타면서 상승세가 가팔랐다. 공모가의 7배까지 상승했다. 곧 삼십여 평 아파트가 생길 것 같았다. 삼 년간 놈은 우쭐거리며 주변에 큰소리치고 다녔다. 주식 상장 후 사 년째, 임상실험에 실패하는 바람에 안티캔은 부도가 났고 주식 거래가 정지되었다. 순식간에 주식은 휴지 조각이 돼버렸다. 놈이 마흔 살 되는 해였다. 놈은 온몸이 얼어버린 듯 꼼짝할 수 없었다. 그때 그녀가 야차로 돌변해서 공격했다. 놈은 그녀에게 여지없이 패했고, 죽었다.

  그때부터 아내가 나에게 놈을 살해하는 법을 자상하게 가르쳐줬다. 우선 몸과 마음을 강하게 단련해야 한다고 했다.

아내는 나에게 이기대 산책을 시켰다. 이기대 산책은 왕복 두 시간 정도 걸렸다. 파도 소리가 오케스트라 연주처럼 웅대했고 검푸른 바다는 광활했다. 바람 소리는 계절마다 신비스런 음률과 묘한 향기를 뿌리는 듯했다. 나는 스스로 작아지는 것을 느꼈다. 풍광에 경탄했다. 바다 냄새는 청량했다. 미세먼지에 둘러싸인 비릿하고 쿰쿰한 도시의 빌딩 냄새는 사라졌다. 나는 나날이 이기대 풍광에 황홀하게 빠져들었다. 그러면서 아내가 보였고 아이들이 보였으며 야수의 정글 같은 도시의 빌딩이 보이기 시작했다. 놈이 미친 듯이 주식에 중독됐던 모습이 어른거렸다. 하지만 놈을 죽이기엔 나는 아직 약했다. 살아오는 동안 놈이 내 주변을 온통 난장판으로 만들어놓았다. 나는 난장판이 된 주변을 어떻게 수습해야 할지 몰랐다. 놈은 나를 야비하게 쳐다보며 가소롭다는 듯 코웃음을 쳤다. 간혹 놈은 으르렁거리며 협박했다. 사는 것이 그리 쉬운 줄 아느냐고 했다. 남을 이기려면 야비해야 하고, 음흉해야 하며, 악착같아야 한다고 했다. 40평 아파트도 사고 싶었고, 벤츠도 타고 싶었으며, 후배 직원들에게 멋지게 호통도 치고 싶었다고. 원하는 대로 하고 싶었다고. 하지만 녹록지 않아서 괴물로 변할 수밖에 없었다고. 나는 번번이 놈을 살해하는 데 실패했다.

7

놈은 불쌍하다. 언제 그렇게 포악한 모습이었는지 의심될
정도로 추레하다. 혼자 이기대 산책을 가면 놈이 추레하게 뒤
따라오곤 한다. 아내에게 놈이 성가시게 자꾸 나타난다고 했
더니 상냥하게 말을 건네보라고 한다. 아내도 놈이 불쌍하단
다. 놈을 쌍둥이 형이라 생각하고 친해지란다. 아내는 놈이
점점 작아진다고 걱정까지 한다. 놈도 어쩔 수 없었다고 변호
까지 하면서. 은행 본부장 승진에서 탈락했을 때 놈은 비참하
게 허물어졌다. 비굴하게 웃던 웃음도, 음흉하게 치켜 올라
간 눈초리도, 우쭐대던 어깨도 더 이상 볼 수 없었다. 음흉스
럽던 모습도, 난폭하고 거만한 말투도 사라졌다. 본부장 승진
발표 즈음 놈은 성 지점장을 이겨야 한다고, 언제까지 성 지
점장 뒤나 쫓는 놈이 되지 않겠다고 으르렁거리며 외쳤다. 하
지만 놈은 본부장 승진 탈락과 함께 명예퇴직이 됐다. 놈은
형편없는 꼴이 됐다. 나도 형편없게 됐다. 아내가 혀를 차며
나에게 이기대를 산책하며 놈을 죽이든지, 쌍둥이 형으로 받
아들이든지 마음을 결정하란다. 나에게는 난제다. 아내가 고
민하는 나를 웃으며 쳐다보더니, 더 열심히 이기대 산책을 다
니란다. 계절마다 바뀌는 바다는 신비롭다. 바다가 햇빛, 구
름, 바람과 함께 펼치는 풍광은 계절마다 다채롭다. 걷는 걸
음에서는 세월을 느끼게 되지만 바다 풍광은 세월이 없다. 나

는 작아지는 것을 느낀다. 그동안 놈을 얼마나 죽였나? 또 얼마나 실패했나? 바위에 부딪히는 파도의 흰 포말 따라 놈들이 수없이 밀려온다. 온갖 험상궂은 표정으로 나에게 밀려온다. 쌍둥이로 생각하고 싶지 않다. 놈이 외치는 소리는 나의 심장을 찌른다. 놈을 죽이는 법만 잊지 않으면 된다.

막내딸이 모처럼 집을 방문했을 때 아내는 내 손을 꼭 잡는다. 놈이 또 나타날 텐데 죽일 준비가 됐냐고 묻는다. 나는 놈을 이미 죽였다고 당당하게 말한다. 아내가 아리송하게 웃는다. 막내딸은 일 년 만에 집을 찾았다. 이 년 전 희가 자살하려고 했을 때, 막내딸은 우리를 원망했다. 왜 우리를 이해하지 못하느냐고. 막내딸은 사랑하는 여자 친구 희를 보살피겠다고, 함께 지내겠다고 했다. 그때 나는 성난 놈이 보였다. 나는 놈에게 막내딸이 보이지 않느냐고 물었다. 오히려 놈은 나에게 화를 냈다. 울부짖는 막내딸을 쳐다보며 나와 놈은 격하게 싸웠다. 아내는 시대가 변했다고, 이미 결심한 막내딸을 따스하게 보내자고 놈을 달랬다. 나는 아내의 도움을 받아 놈을 죽였다. 그때 나는 놈을 장렬하게 죽일 수 있었다. 막내딸은 나와 아내를 깊게 포옹하면서 사랑한다고 말했다. 막내딸과 희를 그들이 원하는 대만으로 보냈다. 막내딸은 당당하게 문을 열고 거리낌 없이 우리와 저녁 식사를 한다.

"엄마, 아빠. 나는 희와 대만에서 재미있게 잘 살고 있으니 걱정하지 마."

막내딸은 아내가 만든 김치찌개를 맛있게 먹으며 얘기한다. 놈이 또 나타났다. 놈은 언짢은 듯 막내딸을 째려본다. 놈의 손은 부들부들 떨린다. 아내가 그녀와 함께 내 손을 꼭 잡는다. 나는 깊게 들숨 날숨을 몇 번 쉰다. 놈을 조용히 화장실로 데리고 간다. 샤워기를 틀어서 놈의 코와 입에 물을 들이붓는다. 놈은 헉헉거리더니 힘없이 쓰러진다. 나는 다시 식탁으로 돌아온다. 막내딸은 즐거운 얼굴로 아내가 차려놓은 음식을 맛있게 먹고 있다. 아내는 살포시 나에게 웃는다.

"건강 잘 챙기고 희와 오래 잘 지내렴. 일 년에 한 번씩 집에 오고, 다음에는 희와 함께 와서 식사나 하자."

어릴 적부터 단짝이던 희와 함께 집에서 즐겁게 놀던 막내딸이 보인다. 나와 아내는 막내딸을 잃지 않았다.

나는 아내에게 당당하게 말한다. 놈을 언제 어디서든 여지없이 죽일 수 있다고. 하지만 아내는 웃으면서 한마디 던진다.

"놈은 언제 어디서든 당신 모르게 또 나타날 거야. 방심하지 말아요."

나는 나를 죽인다.